一闋詞・一份情

唐宋詞的情感世界

劉少雄 著

下

上冊

之一

詞的美感特質及其欣賞

之二

傷離與感時

唐代文人詞的人間情懷

之三

美麗與哀愁 花間詞的物質性與精神面

之四

憂時與傷懷 南唐詞深化的情感境界

之五

今昔與真假　李後主詞的雙重對比性

之六

時變的感思　宋詞裡的時間意識

目錄

下冊

之九 魂銷與情長 宋人面對離愁的態度

之十 同心與相思 生離死別的哀傷

之十一 往事與今情 物是人非的感嘆

之十二 忠憤與抑鬱 家國興亡的悲感

之十三

多情卻無言 莫名所以的感喟

之十四

同情與共感 男女同心與人我互通

之十五 興會與閒情 留住人間的美好

之十六 飄蕩到回歸 詞境與心境的開拓

之九

魂銷與情長

宋人面對離愁的態度

離別是現實人生中經常發生的事，因之而產生的離愁別緒，是很普遍的人間情意，宋詞裡這類作品的數量相當多。因此，這一講的篇幅會比較長，將分六個章節來討論。宋人怎樣面對離愁，表現了哪些特色，這些都是我們關心的重點。

在講解正題之前，我想先就離別題材在詩詞中的表現，做個簡單的介紹。上冊在談唐代文人詞時，稍微提過詩歌寫離別題材的發展情況。先秦的代表文學《詩經》，寫離愁、思念之作不是很多。當時「書不同文，車不同軌」，出外遠行不那麼方便。可是到了大一統時期，文字統一了，交通改善了，因此赴京求功名，到邊關作戰，或去外地經商謀生，變成了普遍的現象。於是從漢代開始，詩歌出現大量的生離死別、羈旅行役、思歸念遠的題材內容。

時間推移，空間契闊，人生無常的感嘆，「同心而離居，憂傷以終老」的憂懼，慢慢就變成中國抒情詩的主旋律。中國幅員實在太大了，人們一旦分別，天涯渺茫，實在難以重聚。對送別的人和離去的人來說，面對離別、相思，彼此都充滿著時移事遷、人去不歸的焦慮，心中有著莫大的悲痛。

屈原《九歌．少司命》說：「悲莫悲兮生別離。」人間最悲哀的事莫過於活生生的別離。我們不是有生離死別的說法嗎？就是說離別可分為「死別」與「生離」兩種。那為什麼說生離是最悲哀的，難道它比死別還悲痛嗎？

葉嘉瑩先生分析《古詩十九首》的「與君生別離」時，認為生離之所以異於死別，或者說生離的悲苦之所以更甚於死別者，可分兩點來說：第一，死別的形成乃是不由人的一件事。對於這種無可挽回的生命終結，我們雖然極度悲痛，另一方面卻也有著莫可奈何而只好一意擔荷承受的感覺。第二，死別乃是另一對象的完全消逝，當此事剛發生時，感情的另一端驟然落空，我們自然極感痛苦，然而時間過得久了，沒有對象的懷念，自然也就會日漸淡忘。

至於生別就不一樣了。第一，生別乃是並不完全由天、也可以由人的一件事。如果相愛的二人，其中一人的生命已不復存在，那當然無話可說；如果二人都存在於人世，那麼同時存在人世的兩個相愛的生命，為什麼竟然不能同居共處，而要造成離別的悲苦呢？這是生別較之死別讓人更覺有所不甘的一點。再者，生別的對象並未自人間消逝。只要所愛的對象一日尚在人間，二人重見的希望便不甘願捨棄，如此則有生之年都在相思，怨恨便無窮。

死別是頓斷之後逐漸可以放開的，而生別則是永無斷絕的懸念。這是生別較之死別使人更覺難以捨棄的又一點。葉先生這些說法大抵是對的，見諸詩詞中的表現也可以得到引證。當然有時也會因人而異，不能說人們的反應百分百都相同。不過，生離帶來悲苦，確實普遍存在著不甘與難捨之情，令人難以承受，甚至糾纏一生，卻是常見的現象。

漢魏六朝以後，唐宋文人在仕隱進退間，南北奔波、遷徙流離的情況更為頻繁，詩詞寫送別和懷人的題材所佔比例特高。別離令人感傷，但唐詩人和宋詞人所表現的方式和態度是有些不同的。

初唐王勃詩說：「無為在歧路，兒女共沾巾。」（〈送杜少府之任蜀州〉）他是自勸，也在勸人，不要在路上分手時，像小兒女似的哭哭啼啼。這奠定了唐人送別詩的基調。我們看王維說：「勸君更盡一杯酒，西出陽關無故人。」（〈送元二使安西〉，或名〈陽關曲〉）李白說：「揮手自茲去，蕭蕭班馬鳴。」（〈送友人〉）「孤帆遠影碧空盡，惟見長江天際流。」（〈黃鶴樓送孟浩然之廣陵〉）面對離愁，這些詩句都展現出一派豪情、一種瀟灑，或一份深情，絕非哀怨纏綿的調調。唐代大詩人多有強烈的生命意志，唐詩亦自有高華的氣象。

縱然是寫男女雙方離別在即，傷心難過，讓人差點落淚，如杜牧說：「蠟燭有心還惜別，替人垂淚到天明。」（〈贈別．其二〉）也是用比喻，而不是「兒女沾巾」那樣纏綿幽怨的方式。李商隱則寫過〈淚〉一首詩，最後兩句說：「朝來灞水橋邊問，未抵青袍送玉珂。」是說那些英雄美人所流的淚，都比不上青袍寒士相送達官貴人那種流不出的淚來得悲痛，因為那是滴在心靈創口上的苦澀之淚啊！這是詩人自傷身世之作，也不是兒女情長的表現。

相對於此，宋詞就不太一樣了。詞以抒情為本，善於言愁說恨，而以一種娓娓道來、向人傾訴的話語方式，隨著悠揚的樂音，盤旋迴蕩，容易觸動人的情懷，達到更佳的抒情效果。因此可以知道，詞之寫離愁別緒、別後相思，會比詩哀傷，情意更婉轉動人。

基本上，詞就是一種傷感文學。不用說亡國之君李後主了，他之所以有「多少淚，斷臉復橫頤」（〈望江南〉）的表現，是可以理解的。就連蘇東坡送別友人後，也會說「今夜殘燈斜照處，熒熒。秋雨晴時淚不晴」（〈南鄉子．送述古〉），可見宋人在詞中寫離別的心情與表現，已不像唐人那樣矜持自重，無淚相送，而是採取不吝於表達的方式，毫不保留地真情流露，熱淚盈眶。

那是詞特別深切動人之處。

01

孤單獨行

柳永〈雨霖鈴〉、秦觀〈踏莎行〉、吳文英〈唐多令〉

這一節的主題是「孤單獨行」。離人一旦與親友分手，從此走上孤獨的路，昔日的溫馨，對照今日的淒涼，分外令人哀傷難過，產生無窮怨恨。宋詞裡對送別當下難以抑制的愁緒、離別後孤單寂寞之情，都有很深刻動人的記錄，如柳永的〈雨霖鈴〉、秦觀的〈踏莎行〉和吳文英的〈唐多令〉。這三闋詞寫送別和別後愁情，聲情哀切，幽怨纏綿，堪稱宋詞的代表。

宋詞寫離別、寫落淚，寫得最好也最感人的，應是柳永的代表作〈雨霖鈴〉：

寒蟬淒切，對長亭晚，驟雨初歇。都門帳飲無緒，方留戀處，蘭舟催發。執手相看淚眼，竟無語凝噎。念去去、千里煙波，暮靄沈沈楚天闊。　多情自古傷離別，更那堪、冷落清秋節。今宵酒醒何處，楊柳岸、曉風殘月。此去經年，應是良辰好景虛設。便縱有、千種風情，更與何人說。

這首詞所以成為千古絕唱，因為它真切又深刻地寫出了離別當下難分難捨的心情。過去的送別詩詞，很少聚焦在離別之人即將轉身踏上征途、從此走往孤獨之路的那一刻加以敘寫。過去長相廝守，現在驟然分離，這種轉變誰願意接受？那種不得不走、卻又不願離開的心情，實在糾結難解，最令人感到無奈、傷痛，難以承受。離愁激發的高潮，就在這個時間點。柳永不像其他作家那樣迴避、不忍面對，而是盡情地宣洩出來，直接撼動讀者，遂引起廣大的共鳴。因為那種離別當下的椎心之痛，確實是很多人都有的經驗，最令人難忘。

此外，這首詞寫來倍覺真切動人，因為它雖是惜別之詞，卻也融入了作者的身世之感，引發我們更大的同情。我們都知道，柳永仕途坎坷，一生飄蕩，終日流連坊肆，這幾年難得與「同是天涯淪落人」（白居易〈琵琶行〉）的歌女相知相惜，此刻卻又不得不失意地離開京師。在蕭瑟的秋涼時節和自己深愛的戀人臨歧惜別，本來已是懷才不遇、心情抑鬱，再加上即將失去愛情的慰藉所帶來的痛苦，此時情緒的低落，難以自持的情況就可想而知了。這首詞是流落天涯的失意人沉痛的心聲。

當然，這首詞之所以特別感人，最重要的是作者「入乎其內」，又能「寫之」。我們不得不讚賞柳永的文學才華，他對這份離情確實有很深切的體會，又極盡渲染、鋪敘之能事。這首詞在時空情景的設計上，安排十分妥貼。從將要分別、分別之時，想像到分別之後，用鋪敘的筆法層層推進，深入描寫。時間在現實與想像間順勢推廣延伸，但一直都與當下的離愁別緒環環相扣，前後貫串。而且，緣情寫景，即景生情，真的做到融合無間，創造出十分動人的抒情效果。

「寒蟬淒切，對長亭晚，驟雨初歇」，作者一開篇就切入送別的主題。他們面對的是怎樣的情景呢？在來往行人休憩的亭舍中，黃昏時候，那場突如其來的急雨剛剛停止，秋蟬發出悲切的聲音。這三句既寫出了送別的時間、地點和環境氣候，也鋪墊了離別淒清的氣氛。

「都門帳飲無緒，方留戀處，蘭舟催發」，在京城門外設帳餞行，毫無歡樂的情緒。這裡正式點出這是餞別之所，而「無緒」是因為留戀啊。正當留戀之時，偏偏那行船的又在催促著要出發了，是要留也留不住了。這兩句寫出離別當下事與願違的無奈。

底下「執手相看淚眼，竟無語凝噎」，說我倆只得手握緊著手，看著對方，不停地落淚，哽咽不已，竟然連半句道別的話也說不出來。這兩句是整首詞的關絡，既承接了留戀之情，也引導出以下設想的情節，思前想後，更是「無語凝噎」，不斷地「相看淚眼」了。兩人的動作就停格在這裡。

但作者的愁緒卻不停地蔓延，一個「念」字急轉直下，引出了往後生活的設想。「念去去、千里煙波，暮靄沈沈楚天闊」，想分手之後，自己一直往前走啊走，行行重行行，就這樣走進千里煙波，陰沉沉的暮色中，縱身在南方無邊無際的遼闊天地裡。這裡表面寫天涯海角的遙遠，煙波暮靄的迷濛，其實正隱含著離別愁緒的深沉、後會的難期、前途的黯淡之意。想像自己往後的生活，孤獨無依，茫茫然不知所歸，著實令人焦慮不安，心情沉重。從這個「念」字開始，下片所設想的情節就是隨時間往更遠處推展。

在描寫往後的設想前，作者先扣回此時的情境。「多情自古傷離別，更那堪、冷落清秋節」，作者提到古代無以數計的多情人都會因離別而感傷，以普遍化自己的悲哀，這樣一來，他為自己的心境辯護，亦激發了讀者對他的同情。古來就是如此，可見此情已無可克服，不能排遣，又何況遇著這樣淒涼的秋天，個中滋味，令人怎受得了？

此外，他更預想著未來。「今宵酒醒何處，楊柳岸、曉風殘月」，想今晚酒意消退，意識再度清醒的時候，那第一個問題將是身在何處？這短短的一句話包含了多少酸楚！而觸目所見，則是清涼的晨風吹拂著岸邊的依依垂柳，天上是蒼白無光的殘月。這些都是觸動離人愁緒的景物。

不只如此，旅人更想到今後的生活與情懷。「此去經年，應是良辰好景虛設」，他說這樣年復一年，沒有你的日子，多少良辰美景都與我無關、都給辜負了。「便縱有、千種風情，更與何人說」，即使有千種濃情密意，又能夠向誰訴說呢？想到以後要忍受那樣的悲苦無聊，那麼此時此刻又怎敢放開雙手，孤獨地離去？手就會更緊緊執著，而淚水就會越流越多了。柳永以真摯的熱情面對離別，寫來深切、委婉而動人。

∞

至於離別之後，行人便走上孤獨的旅途。他們會有怎樣的心境？我們可借秦觀、吳文英所寫的一春一秋的詞篇來說明。

秦觀四十九歲貶謫郴州（今湖南郴縣），寫了一首〈踏莎行〉：

霧失樓臺，月迷津渡。桃源望斷無尋處。可堪孤館閉春寒，杜鵑聲裡斜陽暮。驛寄梅花，魚傳尺素。砌成此恨無重數。郴江幸自遶郴山，為誰流下瀟湘去。

詞的大意是說：霧氣遮蔽了樓臺，渡口的月色也迷濛不清，極目遠望，那世外桃源已是無處可尋。生涯一片黯淡，人生好像沒什麼指望了。令人難以忍受的是，閉置在孤寂的旅舍中，正是春寒料峭，聽著杜鵑哀怨的聲音，而斜陽殘照映入房內。這是何等淒傷的情境啊！與朋友仍有書信往返，他們的關心和慰問，雖然可貴，但也給自己帶來更多的愁恨。

「砌成此恨無重數」，極寫遠謫離別之悲，造成了無窮的恨意。一個「砌」字，可見其恨的深重與堅固已不可破除了。這完全是感傷詞人主觀的感受。最後說「郴江幸自遶郴山，為誰流下瀟湘去」？郴江本來就應該繞著郴山的，但為什麼流向遙遠的瀟湘去呢？連江水也如此，人又如何能固守一處，不隨時而變動？人生如無根的浮萍，飄泊天涯，難以自主，看來是注定的命運。

秦觀本來就多愁善感，貶謫對他的打擊是特別大的。這首詞寫離別的哀傷，辭情悲苦，十分淒婉，真是「千古傷心人」之語。

吳文英在南宋詞壇向來以質實密麗、情意深濃著稱。《四庫全書總目》說：「詞家之有文英，如詩家之有李商隱也。」他的詞風的確有點像李商隱的詩那樣的感情沉厚、感覺敏銳、用字瑰麗、情調迷離。不過，他的〈唐多令〉寫離愁別緒，相對就比較疏宕有致，真切動人：

> 何處合成愁，離人心上秋。縱芭蕉、不雨也颼颼。都道晚涼天氣好，有明月、怕登樓。 年事夢中休，花空煙水流。燕辭歸、客尚淹留。垂柳不縈裙帶住，漫長是、繫行舟。

秦少游寫暮春的離愁，吳文英則是秋涼的心聲。他問一個「愁」字是怎樣寫成的？是一個秋加一個心，那是遊子在秋天的情緒。接著就寫遊子如何觸景生情。他說即使不下雨，芭蕉也颼颼作響，惹人愁緒。大家都說秋晚涼快，天氣好，又有明月朗照，但自己卻怕登樓。因為望月則難免興懷，恐怕觸動心中的愁緒，一發不可收拾啊。可見作者無法面對離愁，充滿著壓抑的心情。

下片抒發客居懷歸的感受。他說青春年華，如同夢一般地消逝，往事也如落花，隨著迷濛的江水漂流，也一去不返了。這兩句寫出了好景不常、人生易逝的虛妄感。秋天到了，燕子離去，而自己卻滯留不歸。寫燕子秋去春來，有固定的歸程，而自己卻仍然流落他鄉，真是作客也不如候鳥了。最後說「垂柳不縈裙帶住，漫長是、繫行舟」，垂柳為何不繫住伊人的裙帶，偏偏總是綁著我的歸舟呢？這種怪責垂柳的心情，雖然無理，但在這怨恨中卻透露了一份難言的真情。

∞

離別的傷感，在宋詞裡比比皆是，希望透過以上三家詞，讓大家對這類題材有個基本的認識，稍稍知道詞人面對離愁的一些底蘊。

02

人去心空

歐陽修〈采桑子〉、〈玉樓春〉、李清照〈鳳凰臺上憶吹簫〉

上一節裡讀到宋詞寫送別、旅途中的孤寂感和別後相思的情況，對有情人來說，因離別而產生愁緒，恐怕是難以避免的。古詩說：「同心而離居，憂傷以終老。」因為男女雙方心意相同，兩情相悅，卻要分居別離，如果一直到老都是這樣的狀態，那麼憂傷的心情就始終都存在，是沒有辦法停止的。中國詩歌充滿著離愁別緒，而且引起廣泛的共鳴，正因為這是人間尋常都在發生的悲劇，是人生最感無奈的情況。離別既是雙方的事情，上一節講了被送之人的感受，這裡就換個角度來講送行者的心情，主題叫做「人去心空」。

我為什麼不用「人去樓空」，卻用「人去心空」呢？「人去樓空」一語，來自唐代崔顥的〈黃鶴樓〉詩：「昔人已乘黃鶴去，此地空餘黃鶴樓。黃鶴一去不復返，白雲千載空悠悠。」後來用以表示舊地重遊時人事已非，或是對故人的思念。當然，也普遍解釋為人已離去，樓中冷冷清清的，讓人感到空虛寂寞，產生了觸景生情、睹物思人的感慨。

《世說新語．言語門》有一段描寫太傅謝安和右軍將軍王羲之的對話：「謝太傅語王右軍曰：中年傷於哀樂，與親友別，輒作數日惡。王曰：年在桑榆，自然至此，正賴絲竹陶寫。……」白話譯文是，謝安說：「中年以來，受到哀傷情緒的折磨，和親友話別，總是好幾天悶悶不樂。」王羲之說：「到了晚年，自然就是這樣了，只能借助音樂來寄興消愁。」謝安說出了一種我們也常常有的經驗，與親友難得相聚，一旦離別，心情卻又特別苦悶。那種失落的感覺，就像是心空了一塊似的。

英國有位情緒史學家蒂凡妮．瓦特．史密斯（Tiffany Watt Smith），她有一部著作《心情詞典》（*The Book of Human Emotions*），蒐羅了一百五十六種情緒詞彙加以描述和定義，並追溯其源流演變，很值得參考。書中介紹了一種情緒Awumbuk，中文翻譯為「人去心空」或「別離空虛」。她形容那種情緒說：「客人走後感覺空落落的，曾經擠得滿滿的地方，現在看來很寬敞，聲音在牆壁間迴蕩，反而令人不習慣了。雖然我們通常覺得可以喘口氣了，但心裡也會很壓抑，好像濃霧降臨，一切都沒什麼意義了。生活在巴布亞新幾內亞山區的拜寧（Balling）土著人對這種感受習以為常，他們稱之為『人去心空』（awumbuk）。他們相信，客人走的時候會留下一種沉重感，如此客人便可輕裝而行。壓抑的迷霧會籠罩三天，讓主人分心、怠惰，無法好好照顧家人，照看莊稼。所以一旦客人離開，拜寧人就裝滿一碗水，放一整夜來吸收沉重的氣氛。第二天，一家人起個大早，鄭重地把這碗水潑向樹叢，藉此恢復正常的生活。」

無論是王羲之所說的用音樂來紓解離愁，或是拜寧人把吸收愁悶的水潑出去，都可以看見別離確實使人感覺空虛、苦悶。所謂「人去樓空」，是描述一種相對客觀的情境，反不如「人去心空」更能呈現人的主觀情緒，和那種別離空虛的感受。

我們先來看歐陽修的〈采桑子〉：

群芳過後西湖好，狼籍殘紅。飛絮濛濛，垂柳闌干盡日風。　笙歌散盡遊人去，始覺春空。垂下簾櫳，雙燕歸來細雨中。

歐陽修在宋仁宗皇祐元年（一〇四九）正月至皇祐二年（一〇五〇）七月任潁州知州。因為愛潁州西湖之勝，遂與梅堯臣相約，買田於潁，以便歸隱後退居。神宗熙寧四年（一〇七一），歐陽修六十五歲致仕，七月從京師退居潁州西湖，終於得償所願，過著閒居的生活。第二年閏七月去世。在這一年多的退休時間，他寫了十首〈采桑子〉，每首皆以「西湖好」起句，依次敘寫潁州西湖四季陰雨晴陽的景色，以及詞人流連欣賞的雅興。這一首是第四首。

潁州是現在的安徽阜陽。所謂潁州西湖，《名勝志》云：「潁州西二里有湖，長十里，廣二里，翳然林木，為一邦之勝。」歐陽修對它情有獨鍾。

這首詞的上片，「群芳過後西湖好，狼籍殘紅。飛絮濛濛，垂柳闌干盡日風」，是說儘管花期已過，一地殘紅散落零亂，而西湖景色依舊美好，引人入勝。迷迷濛濛的柳絮漫天飛舞，春風整天吹拂著欄杆外的柳絲。

上冊說過，歐陽修詞抑揚唱嘆，特別有一種豪宕奔放的情調。他面對人間美好事物有賞愛之情，面對生命的苦難無常亦多感慨，而在賞愛、悲慨之間，他所把持的熱愛生活的人生態度，意欲向傷感悲哀反撲的振奮精神，形成了他特有的姿態。歐陽修作〈采桑子〉組詞，以清新疏淡之筆寫自然美景，正是他遣玩雅興的表現。

春殘花謝的景象對遊賞的人來說，總覺得索然無味；對惜春愛花者而言，則會感到哀傷難過。歐陽修雖是老人了，面對這暮春景象，不但不感傷，反而說出「西湖好」三字，那可不簡單。誠如劉永濟說：「蓋世俗之人多在群芳正盛之時遊觀西湖，作者卻於飛花飛絮之外，得出寂靜之境。」能在寂靜中體會出西湖之美，那是與平常人很不一樣的胸懷，可以看出歐公一向熱愛生命的態度，不因外物好壞而影響自己遊賞的心情，那是一種經過人生鍛鍊的修養。

下片，「笙歌散盡遊人去，始覺春空。垂下簾櫳，雙燕歸來細雨中」，是說處處笙樂歌聲都停止了，遊人也散去了，這時才覺得春天真的把一切繁華都帶走了，頓然感覺一片空虛。回到居室，垂下窗簾，一雙燕子正從濛濛細雨中歸來。

從下片所述，我們才知道作者的春心、春情是與人有關的。即使暮春三月，百花零落，只要有人同賞，尋歡作樂，春意彷彿仍在人間。可是當歡樂的場面結束了，遊人都散去後，就不得不接受春已歸去的事實。之前的歡樂，對照此刻的冷清，令人倍感空虛與寂寞。本來好好的天氣，配搭西湖美麗的景色，多麼令人陶醉，但意識到人去春歸後，空間就從戶外移轉到室內——窗簾垂下，色調變得幽暗、冷清，連雨也落下來了。

這是景隨情轉的表現方式。在這裡築巢的燕子，雙雙飛回來了，但相對地，心中想念的那人，她離去之後會否歸來？這首詞最後寫出人去春空的感思，也就是人去心空的寂寥之感。

這種感覺，在歐陽修的另一首詞〈玉樓春〉裡有更深刻的表現：

別後不知君遠近，觸目淒涼多少悶。漸行漸遠漸無書，水闊魚沉何處問。　夜深風竹敲秋韻，萬葉千聲皆是恨。故攲單枕夢中尋，夢又不成燈又燼。

這首詞的語調相當激切，寫情人離去後百般無奈的心聲，處處觸景傷情，整個心好像被掏空似的，毫無依託，不知如何是好。詞的內容是這樣的：自從與你分別之後，不知道你去了多遠，感覺眼前盡是淒涼的景物，心裡充滿著愁悶。你越行越遠，書信也越來越少，天涯海闊，連傳遞書信的魚兒都沉到了海底，不知怎麼探問你的消息？夜深了，風敲竹子，發出蕭颯的秋聲，那葉葉聲聲，都牽動著無限愁苦之情。我只好故意斜靠著那孤枕，希望睡得舒服些，好在夢中尋找著你，誰知道夢沒有做成，而燈芯又燃盡了。

這首詞寫離愁別恨，全詞就從一個「恨」字來發揮。唐圭璋《唐宋詞簡釋》說：「此首寫別情，兩句一意，次第顯然。分別是一恨。無書是一恨。夜聞風竹，又攪起一番離恨。而夢中難尋，恨更深矣。層次深入，句句沉著。」作者把一個閨中女子在愛人離別後，對情郎杳無音訊的怨恨、入夜相思之苦，和夢又不成的絕望之情，刻劃得淋漓盡致，令人讀之黯然。這百般的恨，乃由於情人離去，失去依傍，難以忍受的空虛寂寞所致。

8

人去心空，女性詞人又有怎樣的表現？我們來看李清照的〈鳳凰臺上憶吹簫〉：

香冷金猊，被翻紅浪，起來慵自梳頭。任寶奩塵滿，日上簾鈎。生怕離懷別苦，多少事、欲說還休。新來瘦，非干病酒，不是悲秋。　休休。這回去也，千萬遍陽關，也則難留。念武陵人遠，煙鎖秦樓。惟有樓前流水，應念我、終日凝眸。凝眸處，從今又添，一段新愁。

前面歐陽修的兩首詞是寫送別人之後的那種空虛感，李清照這首詞則是從情人將要離去時的忐忑不安，寫到想像別後的無聊寂寞。她用的是長調，鋪敘寫來，特別具體深刻，哀怨感人。李清照以女子的多情與銳感為詞，最能掌握詞的聲情與韻味，而且她不同於一般的男性詞人，用虛擬的手法來寫女子的心情，李清照寫的是自己深切的感受，當然就更真實可感。這首詞應該是她早期在山東時，為送別丈夫趙明誠所作的。

「香冷金猊，被翻紅浪，起來慵自梳頭。任寶奩塵滿，日上簾鉤」，在這幾句裡，作者把那百無聊賴的心情，寄託在事物和行動中表現出來。塗金或銅製獅形香爐的香料已燒完了，她懶得去添香；紅色的被子掀翻在床上，也懶得去疊好；起來之後，很懶散地去梳頭。「慵自」這兩個字，顯示出她整個早上的意態。下面一個「任」字，則更強調是她故意耍性子的表現。她對著布滿灰塵的妝鏡，連把它擦拭乾淨的動作都不想去做。儘管太陽都已經升上了簾鉤，時間也不早了，她還是慵慵懶懶的。

為什麼會這樣的沒精打采？她說「生怕離懷別苦，多少事、欲說還休」。「生怕」，是最怕的意思。因為她最怕面對離別，離別的心情實在叫人難以承受啊！心裡有很多事想說出來，但也不知從何說起，那就乾脆不說算了。作者複雜沉重的心情可以想見。

接著她說：「新來瘦，非干病酒，不是悲秋。」她發現近來消瘦了不少，想想這些日子裡，不是因為飲酒過量而生病，也不是因為秋天蕭颯的景象而悲傷啊！作者說到這裡，還是吞吞吐吐的。

上片十句，一波三折，作者委婉曲折地道出了她的閒愁。先是用無心料理平常家中應該做的事情，來暗喻心中為離愁所苦的情況。中間點出了離別的主題，但又不直接說明是怎樣的離愁，跟誰有關？最後間接表明因受離愁之苦而憔悴，身體逐漸消瘦，但還是沒有明白說出來，卻用了兩個否定詞，不因這，也不因那，那麼究竟是怎樣呢？這樣的言談方式和動作表現，如在目前的畫面，真實而生動，很能挑起對方的情緒反應，也引起讀者和聽眾更多的關注。

「休休。這回去也，千萬遍陽關，也則難留」。「休休」，就是「罷了，罷了」的意思。說到這裡，真的到了丈夫不得不上路的時候，李清照也就無法再躲避要和情郎分離的事實，只得暫且放下自傷自憐的情懷，好好面對當下這份離情。不過她深知這次丈夫遠行，雖然說盡千言萬語，也已無濟於事，想留住他也留不得了。她用〈陽關曲〉來表示惜別之情。〈陽關三疊〉，是王維有名的送別詩，後人將之譜成樂曲。這裡說「千萬遍」，是誇張的說法。作者特意藉此強調再怎麼拖延時間，終究是留不住的，表達了即便無可奈何也得接受的事實。

她之所以連日來悶悶不樂，面對離別依依不捨，是想到日後自己孤單一人，不知如何度日的情況而來的。「念武陵人遠，煙鎖秦樓」，用一個「念」字，帶出未來的想像。「武陵人」，是陶淵明〈桃花源記〉中的主角，後來成為文學中「離家遠行人」的代稱。「秦樓」，也是一個典故。《列仙傳》記載，秦穆公為女兒弄玉築鳳臺，讓她和善吹簫的丈夫蕭史居住，後來文學中便常用「秦樓」、「鳳樓」等詞來代稱恩愛夫妻的居所。

作者透過這兩個美麗的典故，反襯她現在的悲哀。想到丈夫離家以後，她便身處在孤寂的空閨之中。「煙鎖」兩個字，是一種瀰漫著憂傷情緒的象徵。所謂人去樓空，這個家再也沒有幸福與快樂了，而自己終日憂愁不斷，心也是空虛難耐啊！

下面的詞句，「惟有樓前流水，應念我、終日凝眸。凝眸處，從今又添，一段新愁」。她說：你離家後，要知道我每日都會登樓遠眺，盼望你歸來。那時大概只有樓前流水才會知道，為什麼我會一天到晚凝望遠方。須知我凝眸遠眺時，就會生出一段新的愁怨。每天都這樣，新愁舊怨一直加起來，就好像流水一樣，永無終了之時。

∞

讀了歐陽修和李清照寫「人去心空」的哀感，可了解到宋人寫離愁的另一個面向，即送別之人的真切感受。下一節開始，我們就切實地來看宋人如何面對離愁，他們會以怎樣的方式排解它。

03 沉醉不醒

晏殊〈玉樓春〉、晏幾道〈阮郎歸〉

別離帶來的孤獨感，以及別後相思無奈的情緒，對行人和送行的人，或者對男女雙方來說，都是一樣的。所謂「一種相思，兩處閒愁」（李清照〈一剪梅〉），前兩節介紹了這相對兩面的離愁別緒。然則，宋人在詞中面對離愁時會有怎樣實際的表現？

借酒澆愁，是文人常用的方式。在唐詩中，如王維的〈陽關曲〉：「勸君更盡一杯酒，西出陽關無故人。」就是勸你再乾一杯酒吧，因為出了陽關以後，就沒有老朋友了。李白〈宣州謝脁樓餞別校書叔雲〉說：「長風萬里送秋雁，對此可以酣高樓。」他是說，我在謝脁樓上為你餞別，看著萬里長風吹送著鴻雁，此情此景真可以痛快地暢飲一番。這兩首有名的送別詩，都是以飲酒的豪情來打發離愁的。

至於詞又有怎樣的表現？這一節的主題是「沉醉不醒」，就是以不如沉醉的態度來麻醉自己。下面就舉晏殊和晏幾道兩父子的詞來賞析。

晏殊的詞清剛淡雅，深情內斂，於傷感中有著曠達的懷抱，表現出一種理性的反省與操持。換言之，晏殊詞有一種閒雅的情調，他的語調正如他的詞集名稱《珠玉詞》一樣，珠圓玉潤，流轉諧美，溫柔婉轉，很少激言烈響，而常保有一種銳感柔情的意境。但有時面對離愁，他情不自禁，也會有比較激切的表現，像這一首〈玉樓春〉：

燕鴻過後鶯歸去，細算浮生千萬緒。長於春夢幾多時，散似秋雲無覓處。　聞琴解佩神仙侶，挽斷羅衣留不住。勸君莫作獨醒人，爛醉花間應有數。

〈玉樓春〉又稱為〈木蘭花〉。這首詞感嘆浮生短暫，而在短暫的人生中，卻又容易與人離散。而人事乖違，著實令人難過，作者竟欲勸人沉醉酒中，以忘掉這痛楚。晏殊用筆流走，一氣貫串，娓娓道來，情理兼具，頗具說服力。

開篇說，「燕鴻過後鶯歸去，細算浮生千萬緒」，燕子和鴻雁由南方飛返北方後，黃鶯也歸去了，細細算來，人生真是千頭萬緒。作者在這裡用了三種鳥兒的來去，暗喻大好春光轉眼又消逝。周邦彥〈瑞龍吟〉說「事與孤鴻去」，孤鴻歸去，也帶走了人生美好的事物。李白〈春夜宴從弟桃花園序〉也說「浮生若夢，為歡幾何」？所謂「浮生」，語本《莊子．刻意》：「其生若浮，其死若休。」是指空虛不實的人生。「千萬緒」，是形容世事紛繁，頭緒很多。這兩句寫時節的變易和人生的紛擾。那麼在這紛擾的人生，最困擾人的是什麼？晏殊〈浣溪沙〉說：「一向年光有限身，等閒離別易銷魂。」春光短暫，生命有限，尋常發生的離別輕易就令人悲傷不已。這首〈玉樓春〉也是一樣的反應。

「長於春夢幾多時，散似秋雲無覓處」，這兩句的意思是，人生能比一場春天的夢長多少？夢雖美好，但也容易轉醒，畢竟是虛幻不實的，也不長久。而聚散匆匆，分手後就如同秋雲散滅，再也無從尋覓。這一句來自白居易的〈花非花〉：「來如春夢不多時，去似朝雲無覓處。」晏幾道〈蝶戀花〉也有相類似的句子：「春夢秋雲，聚散真容易。」晏殊這兩句寫出了人生短促、聚散無定的感慨。

然則面對這一情況，人們難道就只得認命，無所作為？不，「人生自是有情癡」，面對離別，誰願意就此罷休？人總會努力留住對方的。但結果又如何？他說「聞琴解佩神仙侶，挽斷羅衣留不住」。

「聞琴」，用卓文君的故事。文君新寡，司馬相如以琴心挑之，文君夜奔相如，見《漢書．司馬相如傳》。至於「解佩」，是江妃解佩以贈鄭交甫的故事。相傳周代鄭交甫於漢皋臺下遇見兩位女子，女子身上均佩戴二珠。鄭氏請二女贈予珠子。二女解佩交予鄭氏後，鄭氏藏入懷中。又往前十步，手伸入懷中，卻發現珠子不見了。回頭看時，兩位女子也不見蹤影。後來這個典故，就比喻為男女因愛慕而互相饋贈禮物。

這兩句是說，即使兩人如神仙眷侶一般情投意合，過著幸福的生活，一旦對方決意要離去，就算你把她的羅衣拉斷也留不住她。這個動作意象寫得非常生動、深刻，表達了極為悲傷沉痛、百般無奈的心情。

到了這個時候究竟該怎麼辦？作者的態度是，「勸君莫作獨醒人，爛醉花間應有數」。屈原《楚辭．漁父》中說「眾人皆醉我獨醒」，此處卻反用其意。詞人說，還是勸你不要做那獨醒之人吧，要知道即使對花飲酒，酩酊大醉的日子也有定數，也是不多的。所謂人生短暫，為歡幾何？晏殊〈浣溪沙〉詞接著「等閒離別易銷魂」後，也認為「酒筵歌席莫辭頻」，要我們不要因為宴會次數太多而加以推辭。顯然這是晏殊經過一番思索、認清事實後，認為最可行的方法。

「勸君」，也是自勸。我們應珍惜離別的當下，即使別後也要對花飲酒，以遣有涯之生。這樣的表現，好像有點看得開，找到排遣的方法，其實也是一種無可奈何的選擇。

∞

接著，我們來看他兒子晏幾道的詞〈阮郎歸〉：

天邊金掌露成霜，雲隨雁字長。綠杯紅袖趁重陽，人情似故鄉。蘭佩紫，菊簪黃。殷勤理舊狂。欲將沈醉換悲涼，清歌莫斷腸。

相對於晏殊，由於性情、遭遇的不同，晏幾道詞流露的並非理性的反省與思致，而是一種情緒的感傷與懷思。因此，他的詞在華貴之中難掩悲涼淒婉，濃豔的文字色彩營造出的卻是黯淡的氣氛。馮煦《蒿庵論詞》將之與秦觀比並，稱為「真古之傷心人也」。他的作品多寫高堂華燭、酒闌人散的空虛，他的傷心處往往是對昔日歌舞愛情之歡樂生活的一種追憶。

這首〈阮郎歸〉應該是晏幾道在汴京重陽節時所作。所謂「每逢佳節倍思親」（王維〈九月九日憶山東兄弟〉），作者客居京城，在這重陽佳節，觸景傷情，特別挑動了他的思鄉愁緒。然而詞中所抒發的又豈止「思鄉」兩個字能概括？其實更深的悲痛是往日豪情的消逝，強烈的今不如昔的哀嘆，因此他下筆顯得特別沉鬱悲涼。陳匪石《宋詞舉》說：「此在小山詞中，為最凝重深厚之作。」對多愁善感的作者而言，這份離愁夾雜個人身世之感，忿恨鬱積於心，實在難以化解。

我們來看這首詞。「天邊金掌露成霜，雲隨雁字長」，這兩句是說，在天邊銅仙掌上的露水已凝結成霜，雲隨著排成「人」字的雁兒飛往的方向蔓延拉長。什麼是「天邊金掌」？據《三輔黃圖》記載，漢武帝在建章宮築臺，在上面安放了一個銅鑄的仙人像，仙人以掌捧著銅盤，承接天上的露水。漢武帝用露水和玉屑一起飲用，以求長生不老。銅人，詩詞中多稱為金人，詞調有〈金人捧露盤〉這個詞牌。後世多用作詠帝王求仙好道之典。又，金掌本在長安，長安為漢朝京城，故詩詞中多用作京城宮殿的標誌。

此處所謂「天邊金掌」，點明這是汴京的景色，暗示自己正客居京中。這兩句寫京城的深秋景象，天氣變冷了，雁群飛往南方，故引起了詞人對故鄉的思念。晏幾道是江西臨川人。

「綠杯紅袖趁重陽，人情似故鄉」，是說大家趁著這重陽佳節，盡情地飲酒作樂，感覺這裡的風俗人情真像家鄉似的。重陽佳節，城中仕女都到郊外遊賞，簪花喝酒，許多名勝園林也熱鬧起來，而柳邊花下，歌妓舞姬盡情表現，這些歡樂場面和活動，都引起小晏對許多往事的追憶，使他禁不住引發「人情似故鄉」的感想。順便一提，小山詞喜歡紅綠兩種顏色並舉，像這首詞的「綠杯紅袖」，又如著名的〈鷓鴣天〉詞的「翠袖殷勤捧玉鍾，當年拚卻醉顏紅」，都是用濃豔的色澤，來烘托歡樂的氣氛。

看著這些活動，想起家鄉往事，此情此景，詞人有怎樣的表現？他說「蘭佩紫，菊簪黃。殷勤理舊狂」。「蘭佩紫」兩句，就是佩紫蘭、簪黃菊的意思。〈離騷〉說：「紉秋蘭以為佩。」蘭，是蘭草，秋天開花，莖紫色。簪菊，古人在重陽節有簪戴菊花的習俗，如杜牧〈九日齊山登高〉：「菊花須插滿頭歸。」這整段是說，用紫色的蘭草做為配飾，把金黃的菊花簪戴頭上，懇切認真地將舊日疏狂的情態再表現出來。

況周頤的《蕙風詞話》很欣賞「殷勤理舊狂」這一句。他說：「『殷勤理舊狂』五字三層意：狂者，所謂一肚皮不合時宜，發見於外者也。狂已舊矣，而理之，而殷勤理之，其狂若有甚不得已者。」他形容這狂是舊的，可見真實的性情被壓抑已久。

重陽佳節，大家都應時應景，佩上紫蘭，簪上黃菊，自己又何妨照例裝成歡樂的樣子？然而搬弄這些玩意兒，心情是相當複雜的。年輕時盡情任性地做這些事，視為理所當然，現在年歲已長，心境也不一樣，哪來這種玩興？但是從前那種生活多麼令人留戀，如今當感覺很多事都提不起勁的時候，反而覺得昔日那份疏狂放浪的行徑，分外珍貴。可是再深想，「後不如今，今非昔」（吳文英〈金縷歌〉），往後還有多少個重陽可以做這些事呢？倒不如就認真地盡情玩個痛快，跟以往一樣佩紫蘭、簪黃菊，重溫那種少年狂態吧。

這就是「殷勤理舊狂」這五個字，所包含的既複雜又深沉的內容，充滿著無奈的感慨。「理舊狂」是對現在悲涼心情的一種反撥，即使無可奈何，也想藉此稍作一些紓解。「殷勤」兩個字，則可見悲涼之深沉，需要多用力氣、多費點心去處理。

那麼最後要如何排解呢？「欲將沈醉換悲涼，清歌莫斷腸」，他說還是讓自己沉醉在酒杯中，以替換心中的悲涼，也就是借酒澆愁之意。還有，就是聽聽那些清新優美的歌曲，再不要惹起什麼哀愁了。這兩句與上片的「綠杯紅袖趁重陽」呼應，環環相扣，構篇相當綿密。前面說的是一種客觀的情況，現在則顯示出主體的抉擇，主動參與的動作。詞人想追求一種解脫，想藉此忘記煩憂，可是連他自己應該也不會相信，這真的可以換來歡樂。

這首詞筆力豪宕，表面上找到紓解的方式，其實依舊是愁結難解。那正是「傷心人」晏幾道晚年真正的悲鬱情懷。

∞

晏殊和晏幾道都用不如沉醉的態度面對離別和別後相思之苦，看見詞人明知徒勞，卻仍付出努力，這何嘗不也是一種知其不可而為之的精神表現？所謂「舉杯銷愁愁更愁」，除非別離結束，不然此恨終究難解。

04 珍重眼前

晏殊〈浣溪沙〉、蘇軾〈望江南〉

上一節談「沉醉不醒」，那是認清別離的事實後所採取的不得已方式。這裡要談的「珍重眼前」，也是經過一番思索後，因顧慮到別人，自覺不應擴大哀傷的情緒，而較理性、正向一點地面對離愁的態度。上冊談論宋人化解時間憂慮的方法，其中一種就是「珍惜當下」，與這裡的主題相似。時空本來就是相對的概念，不過這次不是從時光流變的角度著眼，而是就空間隔分的概念，來看詞人在面對離別那一刻，和別後思鄉的時候，所做出的排遣方式。

前面曾引錄晏殊〈浣溪沙〉詞中的三句，來佐證他在〈玉樓春〉詞中不如沉醉的態度。其實晏殊〈浣溪沙〉整體的表現不只如此，它有相對理性的論辯，思前想後，而有豁然接受當下的那種心情。我們來看他的整首〈浣溪沙〉詞：

一向年光有限身。等閒離別易銷魂。酒筵歌席莫辭頻。　滿目山河空念遠，落花風雨更傷春。不如憐取眼前人。

詞的第一句，「一向年光有限身」。「一向」，即一晌，如說一霎、片時的意思。「年光」，即年華，一年中的芳華，指一年中最美好的時光，那就是春光。這一句是說，春光短暫，生命也是有限的。人生雖有限，如果一輩子都過得無憂無慮，也許就沒有什麼遺憾。可是在這短暫的一生中，不如意事卻十之八九，成敗得失在所難免。而且生老病死的歷程，夾雜悲歡離合的情緒，人的心靈很難都保持平靜，總會有高低起伏的變化。而在這當中，離愁別緒最是令人難以承受。

所以晏詞第二句就說，「等閒離別易銷魂」。「等閒」，是平常的意思，也有隨便、無端之意。人生苦短，為歡幾何？難怪平常隨便就發生的離別，就足以令人黯然神傷、難過不已。江淹〈別賦〉早就說了，「黯然銷魂者，唯別而已矣」。所謂魂，是指人的內在精靈。心魂相守，是最好的精神狀態。然而守在體魄內的精魂，卻會在幾種情況下消散於外，造成神不守舍、失魂落魄的現象。酒醉、病重、作夢、悲傷，或思憶過度，都會讓人的精神與體力失去平衡，容易喪失理性，難以管束那體內的魂。離別時因為難分難捨，情緒過度刺激而神思茫然，彷彿魂將離體，所以用「銷魂」來形容那時候悲傷愁苦、難以自持的情狀。

秦觀〈滿庭芳〉詞說：「銷魂。當此際，香囊暗解，羅帶輕分。」李清照〈醉花陰〉說：

「莫道不銷魂，簾捲西風，人比黃花瘦。」都是寫離別或別後的心情。詞裡充滿著離愁別緒，因此寫「銷魂」的詞句就相當多。我想，要研究中國人的情緒，「銷魂」究竟是怎樣的一種表現，是很值得細細探討的。

晏殊〈浣溪沙〉點出人生無奈的困境，那我們該如何面對？詞的第三句說「酒筵歌席莫辭頻」，不要因宴會次數太多而加以推辭。「莫辭頻」，也可解作莫頻辭，就是說年光不再，人事無常，應及時把握眼前事物，故酒筵歌席無須頻加推辭。兩種解釋都是要人珍惜眼前歡樂。

我們即將離別，有時心已煩亂，真的不願接受朋友不斷地舉行宴會來辭行。更何況一餐接一餐的，身心都會感到疲累。但晏殊告訴我們，今日不聚，明日離去後，恐怕此生再難有機會重逢，那麼就應該珍重主人心，珍惜今日難得在一起的機會吧。在古時候交通不便的情況下，那是面對離別不得不採取的態度。

俞陛雲《宋詞選釋》評論這詞的上片說：「此詞前半首筆意迴曲，如石梁瀑布，作三折而下。言年光易盡，而此身有限，自嗟過客光陰，每值分離，即尋常判袂，亦不免魂消黯然。三句言消魂無益，不若歌筵頻醉，借酒澆愁。半首中無一平筆。」晏殊這首詞的確做到一句一意，情意跌宕有致，正是晏殊詞情中有思的表現。

下片伸張前面的說法，為珍惜當下的表現做出相當合理的解釋。「滿目山河空念遠，落花風雨更傷春。不如憐取眼前人」，這三句是說，行人別後，他日只得登臨遠望，對著遼闊的山河想念對方；而在此風雨淒迷、落花紛飛的時節，更令人感傷春光易逝，美好的過去不可挽回。作者的用意是勸人與其別後念遠，徒然傷感，倒不如珍惜眼前盛筵的美意與溫情。

葉嘉瑩先生分析說：「大晏詞之妙處則在對『空』字和『更』字的應用，引起了雙層加深的作用：『更』字是加倍的意思，是說我已經有了念遠的悲哀再加上傷春的悲哀，而一個『空』字也貫穿了兩句的情意，念遠是空的，傷春也是空的，『念遠』不一定就能相逢，『傷春』也不一定能將春光留住，不可得的仍然是不可得的，無法挽回的仍然無法挽回，……二句有詩人的感受，更有理性的認知。」因此，晏殊便得出一個結論：與其為未來仍未發生、過去不可挽回的事物而徒然傷感，倒不如好好愛惜眼前與你共歡樂的人吧！

元稹〈會真記〉載崔鶯鶯詩說：「還將舊來意，憐取眼前人。」晏殊〈玉樓春〉詞亦云：「不如憐取眼前人，免使勞魂兼役夢。」「憐取」，是憐惜的意思。這最後一句是引申上片「酒筵歌席莫辭頻」之意的。晏殊是勸人，也是自勸，既然傷春念遠只會增加人的煩惱，而眼前的人哪能常常相聚？與其他日徒勞相憶，不如珍重眼前惜別的人兒，沉醉於當下的歡樂。這可以看出晏殊較理性的排遣離愁方式。

∞

相對於馮延巳和歐陽修，晏殊有較曠達的懷抱。後來的詞人，能夠以理導情，用更理性的態度排遣離愁別緒，表現出更曠達懷抱的，應該就是蘇軾了。

東坡詞曠達意境的開拓，是沿著生涯的變化而漸入佳境的。謫居黃州以後的詞不用說了，其實在他早期的創作中，已展現出具有理性紓解愁情的特質。我們可以看這一首寫在密州的詞〈望江南．超然臺作〉：

春未老，風細柳斜斜。試上超然臺上看，半壕春水一城花。煙雨暗千家。　寒食後，酒醒卻咨嗟。休對故人思故國，且將新火試新茶。詩酒趁年華。

上冊第八講談論東坡的〈江城子．密州出獵〉，簡單介紹過他剛到密州時的處境和心境。那時他心情十分鬱悶，感覺這裡的環境，衣食住行等方面都不如杭州，而且「始至之日，歲比不登，盜賊滿野，獄訟充斥；而齋廚索然，日食杞菊，人固疑予之不樂也。」（〈超然臺記〉）一年之後，東坡習慣了這裡的生活，愛上當地純樸的風俗，心情漸入佳境，身體也變好了，於是他開始整理園圃，將園北靠著城牆而建的舊臺稍加整修，作為他與賓客遊宴休憩的地方。他的弟弟子由為之取名「超然」。

東坡〈超然臺記〉又說：「以余之無所往而不樂者，蓋遊於物之外也。」子由很了解他的兄長，知道東坡有時過於執著，得失心太重，因此煩惱特別多。他題「超然」二字送給東坡，無非是希望他能隨遇而安，超然物外，心靈得到真正的快樂。東坡欣然接受，當然也會以此來自我期許。

這首詞作於超然臺修葺完成的第二年，即宋神宗熙寧九年（一〇七六），東坡四十一歲。據詞的內容所述，它的寫作時間是在寒食節過後。

寒食節在冬至後的一百零五天，大約在清明前一日或兩日。一般認為寒食節是為了紀念介之推。相傳春秋時期晉公子重耳離開晉國，流亡十九年。有一次重耳餓昏了，介之推割下自己的大腿肉烤熟給他吃，得以保住了性命。重耳很感動。後來重耳回到晉國，成為晉文公，回憶起舊事，想封賞介之推，而介之推已經和母親到山西的綿山隱居了。晉文公派人上山搜索，遍尋不到，便下令放火燒山，想以此逼出介之推，最後竟發現介之推母子抱著槐樹被燒死。晉文公十分後悔，就規定每年這個時候不得生火，一律吃冷食，稱為寒食節，以紀念介之推。

但據考證，寒食節禁火習俗的起源與介子推並沒有關係。現在學界多認為，應是春季要換新火的一個規定。因為古代是鑽木取火，火種不能長年累月使用，因此國家會規定時間要老百姓清理舊火種，換上新火。古人因季節不同，用不同的樹木鑽火，有改季改火的習俗。而最重要的一次就是春季改火，主要是用榆木。新火未至，就禁止人們生火，這在當時是件大事。寒食節習俗有掃墓、郊遊、盪鞦韆、打毬等。

東坡登超然臺作此詞，正是暮春三月初，所以開篇說，「春未老，風細柳斜斜」。此時春天還沒有過去，柳條在微風吹拂下斜斜飄蕩。「試上超然臺上看」，他與友人登上超然臺眺望，看見了「半壕春水一城花，煙雨暗千家」的景象：底下的護城河流著半溝碧綠的春水，遠處城裡處處開著美麗的春花，而迷濛的煙雨籠罩著千戶人家。眼前的景色，是如此溫靄又淒迷，最容易觸動離人的思鄉情緒，尤其在這時節，寒食之後就是清明了。

東坡果然觸景傷情，「寒食後，酒醒卻咨嗟」。他意識到寒食剛過，心情有些鬱悶，於是喝了點酒。喝酒只為澆愁，可是愁卻澆不熄，酒醒後依然感嘆不已，因為思鄉的愁緒一時難以排解。詞寫到這裡，整個情調已甚低沉，看似將會以愁苦語終篇。然而，東坡畢竟不是一般多愁善感的詞人，只會耽溺在個人的情緒中。東坡善體人意，在這同遊共賞的場合，故人難得相遇，他當然知道不能叫人掃興，因自己思鄉的情緒而影響今日的歡聚。

於是他說，「休對故人思故國，且將新火試新茶。詩酒趁年華」。「故國」，指故鄉。「新茶」，指寒食節禁火前採製的茶，又叫火前茶。舊火已除，新火方生，取水烹茶，正可品嘗剛焙製的火前茶，一切都是新的開始。更要趁著這青春年華盡情地吟詩飲酒，莫要辜負眼前美好的時光。

東坡最後能夠化愁苦為歡樂，除了上述原因，還有一個重要因素。詞牌用〈望江南〉，本已暗含思鄉之意。詞題是「超然臺作」，就是要展現出一種往上提振的精神。既登超然臺，自應「無所往而不樂」、「超然物外」。東坡寫作，明顯有此用心。這可以看出他積極面對生活的態度，不讓自己陷溺於悲傷的情懷裡，反而能以理導情，自我調適，為小詞帶來新的意境。

∞

透過晏殊和蘇軾兩家詞，我們看到詞人如何「珍重眼前人」，以較理性的方式紓解別離和思鄉的情緒，那是相對比較正向和積極的表現。

05

兩地相思

柳永〈八聲甘州〉、李之儀〈卜算子〉

所謂「兩地相思」，是指充滿離愁別緒之人的一種思念模式——現實裡彼此相距遙遠，而在想像中卻認為彼此仍有著共同感受；自己想念遠方的人，想像對方也正思念著自己；由現今自己所在之處，擬想和對方正在過去某地方做著同樣的事；或者自己想返鄉或歸家，想像對方也一直守著樓頭等待自己回來。

中國詩文中寫這種往復迴旋的思緒，時空交織，特別有情味。譬如韓愈〈與孟東野書〉說：「與足下別久矣，以吾心之思足下，知足下懸懸於吾也。」他是說，與你分別很久了，以我想念你的情況，可以知道你惦記我的樣子。這種將心比心、推己及人的寫法，在詩詞裡也有不少例子。

杜甫作客秦州時，李白流放夜郎，當時有人妄傳李白墮水而死，杜甫因而積思成夢，作〈夢李白〉詩二首。他說「故人入我夢，明我長相憶」，今晚，你來到我的夢中，知道我是多麼地想念你。下一首則說「三夜頻夢君，情親見君意」，一連三個晚上夢見你來，足見你對我親切真摯的情意。詩人分別敘述兩方相對的情意，構成了頻頻的夢境，以自己用情的態度，推測對方相應的心意，表達了友情的交感互應是超越時空的。這種對人情的信任，亦是夢中能與故人相見的憑藉。

後來蘇東坡在〈蝶戀花〉詞所說的「我思君處君思我」，意思是我思念你的時候你也在思念著我，這一句正融合了杜甫〈夢李白〉兩首的詩意。

離別是經常發生的事情，而離愁別緒、別後相思的產生，當然關係到送行與遠行、此方與彼方的人。換言之，離恨是人間相對的憾事，要從兩方面著眼，才能呈現出它真實的面貌。所謂「一種相思，兩處閒愁」，彼此相知相愛，一旦分離，各在一處必然都會思念著對方，無端生出許多愁怨。因此，詩詞中「閨怨與邊愁」、「相思怨別與羈旅愁情」等題材，往往是一體的兩面，彼此是互為呼應、有所關聯的。

在唐詩裡，如王建〈行見月〉說：「家人見月望我歸，正是道上思家時。」白居易〈江樓月〉說：「誰料江邊懷我夜，正當池畔思君時。」又〈望驛台〉說：「兩處春光同日盡，居人思客客思家。」都是由人及我、由我推想他人的寫法。詞的方面，像孫光憲〈生查子〉說：「想到玉人情，也合思量我。」張炎〈水龍吟〉說：「待相逢說與相思，想亦在相思裡。」都是兩面雙寫的。從這些詩詞可以看出人間情誼，總是難分難捨、彼此牽繫的。

此外，有些詞篇更會運用詞的上下片，分開兩處述情，來表達男子與女子同時面對離愁的情境。像晏殊〈踏莎行〉「小徑紅稀，芳郊綠遍」那一首，和歐陽修〈踏莎行〉「候館梅殘，溪橋柳細」那一首，兩首都是「上片征人，下片思婦」的結構模式，就是上片寫男子踏上征途的哀傷心情，下片則敘述閨中婦人送別後的落寞心境，完整地反映了男女間離愁別緒的相對面貌。（第十四講會有專章討論。）

詞體中兩處述情的方式，還有一種是用同一詞牌寫兩首，分別就男女雙方來呈現「換我心，為你心，始知相憶深」（顧敻〈訴衷情〉）的情況。

例如韋莊〈女冠子〉第一首寫思婦的怨情，說：「四月十七，正是去年今日，別君時。忍淚佯低面，含羞半斂眉。不知魂已斷，空有夢相隨。除卻天邊月，沒人知。」這是說，又到了四月十七這一天，去年此時與你分別的那一刻，我故意低下頭來，不讓你看見眼中的淚痕，同時也帶著羞憨之態，稍稍皺著眉頭。可是你一去經年，卻不能體恤我為離愁所苦，一直都沒個音訊，害得我整天失魂落魄的。而自己還一直想在夢中和你相依相隨，那有什麼用呢？現在除了天上的明月知道我心中這份相思之情，已別無人知了。這女子的怨情十分悲切。但作者希望我們不要只從女方的角度看問題，因為愛情是兩個人的事。這一頭因離別而悲痛，另一頭又何嘗不會因相思而苦惱？應該都是同樣沒有好心情的。

果然，〈女冠子〉第二首就以男性的口吻回應說：「昨夜夜半，枕上分明夢見。語多時。

依舊桃花面，頻低柳葉眉。半羞還半喜，欲去又依依。覺來知是夢，不勝悲。」他說昨天深夜裡，我在枕席上的睡夢中清晰地與你相見。我們說了好多好多的話，發現你依舊有著桃花般紅潤豔麗的臉頰，頻頻垂下柳葉般細長秀美的眉毛。看上去好像有些害羞，又有些歡喜。將要離開時卻又頻頻回首，依依不捨。我醒來才知道原來是一場夢，這悲痛叫人如何承受得了？

兩首詞合起來讀，就可以看到男女相思之情的兩面，其實是二而一的，反映了「一種相思，兩處閒愁」的局面。韋莊將它們都展現出來，可以看見他溫厚的一面。離別的雙方如果能以同理心來看待彼此，將心比心，也許就可以稍稍舒緩人間離別帶來的哀傷與苦痛。

從這個觀點來看，用對面寫情的手法以表達兩地相思之情，是有它正面意義的，也是中國文學溫柔敦厚的表現。唐君毅《中國文化之精神價值》一書中，談到中國文學精神，說：「中國文學之表情，重兩面關係中一往一復之情」，「兩面關係與一面關係情之不同處，在此中兩方皆為自動的用情者，兩方皆確知對方對我有情誼。於是其間之情誼，遂如兩鏡交光而傳輝互照。其情因以婉曲蘊藉，宜由說對方之情以說我之情。」「溫柔敦厚，非強為抑制其情，使歸中和也，乃其用情之際，即知對方亦為一自動之用情者。」

根據唐先生的說法，那是對情感的信賴，相信對方必然如自己一樣地用情。因為堅信此情仍可互通共感，生命就不會感到絕對的孤獨無依。縱然是一廂情願的想法，也可聊以自慰，讓自己在人生的旅途上仍能維持前進的力量，對人世間分而又合的際遇有所期待。

唐君毅在另一本他所翻譯的書《愛情的福音》說：「你思念他，你心目中有他的影像，即他顯現你心之外表。你不要說這是你自己的回憶，你焉知不是真正的他在喚起你的回憶呢？」我們從杜甫〈夢李白〉詩和東坡「我思君處君思我」等詞句，可以感覺到中國古人多少也有這想法，認為情緣是可以彼此牽動的。不過，不能否認的是，用這種方法終究是不能真正化解離愁的。

張法的《中國文化與悲劇意識》一書曾談到這種「思念模式」，分析得相當精到，他說：「它以一種想像中穩定的二人關係來代替現實中二人關係的失落，來抵抗二人關係離異中的孤獨，來疏解孤獨中內心的巨大不安和波蕩。思念模式深刻地體現了中國文化『和』的巨大力量。然而，這種均衡裡包裹的畢竟是無窮的離愁。想像中的共在，對照的是實際的孤淒。因此，思念模式一方面把閨怨和鄉愁都範圍在文化思想相一致的格式裡，儘量使之怨而不怒，哀而不傷。另方面，因其想像的現實，本含著非現實的想像。想像中的共生，不能解除現實裡的離棄。從而使它在與文化一致的格式裡，以文化的方式更深地暴露了文化本身不可避免的悲劇意識。」

李清照不正是深刻體會到這一點？她在「一種相思，兩處閒愁」之後，說「此情無計可消除」，因為情難斷，離恨無窮，這情愁看來是無法消解得了的。

8

在宋詞中把這種「相思模式」發揮得淋漓盡致的，應該就是柳永的〈八聲甘州〉了。我們就來細細品味柳永的離人心境。

對瀟瀟暮雨灑江天，一番洗清秋。漸霜風淒緊，關河冷落，殘照當樓。是處紅衰翠減，苒苒物華休。惟有長江水，無語東流。不忍登高臨遠，望故鄉渺邈，歸思難收。歎年來蹤跡，何事苦淹留。想佳人、妝樓顒望，誤幾回天際識歸舟。爭知我，倚闌干處，正恁凝愁。

柳永這首詞一改綺羅香澤之態，用更清疏矯健的筆觸，抒發了羈旅行役中登高臨遠所觸發的思鄉懷人的悲慨，寫景則氣象高遠渾成，寫情則意態淒苦而動人，歷來得到極高的評價。連一向不喜歡柳永的蘇東坡，也不得不誇讚他的「漸霜風淒緊，關河冷落，殘照當樓」這三句，說「唐人高處，不過如此」。所謂「唐人高處」，是指唐代詩人興象超遠，能把大自然的景象與內心感發的情意融合一起，做到情景交融，形成博大的視野和磅礡的氣勢。王國維《人間詞話》說：「若屯田（就是柳永）之〈八聲甘州〉，東坡之〈水調歌頭〉，則佇興之作，格高千古，不能以常詞論也。」可見這首詞的出色之處及其崇高地位。

柳永善於寫羈旅情懷，這首詞寫旅客的淒苦心情，反覆變化，無不從旅人的眼底心中著筆，寫來相當有層次。先是由遠而近地寫，再由近而遠，然後推到想像中的世界，寫遠方佳人在他處倚樓盼望我的歸來，最後歸結到自身在樓臺此處當下凝望遠方而生愁的情境。如同鏡頭的運轉，詞中景物變換自如，卻又貼合情意之轉折變化，音聲跌宕有致，確實營造出淒苦動人的情調與氣氛。

「對瀟瀟暮雨灑江天，一番洗清秋」，開篇的一個「對」字，是領字，帶領下面兩句，正是有意向性地讓讀者跟著他面對當下的景象。黃昏時，江面上灑落的一場驟雨，秋色被洗滌了一番，顯得更淒清。所謂「洗清秋」，一種說法是經過秋雨的沖洗之後，山峰、樹木都被洗得更乾淨了；另一種說法是，一場風雨過後，樹木更加零落蕭疏，樹葉少了，江天也顯得更寥闊了。這兩句首先點出了時節和氣候，鋪墊出一種淒清的氣氛。

緊接著說，「漸霜風淒緊，關河冷落，殘照當樓」。「漸」，也是一個領字，展示時間的變化，與前面的「對」字所呈現的空間景象形成了對比。正常的語法，應該是這樣的：「霜風漸淒緊」、「關河漸冷落」。現在把「漸」字提到前端，一字領兩句，強化了時間的流動感。「霜風」就是秋風，用「霜」字加強了秋風寒冷的感覺。「淒」是淒厲，「緊」是強勁之意。整句是形容秋風驟至，寒氣逼人。詞人身處在空闊的樓臺上，淒厲又強勁的風從遠處吹來，孤獨淒涼的感覺可知。「關河」，即山河，此處泛指江山，亦可解為關塞與渡口。這句是說山河寒冷寂寞，即山河上下都是一片蕭條冷落。「殘照當樓」，時間慢慢推移，現在雨停了，落日餘暉映照在高樓上。

這兩個段落的描寫很有層次，先寫遼闊的景物，然後從遠處到近處，我們好像隨著那霜風往前移動，最後聚焦到樓臺上。通常來說，詞不會完全都寫外物，總是會寫到人的情緒反應，借景來寫情，所以往往會採取一種漸進的方式，由外而內，由遠到近，只要意識到時間的變化，自然就會激發出情緒來。這闋詞也不例外。由「殘照當樓」，順著陽光，我們看到一個人佇立樓臺。他有著怎樣的心情？下文得以鋪敘文辭，由景而情，逐步顯露出來。

詞中接著寫樓中人眼前的景物，「是處紅衰翠減」。「是處」，是處處、到處的意思。「紅衰翠減」的「紅」代指紅花，「翠」就是綠葉，指四處的花草都凋零了。紅綠相襯，給人鮮麗明豔的感覺，然而那麼美的東西也禁不住歲月的摧殘。目睹這景象，樓臺上的人因而悲從中來，感嘆地說「苒苒物華休」。「苒苒」，又作冉冉，緩緩移動的樣子，引申為漸漸之意，指光陰逐漸流逝。「物華休」，是說世間所有美好的景物都凋殘消失了。柳永遂由花草的凋零聯想到人事的變換。

什麼都在變化，那麼與此相對，有什麼事物是不會變的呢？「惟有長江水，無語東流」，詞人認為只有眼前的長江水永遠不會改變，默默向東流去，見證著人事的變化。「無語」，寫出了一種冷漠感，面對人間種種，流水無情以對。縱使它有情，面對人生的短暫與無奈，那長江水又能說些什麼？長長的流水見證人生的變化，水流之長，也映照出人生的長恨。「自是人生長恨水長東」（李煜〈烏夜啼〉），若非江水不變地東流，又如何對照出人生多變的無奈？

江水不斷地流動，牽引的不只是時間飄忽的悵恨，還有作者心中的一份憂思。從外物聯想到人情，世界都在變化，是否能在其中留住一些東西？文學裡最常傳達一種恆久不變的信念，就是不管世間事物怎樣變化，依舊此情不渝。〈八聲甘州〉下片就寫出了這份相思之情。

面對無情流水，詞人說：「不忍登高臨遠，望故鄉渺邈，歸思難收。」「不忍」，是明知後果之不堪而努力想避免。但是上片的景色不就是登高臨遠之景？作者終究忍不住踏上高樓，忍不住遙望故鄉啊！如此來讀「不忍」二字，更讓我們感受到作者情意的掙扎。為什麼不忍登高臨遠？因為「望故鄉渺邈」，遙遠的故鄉，漫漫長路，不知何時能歸去，叫人越望越傷心。「歸思難收」，歸鄉的心情一旦引起，便難以收拾！

下面一轉，「嘆年來蹤跡」，掉入個人過去的情思裡糾纏不已，感嘆這幾年來飄泊不定、身不由己的生活。「何事苦淹留」？這是一個問句，問的是自己辛苦地遠離故鄉，痛苦地滯留旅途上，所為何來？這是一份茫然、無奈的心情，彷彿年來蹤跡只在一條不歸路上，進退兩難。所謂理想，早已模糊一片，更是遙不可及了，唯一的真實似乎只剩下那等待的情意和我不變的思念。

「想佳人、妝樓顒望，誤幾回天際識歸舟。爭知我，倚闌干處，正恁凝愁」，這是一段雙向書寫男女相思的文字。「顒」是「仰」的意思，仰望什麼？「誤幾回、天際識歸舟」，她在那邊天天盼望，該有多少次錯誤地把天邊遠處歸來的船，當作是我回家的船！溫庭筠的〈夢江南〉描述了相似的情境：「梳洗罷，獨倚望江樓，過盡千帆皆不是。斜暉脈脈水悠悠，腸斷白蘋洲。」正是女子倚樓江邊、朝夕盼歸的情狀。作者擔心的是，現在他不能回去，若只是他個人的別恨也就罷了，偏偏那邊也有人在牽掛著他，她有多失望！「換我心，為你心，始知相憶深」，這是很深情的表現。

作者最後說，其實我在遠方也不好過啊！「爭知我」，「爭知」是怎知道的意思。「倚闌干處」，靠著欄杆的地方；「正恁凝愁」，「恁」是這樣、如此之意。全句是說：你又可知道，我在這邊憑欄遠眺，正和你一樣凝愁不解。我知道你等候著我是很苦，可是我思念著你難道不痛苦嗎？這裡把「換我心，為你心」的情況表達得更加具體，以自己的愁來擬想對方的愁，兩情相悲，卻也見出兩情相許的深厚。而這一份深情、這一份信任，也成了茫茫旅途中，遊子既哀淒又溫暖的牽繫。

∞

柳永的詞提到「長江水」，一則比喻時間之流，也寓含綿綿長恨之意。之後，另一位詞人李之儀寫了一首〈卜算子〉，則是以長江為中心，寫男女相思之情，為長江賦予更豐富而深刻的情意。詞是這樣的：

我住長江頭，君住長江尾。日日思君不見君，共飲長江水。　此水幾時休，此恨何時已。只願君心似我心，定不負相思意。

整首詞是從女子的角度向著男方訴說自己的離愁別恨，衷心期盼對方如自己一樣堅守著這份愛情，娓娓道來，懇切而動人。詞的內容大意如下：我住在長江的上游，你住在長江的下游。我每天都想念你卻見不到你，我們卻共同飲著長江的水。這條江水什麼時候會枯竭？這份離恨何時會終止？但願你的心如同我的心，我絕不會辜負你的相思情意。

上片寫相隔之遠與相思之切。「我住長江頭，君住長江尾」，強調二人各別住在長江的一頭一尾，相隔十分遙遠。可是這背後何嘗沒有二人同在一條江水上，彼此還是有所聯繫的意思？既相隔又相連。悠悠長江水，既是雙方相隔千里的障礙，又是一脈相通、遙寄情思的載體；既是悠悠相思、無窮別恨的觸發物與象徵，又是雙方永恆相愛與期待的見證。

下面兩句果然就帶出不能忘情的主題：「日日思君不見君，共飲長江水」。這裡透露出些微的怨懟。我們每天都飲著長江水，然而你在那頭，我在這頭；我在這頭想著那頭的你，飲著相同的水，為何卻見不著你？那麼，既然我有這樣的表現和心情，你有沒有同樣的反應呢？顯然，這女子沒作這般聯想，也不敢去想，她可能只是單相思罷了。

下片寫女子別恨的無窮，和對愛情的熱切期望。「此水幾時休，此恨何時已」？長江水不知何時才能休止，這相思離別之恨也不知道什麼時候才能結束？這裡用反問的語氣，一方面似是祈望能排解這離恨，另一方面卻又彷彿認定這恨意終究是無法消除的。江水永無枯竭之日，那麼以此作類比，這離恨便永無終止之時了。

不過雖則如此，作者最後還是提出一個方案來。白居易〈長相思〉說：「思悠悠，恨悠悠。恨到歸時方始休。」他認為所有離情別恨，只得等到對方歸來才能結束。至於李之儀則認為「只願君心似我心，定不負相思意」，希望你像我一樣，絕對不辜負對方的情意。如果能做到這樣，彼此都信守愛的盟誓，相思相望，最後能相見相親，那麼就不會再有綿綿長恨了。

這首詞最後也用兼及兩方的寫法，也是一種「換我心，為你心」的方式，可以為心靈帶來一些些慰藉，讓人對愛情仍保留美好的憧憬，稍稍紓解因離別而產生的孤獨與疏離感，亦自有其正面的意義。不過，不可諱言的是，只要現實中離別的狀況存在，我們雖從心裡喚起一種美好的呼應，想像兩地相思之美好，但愁怨始終都潛伏在意識中，終究不易消除。

06

明月春風與共

歐陽修〈玉樓春〉、蘇軾〈水調歌頭〉、秦觀〈鵲橋仙〉

面對離愁，這裡要談的另一種表現方式，則非一般人所能做到的，它需要一份豪情、一份曠達的胸襟，以及更圓融通透的人生體驗。換言之，它是一種更正面、更理性、更勇敢地去反撲、紓解這困擾人心的離愁別緒的表現。這些努力雖然未必都能如願，讓心靈獲得真正的安頓，但那強烈的生命意志，還是令人感佩的。詞人的這種用心，這種以更豪放、曠達的精神化解離恨的態度，確實能激發人心，為人間情誼賦予更積極、更正向的意義。

這一節標題之所以叫做「明月春風與共」，意思是面對人生的離恨，要不就甘之如飴地接受，否則就透過情理的思辨，擺脫它的束縛，卸下心中的憾恨，瀟灑以對。這樣便能沉醉於春風，怡然於月下，此生便無遺恨，也能於相思別恨中領會到人情的溫馨與美好。下面要談論的詞人主要是蘇軾和歐陽修，剛好歐陽修的〈玉樓春〉用了春風的意象，而東坡的〈水調歌頭〉則是透過明月來抒情。

古語有云：「春女思，秋士悲。」（《淮南子．繆稱訓》）一般來說，詞善於寫女子傷春的情懷，詩則長於寫士人悲秋的哀感。女子春日的情懷，頗能象徵詞的情韻。她一方面有著如春花般的美麗年華，一方面又充滿著韶光易逝、美人遲暮之感。這種既感受美好又猶疑不安的心情，就是春情，也是詞裡最重要的一種情緒。歐陽修善於體察女子的情懷，他的詞多是留春、惜春、送春、傷春之詞，可見他多情的一面。

歐陽修詞的特色，上一冊已有介紹。簡言之，他的詞豪放而沉著，既有無常的悲慨，又有遣玩的逸興。他在詞中常表現出一種向傷感反撲的豪情，而在下沉與上揚兩種力量相互激盪之下，形成他獨有的跌宕之姿。這首〈玉樓春〉最能表現這樣的特質：

> 尊前擬把歸期說，未語春容先慘咽。人生自是有情癡，此恨不關風與月。　離歌且莫翻新闋，一曲能教腸寸結。直須看盡洛城花，始共春風容易別。

如何面對離愁？歐陽修的這首詞夾敘夾議，指出了人間離恨的根由，也提出了如何化解的看法。

詞的開篇，他先交代離別的情狀，擷取一個獨特的片段，借動作與畫面，生動地勾勒出男女雙方具體的依依離情。「尊前擬把歸期說，未語春容先慘咽」，他在筵席上打算告訴對方歸來的日期，不料還沒開口，那女子美麗的容顏已變得淒慘，聲音也哽咽了。歸期真能說定嗎？男子之所以無法說出來，因為他深知這不過是安慰的話語，自己前途未卜，也猶疑不安。女子看著對方欲言又止，知道他身不由己，無法給予承諾，除了默默承受，又能如何？而且良宵苦短，看著對方殷殷情意，想著別後無人憐惜，不禁悲從中來，容顏愁慘，泣不成聲。

此情此景不正是人間離筵別宴上常見的畫面？那麼離愁別恨什麼時候能終止？歐陽修說「人生自是有情癡，此恨不關風與月」，人生本來都會有這種為情而癡執的心，因別離而產生的憾恨無關乎外在的風物變化。就是說，情乃與生俱來，跟外在的事物不相干，也毫無瓜葛。李煜〈子夜歌〉說：「人生愁恨何能免？」世間之所以充滿哀愁怨恨，歐陽修點出了問題的癥結，就是因為有情。因為有情，所以就有了長相廝守的癡念；因為有情，所以就有了慧劍難斷的牽掛；如是，遂令人脆弱地禁不起生離死別的疼痛。

所謂觸景傷情、睹物思人，那些熟悉的景色、相同的事物之所以讓人傷心難過、思念無窮，關鍵就在人們心中有著一份無法忘懷、執著難斷的人間情誼。風月本是不惹人的，而人卻自己去惹風月。惹了風月，又怨風月。可是明月清風原是自然景象，而悲歡離合則是人間情事，兩者有何關係？真正讓人深陷愁苦之中的，應是我們自身太過執著於感情，遂難以自解。

下片回到離別的主題，作者以為既然人生有情，那麼別離生恨必然是無法避免的情況。明知如此，他於是勸人也自勸，「離歌且莫翻新闋，一曲能教腸寸結」，是說送別的歌曲唱一首已足以令人悲痛不已，因此千萬不要一直不停地彈唱新的曲調，讓離別的人不斷地忍受那椎心之痛。事實上，在離別的場合，人們往往做不到那麼乾脆，反而明知故犯，總是不忍驟然分手，希望儘量拖延著時間，於是雙方便一首一首地唱下去、聽下去，直到最後一刻不得不離去為止。

歐陽修這兩句其實是強調：不管兩人能在一起的時間有多長，歌曲唱幾首其實都一樣，都無法消除心中的離恨。一曲就讓人肝腸寸斷了，再唱下去只會更悲痛欲絕，那又何苦呢？

離別會帶來感傷，但我們不能因為害怕受到傷害而故意逃避情感，或讓自己變得絕情、無情啊！歐陽修認為，我們如果願意去愛，仍然肯定愛情的正面意義，就應該勇敢去追求，享受那最甜蜜美好的愛戀，才不枉此生。這樣的話，真的面臨分離時，就能輕鬆告別，心中也沒有遺恨了。他用了一個很好的譬喻來說明，「直須看盡洛城花，始共春風容易別」。他說，如果你是個愛花的人，就應該到洛陽城去，看遍該處的名花，將這美麗花城的春色全納入胸中，然後才能從容無憾地與春風話別，了無遺憾。

「洛城花」，指洛陽城裡的牡丹花。洛陽以產牡丹聞名。歐陽修於宋仁宗天聖八年（一〇三〇）考中進士，不久即出任西京（洛陽）留守推官，在洛陽居住了三年多。牡丹色澤美豔，富麗堂皇，素有「花中之王」美譽。宋代洛陽城普遍種植牡丹，當時的品種就有九十多種。

歐陽修甚為愛賞，他後來撰《洛陽牡丹記》說：「牡丹出丹州、延州，東出青州，南亦出越州。而出洛陽者，今為天下第一。洛陽所謂丹州花、延州紅、青州紅者，皆彼土之尤傑者，然來洛陽，才得備眾花之一種，列第不出三已下，不能獨立與洛花敵。而越之花以遠罕識不見齒，然雖越人亦不敢自譽以與洛陽爭高下。是洛陽者，果天下之第一也。洛陽亦有黃芍藥、緋桃、瑞蓮、千葉李、紅郁李之類，皆不減它出者，而洛陽人不甚惜，謂之果子花，曰某花某花，至牡丹則不名，直曰花。其意謂天下真花獨牡丹，其名之著不假曰牡丹而可知也。其愛重之如此。」

他對洛陽牡丹真是讚譽有加。後來北宋末李格非《洛陽名園記》也跟著說：「洛中花甚多種，而獨名牡丹曰花。」明代王象晉《群芳譜》亦云：「唐宋時，洛陽花冠天下，故牡丹竟名洛陽花。」

歐陽修這兩句的意思是，愛花如愛戀他人，不應為了花美而容易凋零就不願去觀賞，談感情也一樣，不能為了害怕須面對生離死別而卻步，既然要愛，就一往情深，努力去追求那份愛情，認真去愛你所鍾愛的人，縱情在歡樂之中，享受人生的美好，那麼就不會有遺憾了。

歐陽修這首詞展現了他豪宕而沉著的態度，寫出了一種知其不可而為之的精神。詞中用「直須」、「看盡」、「始共」等敘寫口吻，十分任縱有力，表達了不甘心輕易放棄的自我期許，充滿興發感動的力量，極具啟發意義。

8

接著來看歐公最得意的門生蘇軾如何面對離愁。〈水調歌頭〉是大家都熟悉的名篇，東坡在這首詞裡敘述了自己的一段傷懷念遠的情事。

明月幾時有，把酒問青天。不知天上宮闕，今夕是何年。我欲乘風歸去，惟恐瓊樓玉宇，高處不勝寒。起舞弄清影，何似在人間。　轉朱閣，低綺戶，照無眠。不應有恨，何事長向別時圓。人有悲歡離合，月有陰晴圓缺，此事古難全。但願人長久，千里共嬋娟。

這首詞寫於宋神宗熙寧九年（一〇七六），東坡四十一歲，在密州任上。東坡之所以選擇到山東的密州任官，主要是希望能與在齊州任書記的弟弟子由見面，沒想到事與願違，隔了一年還是緣慳一面。又逢中秋佳節，他不禁悲從中來，就寫了這闋詞。詞的序文說：「丙辰中秋，歡飲達旦，大醉。作此篇，兼懷子由。」說是「兼」，其實「懷子由」恐怕才是這闋詞的創作主因。

詞的上片先寫酒醉的遐想，暗暗透露了心中的不如意。「明月幾時有，把酒問青天。不知天上宮闕，今夕是何年」，東坡探問的當然不是一般的天文知識。人之所以向天發問，是因為人間許多問題得不到滿意的解答，很多煩惱無法消除，所以就希望老天能給予一番指示，得到一個終極的答案。事實上，明明知道不可能得到回應的，卻仍不斷地發問，就是要表達難以釋懷的苦悶。

東坡所關心的，是生命存在意義的問題。「天上」與「人間」是相對的情境。「天上」代表永恆、不變，而月亮就象徵完美、再生，是絕對自由的、快樂的境界。而「人間」則相反，它代表有限、變化，交雜著各種生老病死、成敗得失、聚合離散的情事，讓人容易受到影響，隨之而有喜怒哀樂等情緒反應，心靈不易得到真正的平靜。東坡說「我欲乘風歸去」，未嘗不是想藉此掙脫人間的苦惱。

不過，人到了天上，住在月宮，真的就活得自在嗎？東坡說「惟恐瓊樓玉宇，高處不勝寒」，他意識到那終究有著無法克服的難題。月宮又稱廣寒宮，我們的凡軀怎能抵受得了那絕對的寒冷？其實，更讓人難以忍受的是絕對的孤單寂寞。

李商隱的〈嫦娥〉詩說：「嫦娥應悔偷靈藥，碧海青天夜夜心。」他認為嫦娥偷吃了不死之藥，幽居月宮，每一個夜晚對著藍天碧海，心情分外寂寞淒清，想必她也懊悔不已。確實，人們追求永生，但若換來長期的孤獨，那值得嗎？東坡入世的情懷甚深，他愛家人、朋友，如要捨棄所有的人間情誼以得到永恆的生命，東坡應該不會接受。因此，他便打消了「乘風歸去」那種不切實際的想法，重新正視眼前的美好。

「起舞弄清影，何似在人間」？他說今夜開懷暢飲，而且在月下跳舞，清影隨人，這樣的快樂情境哪像在人間，簡直就在仙界一般。東坡認為人世間是我們生存的居所，無法逃避，雖然它有著種種的限制，但只要我們誠心地接納它，心靈是可以得到解放，不受身體所拘限的。因為真正的自由不是僅憑外在事物而獲得，它主要緣自我們的內在體驗，只要能忠於自我，得到精神的自由，無論處於怎樣的境況都能樂在其中，便能突破人間的藩籬，心裡自然感受到一種超然的快樂自在。

不過，真正要做到坦然無礙，行止自如，需要長期的鍛鍊功夫，時刻都要面對人生種種難題，必須勇於反省，不斷學習，身體力行，才能達到那樣的境界。那是一段漫長而極富挑戰性的人生歷程，不是可以一蹴而就的。東坡詞裡所說，只是偶發性的表現，未有更深刻的生命體悟。但從他能找到自我化解的方法，可見他理性、豁達、能輕鬆面對人生的一面。

東坡在歡飲中抒發遐想，享受月下醉舞的樂趣，可是當酒罷歸來，夜深人靜時，獨自對著一輪月色，卻又難免觸景傷情。「轉朱閣，低綺戶，照無眠」，月光轉過紅色的樓閣，低低地照進雕花的門窗，照著失眠的人。東坡無法入睡，因為他想起了在齊州的弟弟子由，心中有著又虛度了一個佳節的感嘆。

於是他質問月亮：「不應有恨，何事長向別時圓？」是說月亮不應該對人懷有恨意的，可是為什麼偏要在人逢離別時展現出那麼圓的樣子呢？東坡的老師歐陽修不是說「人生自是有情癡，此恨不關風與月」？月當然與人無恨，是人本身的問題。人之所以因月圓人不圓而生出恨意，乃由於自己執著於情，無法紓解心中離愁的緣故。自己睹物思人，卻反過來諉過於物，實在無理。

詞寫到這裡，東坡和一般詞人無異，觸景傷懷，帶出負面的情緒。不過東坡畢竟不是一般詞人，如同詞的上片所述，東坡自有理性的一面，也有化解愁情的能力。更何況他意識到作為兄長的他，要將這首詞送給弟弟，怎忍心將愁緒擴散渲染，影響在另一方也想念著自己的子由的心情？此時，東坡心情平靜下來，經過一番思辨，體認到情感的本質是可以超越限制的，只要彼此關懷與愛護，便能證明它的存在。

他說「人有悲歡離合，月有陰晴圓缺，此事古難全」。東坡以為人的情緒隨著離合聚散的情況而有悲歡哀樂的反應，而月亮則時有時無，或圓或缺，循環不已，因此月之盈虧與人之悲喜心情從來就不容易配合得那麼對稱。再進一步說，人的際遇誰能預料，月亮的形態亦隨時而變，兩者實質上也沒什麼關聯。何況世間許多事情都是相對的，我們難道一直要讓自己受著各種變動不居的人情物事所影響，弄到心神永遠都得不到安寧嗎？人的一生中必有難以彌補的缺陷，世事無常也非人力所能操控，然而我們能夠深信不疑的，不就是心中的一份情？

人間的情誼是東坡生命力量的重要來源，也是他面對挫敗失意時不致於被擊倒的精神支柱。所以東坡最後說「但願人長久，千里共嬋娟」。他和弟弟說，祈願大家都健康無恙，雖然遠隔千里，也是可以共賞一輪美麗月色的。東坡想要表達的是，人間的情感是相對的、互動的，今夜我在這頭望月而懷想弟弟，那麼子由在另一頭不也正望著月亮想念著我？人如能放開懷抱去看待世間事情，不陷溺在個人的情緒當中，多一份同理心，體貼對方的溫情，就能煥發出一種正向的生命力量。這時看見的明月就不是惹人生怨的月亮，反而覺得它是人情匯聚的處所，是人與人之間情志不渝的見證，充滿著甜蜜、溫馨與美好。

東坡以理導情，表現出豁達、溫厚的情懷，為天上的明月賦予了一種清曠的精神。從蘇東坡開始，人們抬頭望月，都會感到一份溫情。這一份情能跨越時空，令無法相聚的人們都得到安慰。

所謂「但願人長久，千里共嬋娟」，正如東坡其他詞篇的結語一樣，像「也無風雨也無晴」（〈定風波〉）、「人間有味是清歡」（〈浣溪沙〉）、「此心安處是吾鄉」（〈定風波〉），都不是抽象的概念，也非哲理思辨所得的意境，而是東坡從實際生活中體證的心得，所以他寫來平易近人，容易引起廣泛的共鳴。

∞

順帶一提東坡門生秦觀的一首詞〈鵲橋仙〉，它是藉牛郎織女的故事，歌頌愛情永恆意義的一闋詞，是悲觀詞人難得的甜美溫馨之作，歷來安慰了無數離別的愛侶。〈鵲橋仙〉原詞是這樣的：

> 纖雲弄巧，飛星傳恨，銀漢迢迢暗度。金風玉露一相逢，便勝卻人間無數。柔情似水，佳期如夢，忍顧鵲橋歸路。兩情若是久長時，又豈在朝朝暮暮。

由來七夕都充滿著傷感的情味，牛郎織女一年一度重逢，莫不視之為悲劇的情節。古詩說：「盈盈一水間，脈脈不得語。」（《古詩十九首．迢迢牽牛星》）他們只能含情凝視，卻無法用語言交談，寫出了牛郎織女「相思相望不相親」（納蘭性德〈畫堂春〉）的憾恨。深受離愁所苦的詞人秦少游，卻在這首詞裡重新為這個傳說詮釋，賦予了更積極、正向的意義，顯現了他對天長地久的堅貞愛情的一份信念。

詞的大意如下：纖細的雲霞做弄出各種巧妙的圖案，那飛快的流星像在空中傳恨，這兩位久別的神仙愛侶，悄悄渡過了銀河。在這蕭瑟的秋風中、晶瑩的白露下，他們終於相會了。「金風玉露一相逢，便勝卻人間無數」，這雖是一年一度的約期，卻勝過世上無數長年累月離居的人，無法如期相聚；也可解釋為勝過人間夫妻的朝夕相會，如果他們同居卻不同心，怎能和牛郎織女有著恆久不變的情愛相比？

下片說：他們纏綿的感情，如水一般的輕柔蕩漾，可是這回美好的會晤卻又如夢般迷離而短暫。各別歸去時，他們真不忍去看那條走過的鵲橋之路。此去之後，又要在等待中度日，多麼令人難受。「兩情若是久長時，又豈在朝朝暮暮」？作者在最後為這故事賦予了新的意義，他認為只要兩人的情意長久不變，那又何必在乎朝朝暮暮廝守在一起？

整首詞主要傳達的意思是，只要雙方的愛情是堅貞不移的，短暫而永恆的佳期，比起平凡乏味、朝夕與共的情愛美好得多。

∞

從歐陽修對情的執著表現，「直須看盡洛城花」那種願意承擔愛的苦果而付出努力的豪宕精神，到蘇軾正視人間情愛相對性的一面，以曠達的懷抱化解人間的離恨，展現出「但願人長久，千里共嬋娟」的體貼、溫馨、美好又高遠的意境，到秦觀體悟到情之質感的重要性，不必在乎是否常相聚，都是相當能鼓舞人心的。他們的詞帶給我們的啟發是，即使經年離別，只要我們始終都有著一份支撐的力量，不會因恨別而否定了情，反而能藉著無窮的思念，見證了情的深厚又真實的意義，並且相信它是可以超越時空的，便足以彰顯人的存在價值。

這一講的六個主題，概述了宋代詞人在情理出入之間，認真面對離愁的態度。詞人的悲歡離合，各有不同的處理方式，或深陷其中，或消極對抗，或認真承擔，或圓融化解，展現出跌宕不一的情懷，讓我們見識了宋人多愁多感、豪邁瀟灑的各種表現，讀到了宋人多情、詞體陰柔中有韌性的特質。

之十

同心與相思

生離死別的哀傷

前面我們談生離的哀痛，主要是從離別的角度，體會人們在送別當下或離別以後的心情，分析詞人如何紓解、面對離愁的方式和態度。這裡要談的生離之嘆，則是與死別之哀一併來看，所指的雙方關係，不僅僅是一般朋友、普通男女的關係，而是較親密的男女或夫妻之間的關係。

對真正的愛侶來說，面對生離或死別，都是切身之痛，心中的愁苦往往無法用語言來形容。這類詞篇所表達的無盡相思和至死不渝之情，既真摯又深刻，最易觸動讀者的情懷。有別於上一講所說的離愁，這裡是不同面向的陳述，著眼點在情感本質的體認，希望藉著對這類哀傷的詞的討論，讓大家更了解詞的抒情特性。

01 同心而離居

范仲淹〈御街行〉、李清照〈一剪梅〉

「同心而離居」，那是出自《古詩十九首》的詩句，它的下一句是「憂傷以終老」。兩句的意思是，男女雙方相知相愛，是一心一意的，但這樣同心的兩人卻偏偏不能在一起，要分居兩處，如果長此以往，兩人就會一直悲傷到老死為止。相愛卻不能相親，那是人世間最令人惆悵的傷心事。

「同心」一語，在《詩經》就出現過。「黽勉同心，不宜有怒」（〈國風．邶風．谷風〉），就是說夫妻兩人要努力同心，不要隨便發怒。《楚辭．九歌．湘君》也有提到，「心不同兮媒勞，恩不甚兮輕絕」，是說兩個人若不同心，媒人怎麼努力想撮合他們，也是徒勞無用的，即使在一起了，恩情如果不夠深，他們的關係也很輕易就會斷絕。因此可知，男女同心是締結情緣的基石，堅定愛情的力量。

在這個基礎上，雙方彼此信任，相互扶持，構成最和諧的狀態，兩人彷彿是一體的。可是，由於男子追求功名、出外謀生，或者遠赴沙場、戍守邊關等種種原因，遂造成有情人分隔兩地，終年不得相見。那是多麼折磨人的事。加上對方歸期難定，或者渺無音訊，更令人憂心不已。古詩所謂「同心而離居，憂傷以終老」的沉痛心情，正是所有為離愁所苦的人們的共同心聲。

離別是十分平常的事，宋詞裡表達這種「生離之哀嘆」的作品數量相當多，正足以反映整個社會的狀況。下面，我想藉選讀男女作家各一首這類題材的詞為例，帶大家看看雙方傷時念遠的心境，以及他們抒發相思無奈情懷的特色。這兩首詞剛好都是寫秋天的景色，一首是范仲淹的〈御街行〉，一首是李清照的〈一剪梅〉。兩首詞都寫離別相思之情，我們也可以觀察男女作家在體會情感與表達情意方面是否有差別。

首先，看范仲淹的〈御街行〉：

紛紛墜葉飄香砌。夜寂靜，寒聲碎。真珠簾捲玉樓空，天淡銀河垂地。年年今夜，月華如練，長是人千里。 愁腸已斷無由醉。酒未到，先成淚。殘燈明滅枕頭攲，諳盡孤眠滋味。都來此事，眉間心上，無計相迴避。

大家也許很難想像，像范仲淹這樣一位大儒名臣，會寫出這樣一首哀怨纏綿的情詞。誠如楊慎的《詞品》評范仲淹說：「一時勳德望重，而詞亦情致如此。大抵人自情中生，焉能無情？但不過甚而已。」宋代文人普遍多情多感，從他們的詞中可以看出端倪。范仲淹當然也不例外。

這首詞寫秋夜相思念遠的愁情，全篇雖從頭到尾都沒有出現「相思」一類的詞彙，但無論寫景敘事，字字句句都是「相思」之意。有評詞者說，這首詞「情景兩到」，確實是一首情景俱佳的名篇，寫景言情都懇切動人，可以看出作者的真情與至誠。這首詞上片寫秋夜懷人的情景，下片寫難以解脫的愁情。

開端「紛紛墜葉飄香砌。夜寂靜，寒聲碎」，是說樹葉紛紛飄落在帶有落花香味的臺階上，在寂靜的夜裡只聽見風吹落葉細碎的聲音。這兩句是以寒夜秋聲襯托詞人所處環境的清冷寂寞。以落葉聲、風聲寫寂靜，聽其聲而知其寒，也夾雜著想像中仍留有花香的感覺，渲染出室外園中一片蕭瑟的景象，人在其間的心境可想而知。落葉飄墜，時序入秋，而秋聲寒意，自然讓人深切地意識到時間的推移變化，無端引起愁緒。

「真珠簾捲玉樓空，天淡銀河垂地」，捲起珍珠簾子，華麗的樓閣空空蕩蕩，遠望淡淡的長空，銀河在天邊的盡頭倒垂地上。表示夜已深而人未眠，也寫出了人去樓空的落寞感。

「年年今夜，月華如練，長是人千里」，長久以來都一樣，每年秋天的這一個晚上，天上的月光都像今夜一般皎潔如白練，可是人卻常常遠隔千里，不能團聚。這幾句抒發了良辰美景無人與共的憾恨。這可以解釋為人間普遍的現象。若就個人而言，則是指人隔千里的情況年年如是，也就意味著每到秋來，自己望月懷人的惆悵之情依舊如故，總是無法改變。

這首詞依循一般情詞的抒情模式，由景到情，娓娓道來，相當委婉動人。上片結束在望月懷人，自然導引出一份相思之情。那麼，這相思之情湧現心頭時，當事人會有怎樣的反應呢？下片主要就是具體鋪述這份愁情。

「愁腸已斷無由醉。酒未到，先成淚」，這三句相當綿密地承接上片末句，望月懷人而生愁。詞人以誇飾的手法，說自己愁到深處，肝腸已斷，想借酒澆愁，也難以讓自己沉醉。即使要喝酒，可是酒還沒入口，淚水卻忍不住早已奪眶而出。范仲淹〈蘇幕遮〉說：「酒入愁腸，化作相思淚。」這裡則更進一層，表示飲酒已無法麻醉自己，酒還沒沾唇，淚已滿面，足以看出愁之深、情之切。借酒澆愁是逃避的一種方式，現在連酒都喝不下去，那麼要怎樣才能忘懷這一切呢？最好的辦法就是趕快入睡，躲到夢裡去。

「殘燈明滅枕頭攲，諳盡孤眠滋味」，他說夜已深了，殘燈閃爍，忽明忽暗的，叫人難以入睡，只好斜靠著枕頭，慨嘆自己一直以來都是孤枕難眠，這寂寞難耐的滋味早就嘗盡，熟悉透了。現在連夢都做不成，看來真的無法排遣這份愁緒了。

詞的結尾說「都來此事，眉間心上，無計相迴避」。都來，是算來的意思。詞人意識到，算來算去，這懷人念遠的相思怨別之情，常湧現在心頭，也流露在深鎖的眉間，裡裡外外總是揮不去、逃避不了。作者寫出了身心被離愁所困擾的情況，意象相當鮮明。就是說，我們的內心或外表都無法掩飾、躲藏離愁別緒帶來的影響，想起她時心裡就難過，眉頭就皺起來，內外一致，那是難以避免的。這首詞確實寫出了「同心而離居」憂傷不已的狀況。

∞

在這個課題上，李清照的〈一剪梅〉以女子的深情與銳感，發揮得更淋漓盡致。

> 紅藕香殘玉簟秋。輕解羅裳，獨上蘭舟。雲中誰寄錦書來，雁字回時，月滿西樓。花自飄零水自流。一種相思，兩處閒愁。此情無計可消除，才下眉頭，卻上心頭。

元代伊世珍的《瑯嬛記》說：「易安結褵未久，明誠即負笈遠游，易安殊不忍別，覓錦帕，書〈一翦梅〉詞以送之。」依據這段記載，這應是李清照早期的作品，是妻子贈給夫婿的詞，表達別後相思之苦。

「紅藕香殘玉簟秋」，一開篇就點染出秋日淒清的氣氛。紅荷的香氣消散了，如碧玉般有光澤的竹蓆也給人涼涼的感覺，已是秋天的時節。在這一句中，詞人分別寫出室外的荷花和室內的竹蓆，同時並置，帶出景與人的關係，透露出女主人翁的感受與心情。情節應該是這樣的，詞人躺在竹蓆上，突然感到有點涼意，立即意會到夏天就要結束，秋天已經到來，因而推測池塘裡的荷花應已凋殘，香氣也聞不到了。

李清照善於利用女性靈敏的嗅覺感官來傳情。「紅藕」，那麼美麗芬芳的花朵，象徵夫妻生活的甜蜜溫馨。她故意用「藕」這個字來代替「荷」，因為「藕」是成雙成對「佳偶」的「偶」字諧音，引申有「佳偶天成」的意思，而「藕」本身亦有「藕斷絲連」的寓意。「香」之為物，在詩詞中出現，往往與男女豔情有關聯，象徵男女遇合過程中一種溫馨旖旎的氣氛。所謂「香殘」，就是表示愛人離去後，如煙散滅，生活中冷冷清清的，不再有溫情了。

「輕解羅裳，獨上蘭舟」，第一句是猜想荷花的狀態，這裡則是寫自己脫下夏日的羅衣，換上禦寒衣服，一個人登上木蘭舟，划到湖中看個究竟。可以看出詞人想挽留時光、留住美好的一番用心。可是，荷花畢竟已凋殘，終究是留不住的。

失望之餘，她抬頭看見往南飛去的鴻雁，不覺閃起了一線希望，期盼能夠與對方互訴衷情，以慰相思之苦。她說「雲中誰寄錦書來，雁字回時，月滿西樓」，寫她盼望丈夫來信的心情。她翹首望天，誰會為我帶來你的信息？以前有雁足傳書的傳說，可是要等到排成「人」字的雁群飛回我這邊，那會是明年春天的事了。在這等待的時日裡，我每個夜晚站在樓臺上，不知看過多少次圓圓的滿月，生出多少的愁怨啊！這裡從白天聯想到滿月的夜晚，從秋天想到春天，表達了期盼對方來信的熱切心情，同時也透露了別離中長期等待的悲苦。

下片承接上片無限相思之情，回到眼前，更進一步寫出離別憂傷的真正狀況。「花自飄零水自流」，荷花果然凋殘了。這裡的「自」字，是指花和水兀自地、自個兒地飄零與流逝，我們只能看著它們就這樣消失不見，卻無能為力。花象徵人間的美好，包括理想、青春和愛情。水，則是時間的象徵。歲月無情，帶走世間最美好的一切。

然而在這好景不常、人生易逝的意識中，詞人心有不甘，還是想證明自己生命的價值，遂喚起了此情不渝的精神加以對抗，所以她說：「一種相思，兩處閒愁。」她深信彼此同心，自己在這裡深受離別之苦，而丈夫在另一邊同樣會為了思念她而苦惱。如果能將心比心，用同情理解的方式看待這份感情，雖然因離別而難過，但也應該感到安慰。因為不是只有自己在受苦，對方也為了愛而不離棄。正因為彼此仍相信愛情，就能找到支撐的力量，讓自己有勇氣活下去、等待下去，直到對方歸來。

不過要做好心理準備，如果丈夫一直不能回來相聚，這份閒愁怎麼樣都是緊緊相隨的。李清照深切地體會到這糾纏人心的痛。她最後說：「此情無計可消除，才下眉頭，卻上心頭。」她很想排遣這份因離別而產生的閒愁，努力舒展緊皺的眉頭；方才眉頭不皺了，表面似乎若無其事，可是心裡隨即又想起來；一想起來，眉頭就又再皺起來。如此反反覆覆，總是無法消除這離恨啊！

這三句詞，似由范仲淹〈御街行〉「都來此事，眉間心上，無計相迴避」等句脫胎而來。不過，看李清照如此形容愁緒輾轉，不必用范仲淹那種說明性、解釋性的字眼，而是用更具體的動作表現出憂愁難解的實情，相對比較出色。

李清照詮釋自家「同心而離居」的憂傷心緒，生動而深刻，跌宕有致，相當精彩。王灼《碧雞漫志》評李清照詞，說她：「能曲折盡人意，輕巧尖新，姿態百出。」這評語確實可用來表揚〈一剪梅〉的特色。

∞

關於男女雙方的生離之嘆，透過范仲淹和李清照詞的閱讀，應可舉一反三，了解宋詞這類題材的基本面貌及其抒情特性。

02 當時明月在

晏幾道〈臨江仙〉、史達祖〈夜行船〉

從「同心而離居」的狀況，我們了解到不管是守候家中的女子，還是出外遠行的遊人，都會因離別而有著無窮的哀痛。這番離愁之所以終日糾纏人心，主要是眼前的境況大不如前，不得不使人更加懷想舊日的美好。

這種情緒的產生，往往是因為看見相同的景色、相似的事物而感發。景物雖依舊，但時移勢轉，人間情事早已變化，心境也有所不同，實在不堪回首。顯見許多離愁別緒都是觸景傷情的結果，讓人難以逃避，因為此景此情年年都差不多，周而復始，此恨便綿綿無絕期了。

這一節的主題「當時明月在」，就是要介紹這種「對景懷人」的愁思。

這類寫別後相思之情的詞，有兩點要注意。第一，這類詞有一相對性的結構，包括它的內容和形式。詞以上下片今昔對照來構篇，本來就是普遍的現象，不過這類詞卻特別明顯。因為它有一個回憶的主題，促使人由現在去追憶往事，產生今不如昔之感，往往是藉眼前如日月、山水、花草等不變的自然景物來對照或做聯想，引發出對離別後人事、心境變化的感傷。

譬如說「當時明月在」（晏幾道〈臨江仙〉），當年在月光下與人同樂，自是一番美景，而明月依舊在，人卻各散西東，遊子思念及此，能不感到寂寞孤單？這「明月」就是貫串過去與現在、未來的意象。正因為物是而人非，兩相映照，就產生了各種悲歡離合的相對情緒。

第二，這類詞敘寫男女情愛的追憶，喚起美人清晰的形貌，其實還包含著當時擁有的青春歲月、憧憬的理想生活等等許多美麗溫馨的成分在內。換言之，所謂往日情懷，就是流金歲月的象徵。詞人藉由這樣的書寫，企圖留住一份記憶，顯現自己的癡情，得到一種肯定，以對抗時空變換帶來的感傷。然而在這回憶當中，已黯然流露出一份對自己青春歲月的消逝、理想生活的落空的感嘆。這是遊子流落江湖、年華衰老時尤其容易觸動的情緒。

8

首先介紹晏幾道的〈臨江仙〉，看這位落魄江湖的貴家公子，如何表現觸景感物、念遠懷人的哀傷心情：

夢後樓臺高鎖，酒醒簾幕低垂。去年春恨卻來時。落花人獨立，微雨燕雙飛。　記得小蘋初見，兩重心字羅衣。琵琶絃上說相思。當時明月在，曾照彩雲歸。

晏幾道詞善寫高堂華燭、酒闌人散的空虛，他常用追憶過去歡樂生活的題材，抒發家道中落後潦倒寂寞的哀感。晏幾道有意地讓自己活在回憶裡，終其一生，不管歲月如何變化，他的心永遠都停駐在過往的某個時空。離開了那個時空，他就像遊魂一般，生活上好像再沒有踏實、歡愉的感覺了。換言之，晏幾道的形體雖活在現在，可是他的心一直眷念著過去。

所謂「假作真時真亦假」，他活在真實與虛妄之間，心智總是迷離悵惘，有點像李後主後期的心境。透過反覆迴蕩的文辭音色，他在詞裡不斷地渲染、烘托、強化那回憶中的美好，以迴避眼前現實生活的殘酷與辛酸。

「夢後樓臺高鎖，酒醒簾幕低垂」，這兩句是互文。樓臺高鎖與簾幕低垂，寫居處環境的冷落寂寥。俞平伯《唐宋詞選釋》說：「這兩句眼前實景，『夢後』『酒醒』互文，猶晏殊〈踏莎行〉所云『一場愁夢酒醒時』；『樓臺高鎖』，從外面看，『簾幕低垂』，就裡面說，也只是一個地方的互文，表示春來意興非常闌珊。」

晏幾道的《小山詞》中常見「夢」、「酒」等語一起並寫的詞句，如〈踏莎行〉有：「從來往事都如夢，傷心最是醉歸時。」〈蝶戀花〉有：「醉別西樓醒不記，春夢秋雲，聚散真容易。」另一首〈蝶戀花〉則有：「醉舞春風誰可共，秦雲已有鴛屏夢。」

樓臺是詞人現今所居之處。晚上自夢中醒來，四周寂然，看到的是門戶深閉。一夢醒來，酒意也消褪了，映入眼中的是低垂的簾幕。高鎖的樓臺、低垂的簾幕，呈現出封閉、幽暗又孤寂的小小世界。詞人常常用這樣的方式、這樣的詞彙來形容周遭的景象，如「樓臺高鎖」、「庭院深深」、「簾幕低垂」、「門掩黃昏」等，都是一方面描寫客觀情境，一方面透過此情境反映出詞人心裡的感受，呈現一個自我封閉的心靈世界。

詞人通常是多愁善感的，他們的心境往往比較含蓄內向，詞境則顯得幽微細緻，不像蘇東坡那樣，絕少寫男女相思怨別的題材。東坡的詞，情中有思，由窄往寬處去看、去寫，因此多了種清朗豁達的意境。東坡之所以不同，就在於他能突破藩籬，衝出了詞的小小世界。不過，大部分詞人彷彿都活在這樣幽閉的小世界，在裡頭自傷淪落、感時懷舊、自怨自嘆，這是詞特有的一種情境。

「夢後」、「酒醒」兩句，讓我們知道詞人喝酒、醉酒、作夢，而後夢醒，亦復酒醒的狀況。醒了之後，他看見的是簾幕低垂，樓臺高鎖，一片寂靜而幽閉的世界，這是他心境的投射。他為什麼活在自我封閉的世界中？他有著怎樣的心情？這首詞在時空情景的設計上，採取的是往後倒推的陳述方式。就是說，它先呈現詞人目前夢醒的狀況，然後再追索他入夢之前曾喝酒的事，顯然他喝酒不是為了快樂，應該是借酒澆愁。那麼無論是醉酒或入夢，都有逃避現實的意思。可是酒與夢都有醒來的時候，醒來時，愁依舊。

那麼先前是因何事而生愁呢？下一句就寫到當日白天發生的事情，他說是「去年春恨卻來時」。「春恨」是與春天相干的愁怨。上冊曾經提過，春天是一個奇妙的季節，一方面風和日暖，花紅柳綠，景色令人陶醉；一方面陰晴不定，百花零落，意境淒迷。稍縱即逝的春光容易令人心碎，所以春恨往往是繁華易逝、良辰美景不再的哀痛。詞人說，去年春天的愁恨又在此時湧上心頭，去年來過，今年又來，而去年之前、今年之後呢？仔細想想，你會發現這「去年春恨」，恐怕也是「年年春恨」。詞的美往往就在婉轉不說盡處。

這春恨對晏幾道來說是怎麼一回事？接著他便抒寫春天的愁情。不過他沒有直接說出來，而是敘述了一動一靜的畫面：「落花人獨立，微雨燕雙飛」。

這兩句不禁令人想起他父親晏殊的詞句：「無可奈何花落去，似曾相識燕歸來。」正值落花時節，而花落春殘，代表世間美好的一切即將消逝。詞人面對這樣的景象，會有怎樣的情緒？所謂「人獨立」，是說人獨自面對這樣的情景，無法使花不飄落，無力留住春光，他內心的感受應該是極其無奈的。「微雨燕雙飛」，是說花落已足以令人惆悵，又加上細雨霏霏，無疑更增添一股淒迷的氣氛。而在細雨中又見雙燕飛來，對獨自佇立園中看著落花的詞人來說，不是更感難過哀傷？

這裡透過燕子雙飛與詞人獨立的情景，相對地呈現春恨的由來。燕子自由自在、比翼雙飛，而人卻是孤零零地在春日的園中徘徊，看著花落春殘。此情此景，心中那種時不我與、孤獨寂寞之感益加深切。

難道所謂「春恨」，指的只是惜花人，因為愛惜春光，看到花落春殘卻束手無策而生的恨意嗎？當然不是。一般詩詞寫傷春情懷，通常不是關心春花春景本身，而是寄託作家心中的一份春心春情。感情生活如春日的美好，女子貌美如花，所謂「香草美人」、「如花美眷」等說法，都是將「春天—愛情—美人」關聯在一起的。因此而知，晏幾道的「春恨」，應該是與過去的一段情有關，而不是感嘆春去花殘而已。

晏幾道這首詞的構篇，針線十分綿密。由春恨寫到春情，就是由今日想到過去。離開過往的美好生活後，獨自一人過著孤單的生活，今日因春生恨，無端回憶起往日那一段情。那麼，怎樣由上片接到下片？詞上片的結尾，寫的是「微雨燕雙飛」，作者便藉由雙飛的燕子，想到昔日與他一起的那個女子小蘋。

下片全是回憶中的情事，「記得小蘋初見，兩重心字羅衣。琵琶絃上說相思」。「記得」二字，一下就將讀者帶入回憶的場景中，於是這種春恨就不同於一般人所寫，因為他有一個特定對象，而這個人物所代表的是過去美好生活的種種。小蘋是晏幾道友人家歌女的名字。很少詞人會在詞裡直呼所愛女子之名，晏幾道卻不避諱，竟在詞句中親切地道出「小蘋」來，可見他的真性情。

他對當年與小蘋初次見面的情景至今難忘，也就是「兩重心字羅衣」。「兩重」，指兩層。「心字羅衣」，有人說是指衣領彎曲、疊合如心字的模樣，也有人說是指心字香薰過的衣服。但我們不妨注意「兩重心字」這個意象，它所構成的圖案表現出什麼意思？一心疊一心，正是「心心相印」，代表了男女互生的情意。因此，所謂「心字羅衣」，應指羅衣上有著用重疊的心字紋組成的圖案。

俞平伯《唐宋詞選釋》解釋說：「疑指衣上的花紋。『心』當是篆體，故可作為圖案。『兩重心字』，殆含『心心』義。」歐陽修〈好女兒令〉詞也有類似的衣飾說法：「一身繡出，兩同心字，淺淺金黃。」這是一個特寫鏡頭，不只呈現出衣服圖案，也暗示了男女雙方的一份款款深情。

情意的表達除了運用視覺意象外，還有聽覺的意象。「琵琶絃上說相思」，是說小蘋以琵琶樂音訴說相思之情。這與白居易〈琵琶行〉「低眉信手續續彈，說盡心中無限事」所表達的情意相似。

無論是心字羅衣或琵琶情語，詞人顯然都用心地感受到了，因此他現在回想起來，歷歷如昨，那件衣服細緻之處他仍記得一清二楚，小蘋彈奏琵琶的樂聲也好似還迴蕩在周圍一般，顯然他已掉入沉思之中。作者透過畫面，也讓我們清楚地看到他回憶的對象。

作者還記得那天晚上，人間的歡樂與大自然的景色配合得很完美，一片和諧美好。「當時明月在，曾照彩雲歸」，當時一輪明月在天空上，曾照著美麗的雲彩緩緩散去。明月映照彩雲是多麼美妙的畫面，正反映出當日詩酒生活的璀璨美麗，而那情景彷彿已成為永恆的記憶。

「彩雲歸」一句，似出自李白〈宮中行樂詞〉的「只愁歌舞散，化作彩雲飛」，或是白居易〈簡簡吟〉的「彩雲易散琉璃脆」。因此，「彩雲」在這裡可以用來形容歌聲舞態的美妙、輕盈與飄逸，而「彩雲歸」亦暗含風流雲散之意。就是說，這詞句一方面修飾女子跳舞的姿貌、舞衣的裝扮，如雲彩般曼妙而華美，一方面也用來形容人的聚散離合。當浮雲飄散，人各一方，再也無法重回往日的美好了。

當時的明月如今仍在，但曾經照耀的彩雲呢？卻已散滅不可復見。這是以不變的物象，對比變化的人事，傷逝之情由此而生。以月亮的意象，代表人世滄桑的見證者，這是中國抒情詩詞常用的手法。傷離念遠，正是這首詞所說的「春恨」的具體內容。而傷春之情何嘗不可視為人生某種情狀的象徵，如美好歲月的消逝、青春年華的老去、理想情事的失落等。詞的情懷往往就擺盪在這時空變化之中。

誠如東坡〈永遇樂〉所說：「古今如夢，何曾夢覺，但有舊歡新怨。」我們不容易掙脫人生的桎梏，很難真正了悟，坦然面對人間種種情事，因此就困在「真—假」、「夢—覺」、「情—理」、「今—昔」的相對概念中，徒生許多煩惱。這是詞的基調，在變與不變的對比情境中，映照出人生的苦樂。

8

接著，我們來看一首寫多年離別後，老來傷悲之作，那是南宋詞人史達祖的〈夜行船·正月十八日聞賣杏花有感〉：

不剪春衫愁意態。過收燈、有些寒在。小雨空簾，無人深巷，已早杏花先賣。白髮潘郎寬沈帶。怕看山、憶他眉黛。草色拖裙，煙光惹鬢，常記故園挑菜。

史達祖在南宋寧宗時曾擔任權相韓侂冑的堂吏，後來韓侂冑遇害，他也被株連，因此歷來詞評對他的人品是頗有微詞的。不過就詞論詞，不能因人而廢文。史達祖是繼承周邦彥典雅路線的名家，擅長描寫，尤其是詠物之作，摹寫精工，極妍盡態，相當有特色。相對來說，周邦彥較渾厚，史達祖則流於尖巧。此外，史達祖也長於寫兒女之情，詞集《梅溪詞》中亦多佳作。不過他的胸襟似不及晏幾道、秦觀之磊落，故少俊邁之氣。

這首〈夜行船〉的詞題說「正月十八日聞賣杏花有感」，可知詞人是在某年的元宵過後三天，因為聽到深巷中傳來叫賣杏花的聲音，觸動了心中的離愁，有感而發。這首詞因聲動情，借景懷人，寫得相當含蓄委婉。

詞的上片主要是鋪述詞題中所說的情景。「不剪春衫愁意態。過收燈、有些寒在」，這兩句是寫元宵過後不久，天氣還沒轉為暖和，不能穿著春天的衣服出外遊賞，感到有點愁悶。元宵節晚上有賞燈活動，通常正月十三、十四試燈，十五放燈，十七、十八收燈。過了收燈，嚴冬似乎尚未遠去，仍然有襲人的寒氣在。因為天氣仍有些寒冷，因此縫製春衫也得延遲，無法出外遊春，心情的苦悶可想而知。

「小雨空簾，無人深巷，已早杏花先賣」，室內室外一片空虛寂寞，細雨霏霏，所以門簾虛掩，幽深的巷弄裡也寂無人影。這個時候卻聽到提前叫賣杏花兒的聲音。詞人本來意興闌珊，不願出門探春，可是，春天的訊息還是傳到這無人的深巷中。

宋人寫雨中杏花的詩相當多，陳與義〈懷天經智老因訪之〉說：「客子光陰詩卷裡，杏花消息雨聲中。」陸游〈臨安春雨初霽〉說：「小樓一夜聽春雨，深巷明朝賣杏花。」陸游此詩呈現了充滿生氣、雨後春日的清晨意境。而史達祖的詞則寫春寒料峭，簾外飄灑細雨，深巷裡闃寂無人，忽然傳來了叫賣杏花的聲音，是有意地利用聲籟來襯托寂寞清冷的情境。這叫賣聲一則讓人喚起春天的意識，呼應上文苦悶淒清的情懷，一則帶出下文感時傷逝的感慨、觸景懷人的心情。

下片寫他意識到自己已不如往日那麼年輕，現在腰身瘦損，年華漸老，最怕春天來到，處處令人觸景傷情。不願想起情人的美好，卻又不斷回憶起她種種的事情。下片主要就是敘述這種複雜矛盾的心境。

「白髮潘郎寬沈帶」，這身心的狀況是這首詞情愁興發的關鍵。「潘郎」，即潘岳，就是潘安，晉朝的文學家，他在〈秋興賦〉說自己三十二歲時就開始長出了白髮。「沈帶」，是指南朝梁沈約的腰帶。沈約在寫給徐勉的信中說，自己因病消瘦，腰帶也寬鬆了。「潘鬢沈腰」，是詩詞中常用的典故。李後主詞說：「沈腰潘鬢消磨。」（〈破陣子〉）這裡史達祖是以潘、沈自況，寫自己因愁苦而衰老消瘦的情狀。這一句點出了詞人心中的愁怨和無奈。

多年來離群索居，年華虛度，現在又逢美好的春日來臨，往事淒迷，不堪回首，所以他說：「怕看山、憶他眉黛。」寫到這裡，正式切入主題，點出不願出外春遊的真正原因，與上文「不剪春衫」等語呼應。他說害怕看那蒼翠的遠山，那會讓我想起她的眉黛。

葛洪《西京雜記》說：「（卓）文君姣好，眉色如望遠山。」古時候的眉妝，有一種叫遠山眉。詩詞中常將一抹淡遠的山景比喻女子細柔的眉妝。這裡的「眉黛」，代指女子美麗的容顏。詞中說怕看山而想起伊人的眉黛，就是深怕觸景傷情。此處由物及人，已點出詞的主旨。

然而即使不看春天的景色，心中亦不時會想起伊人的情貌。「草色拖裙，煙光惹鬢，常記故園挑菜」，他說令人念念不忘的，是伊人當年在故園中挑菜的情景。她那綠如芳草的羅裙，拖曳在如茵的草地上而淡蕩春光，透過煙靄，斜照著她如雲的鬢髮。

俞陛雲《宋詞選釋》說：「此詞著意在結句。杏花時節，正故園昔日挑菜良辰，頓憶鬢影裙腰，當年情侶。乃芳序重臨，而潘郎憔悴，其感想何如耶！」「挑菜」，為宋時春日應節的遊戲之一，通常在二月二日舉行。挑菜節當天，城中仕女相率到郊外或園林中遊樂，這也是男女約會幽歡的好時機。詞題說「聞賣杏花有感」，正因為從深巷中傳來的叫賣杏花的聲音，會讓人聯想到正月十八收燈過後，沒多久就是挑菜節了。這賣花聲不禁觸起詞人心中的隱痛，尤其中年心境，又逢新春佳節，特別令人感到難堪。

∞

所謂「每到春來，惆悵還依舊」，無論是晏幾道的情況，還是史達祖的情況，對有情人來說，只要時刻都處於別離的狀態，難忘過去美好的遇合，那麼心中的愁怨便難以斷絕。觸景傷情，頓生今不如昔之嘆，那是在所難免的。

03 生死兩茫茫

蘇軾〈江城子〉、賀鑄〈鷓鴣天〉

談過生離的哀傷，這裡就來看宋詞裡寫死別的悲痛，主要欣賞兩首悼亡詞，一首是蘇軾的〈江城子〉，一首是賀鑄的〈鷓鴣天〉。

悼亡詩始於西晉的潘岳，他的三首悼亡詩透過時節的描寫、遺物的鋪述、亡妻的記憶，表現出睹物思人的哀切情懷。唐詩裡寫悼亡的，則以元稹的〈遣悲懷〉三首為代表，這三首詩敘述了貧賤夫妻的哀愁，也表現了對亡妻的愧疚之情。至於宋詞，最有名的應該就是蘇軾的〈江城子〉了。

我在臺灣大學開設東坡詞的通識課程，多年來都會在期末考試時，要求將近兩百名修課的學生，寫出他們最喜歡或最受感動的一首詞，而這一首〈江城子〉一直都維持在前五名之列。年輕學子大多未經歷生離死別的哀痛，他們為什麼會特別喜愛這首詞，並深受詞中的情意所感動呢？

我想，這有幾個原因。第一，是因為大家都知道東坡這段時期所經歷的種種，譬如他和家人生離死別的故事，他在仕途上的波折，以及他所面對的世局等等，因此讀著東坡這首有感而發、悼念亡妻的詞，除了他的哀傷情緒本身令人感動外，不免同時聯想到東坡的身世遭遇，而寄予一份同情。

第二，年輕人本來對愛情的題材就有所偏好，尤其對悲劇性的愛情故事，特別富有同情。

第三，就文學本身而言，無論什麼題材，凡是至情與真誠的表現，自然就有感動人心的力量。

第四，我們對美好的人事物的消逝，回憶起來總會黯然神傷、難過不已，這是人之常情。而這些人事物，在情感本質上是有共通性的，容易引起彼此的同情共感，從而聯想到個人的際遇。譬如由作品所抒寫的生離死別的情事，想到自己的愛恨得失，不知不覺便產生了共鳴。感傷他人，變成了自我傷感。這是文學交流互動的機制。

雖然大家對蘇軾的〈江城子．乙卯正月二十日夜記夢〉這首詞都耳熟能詳，在談論它之前，還是先抄錄一遍：

十年生死兩茫茫。不思量，自難忘。千里孤墳，無處話淒涼。縱使相逢應不識，塵滿面，鬢如霜。 夜來幽夢忽還鄉。小軒窗，正梳妝。相顧無言，惟有淚千行。

料得年年腸斷處，明月夜，短松岡。

東坡一生中有四位重要的女性：母親程太夫人、第一任妻子王弗、繼室王閏之和妾王朝雲。她們在東坡不同的人生階段裡，分別教導、陪伴、支持、照顧著他，是他最大的精神支柱，也是他始終都感念的人。這首〈江城子〉是追悼王弗而作。

東坡十九歲時在眉州家鄉娶了十六歲的王弗為妻。王弗是鄉貢進士王方的女兒，性情敏而靜，且知書達禮，頗能記誦。她嫁入蘇家，侍奉公婆恭謹，與東坡的感情也很好。但他們婚後不到兩年，蘇洵就帶著東坡和子由兩兄弟赴京考試，王弗與子由的太太史氏則留在家鄉照顧婆婆。第二年，東坡和子由都考上進士，沒想到卻突然接獲母親仙逝的噩耗，父子三人隨即返家奔喪。守喪期滿，蘇洵與東坡、子由再次進京時，王弗和史氏也都隨行。

之後，東坡通過制科考試，派往陝西鳳翔擔任簽判。王弗了解東坡的性情，看他初入仕途，總是擔心他心直口快，太容易相信別人，所以時刻幫他留意，從旁加以提醒。每有客人來找東坡，她不時會站在屏風後面，傾聽他們談話，如發現說話刻意逢迎或言不由衷的客人，她就會勸東坡遠離他們。事後果然如妻子所言，那些人都不值得信任，東坡遂不得不佩服她的識見與眼光。

鳳翔三年任期屆滿，東坡於英宗治平二年（一〇六五）二月返回京師，進入史館任職。不幸的是這一年五月，王弗竟一病不起，享年二十七歲，留下七歲的兒子蘇邁。東坡懷著悲痛，將妻子靈柩暫厝於汴京城西。不料，次年父親蘇洵竟也因病辭世，於是東坡兄弟護送父親靈櫬還鄉，同時亦將王弗歸葬眉山。神宗熙寧元年（一〇六八）七月，父喪期滿，東坡娶王弗的堂妹閏之為繼室。

乙卯，即宋神宗熙寧八年（一〇七五），東坡四十歲，剛到密州（山東諸城）任知州。王弗去世至此時，正是十年。這一年的正月二十日晚上，東坡忽然夢見亡妻，醒來後就寫下了這闋〈江城子〉。

「十年生死兩茫茫」，這十年來生死相隔，彼此都茫然不知對方的情況。杜甫的〈哀江頭〉敘述唐玄宗和楊貴妃的故事，說「去住彼此無消息」，也寫出了一死一生、了無消息的現象，不過不如東坡多了點悵惘若失的感嘆。

在這漫長的十年裡，他雖與王弗陰陽阻隔，卻始終無法忘懷往日的情誼。「不思量，自難忘」六個字，既否定又肯定，看似矛盾的詞句中，其實蘊含著深摯的情意。不必刻意思念，自是無法忘懷，正是平常夫妻的真實感受。生活平平淡淡的，彼此的情意似有若無地存在心裡，無須用言語來表達，自有一份體貼的溫情，而這份夫妻情早已成為生命中的一部分，本來就不會遺忘。

「千里孤墳，無處話淒涼」，昔日朝夕與共，無話不說，但自從王弗去世後，這些年來東坡經歷過許多事情，想與她分享種種體驗，可是她孤零零地躺在千里之外的墳墓裡，自己回不了家，心中的淒涼情意又能向誰訴說呢？可是退一步想，如果真的能夠穿越生死，再與妻子重逢，是否一切都像往日那樣的美好？答案卻是令人失望的。

東坡早就意識到這一點，所以他說「縱使相逢應不識，塵滿面，鬢如霜」。王弗二十七歲那年去世，她的生命就停格在那時間點上，於是她留給人的印象就永遠不會超過那年歲，換言之，她青春的容顏不曾隨歲月而改變。然而活在人世間的東坡卻受著時間推移的影響，年齡會增長，容貌會變化。倘若此時與王弗見面，東坡當然還認得妻子的模樣，但恐怕她卻認不得眼前的東坡了。東坡深刻地意識到自己在王弗去世後的這幾年裡，受盡生活的折磨、歲月的摧殘，不只容顏變老了，志氣也有些消沉，已無昔日的光彩，感覺辜負了愛妻對自己的期待，不知如何能告慰她。

此處寫到既想與前妻相見又怕不相識，這與前面所說的「不思量，自難忘」，形成正反跌宕的語態，充分反映了作者徬徨不安的心境。

不過，雖則如此，東坡還是無法遏止對妻子的思念。所謂日有所思，夜有所夢，下片就寫夢中的情境，彷彿就在眼前一樣。「夜來幽夢忽還鄉。小軒窗，正梳妝」，一個「忽」字，給人一種驚喜的感覺，彷彿真的回到家鄉去了。「小軒窗，正梳妝」兩句語意平和，娓娓道來，展現出如常一般的生活狀態。妻子在窗前，正在梳妝打扮，這是尋常家居的生活片段，也是東坡夫妻甜美生活的縮影，更是東坡永恆記憶中的一部分，因此一入夢就自然浮現了出來，明確如真實的一般。

但東坡沒辦法改變自己的容貌，他帶著現在的心境進入夢中，於是最初的驚喜卻換來「相顧無言，惟有淚千行」的悲痛。這不正是東坡早先預料到的情況嗎？所謂「相逢應不識」，果然就應驗了。王弗看著丈夫，既驚訝又有些不捨，而東坡卻也有著難以掩抑的愧疚之情，這時真是千頭萬緒，不知如何用言語來表達。

「相顧無言，惟有淚千行」，兩眼對望，毋須言語，彼此已能深深體會對方的情意。這體會化作了千行淚水，自雙方的眼中潸然流下，而淚水中不知包含著多少人世的辛酸？夢中有淚，人就在這悲痛中醒來，而夢醒之人不也正熱淚盈眶？回到現實世界，東坡依然是「不思量，自難忘」啊。王弗死去的事實已不能改變，這是他恆久的傷痛，永難斷絕。

東坡最後說，「料得年年腸斷處，明月夜，短松崗」。年年歲歲，每當想起那畫面——明月照耀一片種著矮松樹的山岡上——就會悲傷不已，因為那是「千里孤墳」，愛妻長眠之所啊！詞就結束在這裡。這一片清幽寂靜的景象，也呈現了東坡的心境。東坡不變的深情與無盡的哀傷，藉年年的思念去彌補，而天上的明月就是永恆的見證。

東坡這首悼亡詞，是真情與至誠的表現，讀來十分感人。東坡剛到密州，元宵節時寫了一首〈蝶戀花〉，其中有一句說「寂寞山城人老也」。古人四十言老是常見的事。現在他突然在元宵過後五天夜夢亡妻，寫下了這闋〈江城子〉，悼念他年少結髮的妻子，在他早已熟悉的生離之悲的書寫外，又添死別之思，則東坡「人生有別」之痛就更加深刻了。而且他在詞中特別強調「鬢如霜」的事實，明顯意識到年華已老，那麼他一直以來都有的「歲月飄忽」之嘆，也就更感深切了。

王弗既是他年少尚未離家時娶入門的妻子，也是他初入仕途時陪伴他前往鳳翔任官，為他理家教子，敬他、愛他且隨時提點他的好伴侶。與王弗相關的記憶，夾雜著家鄉故居的影像，更是屬於那懷抱理想、天真浪漫年華的記憶。因此在這闋詞裡面，糾結著東坡的故鄉之思與夫妻之情。而他對亡妻的悼念，看來就不僅僅是生死相隔的深切思憶，其中也哀悼著一份徒然失落的青春歲月與理想。

東坡在四十歲前後因為與王安石不合，離開朝廷，到杭州任通判，之後到密州任知州。一則因為政治上的失意，以致心情鬱悶，一則因為年屆四十，更增年華流逝之感，而東坡是多情的人，這時期面對生離死別，無法抑制時，不覺就會流出眼淚來。之前，曾和大家談過唐宋詩詞寫淚的情況。東坡詞中寫淚，是別具意義的。

在杭州任上，東坡因為接到家書，思鄉情切，他在〈蝶戀花〉詞中激動地寫下這樣的句子：「回首送春拚一醉，東風吹破千行淚。」這淚水是個人有感於飄蕩生涯、有家歸不得而灑下的淚，已非一般男女情詞的表現。在送別長官陳襄，東坡歸來後，終夜難眠，他在〈南鄉子〉詞裡寫道：「今夜殘燈斜照處，熒熒。秋雨晴時淚不晴。」下了一夜的秋雨都停了，而自己的淚水卻依然流不盡，這裡流露出惜別故人的一片深情。

以上生離的悲傷，東坡情不自禁，都落下淚來。剛到密州寫的這首〈江城子〉，悼念亡妻，說「相顧無言，惟有淚千行」，寫死別的哀思，更是悲痛欲絕。況周頤《蕙風詞話》說：「至真之情，由性靈肺腑中流出。」東坡重情，他詞中的淚都是他的真情實感，流自他的內在心靈。東坡在詞中以淚相示，寫出了一己的哀愁，也為自己的抒情文學掀開了新的一頁。

8

東坡之後寫悼亡的詞，最感人的一首是賀鑄的〈鷓鴣天〉：

重過閶門萬事非，同來何事不同歸。梧桐半死清霜後，頭白鴛鴦失伴飛。原上草，露初晞。舊棲新壟兩依依。空床臥聽南窗雨，誰復挑燈夜補衣。

賀鑄，字方回，生於宋仁宗皇祐四年，卒於徽宗宣和七年（一〇五二—一一二五），是東坡之後、周邦彥之前的名家。他的詞作特色是深得楚騷遺韻，善於練字面，風格以婉約為主，亦有豪放之作。陳廷焯《白雨齋詞話》說：「方回詞，胸中眼中另有一種傷心說不出處，全得力於楚騷而運以變化。」這是他的詞特有的情味。

這首〈鷓鴣天〉是宋徽宗建中靖國元年（一一〇一），賀鑄從北方回到蘇州時悼念亡妻趙氏所作。賀鑄一生輾轉各地，擔任低級官職，抑鬱不得志。年近五十閒居蘇州三年，其間與他甘苦與共的妻子亡故，而今重遊舊地，想起了亡妻，頓感物是人非，無限哀戚。賀鑄的妻子趙氏，是宋宗室濟國公趙克彰之女。她勤勞賢慧，賀鑄十分感念，曾有〈問內〉詩寫妻子冒酷暑為他縫補冬衣的情景，兩人的感情很深厚。

這首詞一開篇就直抒胸臆，說「重過閶門萬事非，同來何事不同歸」？「閶門」，指江蘇吳縣城之西北門。這兩句寫他這次重回蘇州，經過閶門，感到萬事皆非，眼前的一切都不對勁，沒有什麼意義，就是因為失去了愛妻。因此詞人用激切問話的語態，表達出極無理卻深情的意緒：當初你我同來，為何不能結伴同歸？

接著，寫他妻子去世後，孤獨無偶，內心極端淒涼痛苦的感受。「梧桐半死清霜後，頭白鴛鴦失伴飛」，他說：我像是受到霜雪摧殘的梧桐，已經半死不活；如今憔悴，像是孤單白頭鴛鴦，不能再結伴雙飛。這兩句借用典故，用「半死梧桐」和「失伴鴛鴦」比喻自己知天命之年卻成為鰥夫，只能孤單度過餘生的苦狀。寂寞悲切的心情，溢於言表。

過片「原上草，露初晞」，承上啟下。既是對亡妻墳前景物的描寫，也在哀嘆妻子生命的短暫。古樂府〈薤露歌〉說：「薤上露，何易晞！露晞明朝更復落，人死一去何時歸。」這是古代的喪歌，慨嘆人生短促，年華匆匆逝去，猶如草上易乾的露水。

最後三句直接寫出自己觸景傷情的悲嘆。「舊棲新壟兩依依」，看著舊居新墳，徘徊流連之際，喚回多少記憶，令人依依難捨。下文立即轉寫自己在「舊棲」中長夜輾轉難眠，想起昔日妻子挑燈補衣的情景。「空床臥聽南窗雨，誰復挑燈夜補衣」？他說：我臥在空蕩蕩的床上，聽著敲打南窗的雨聲，有誰還會深夜挑燈為我縫補衣服？同樣的居室，同樣的夜晚，不同的是伊人的身影再難重見了。

這兩句以具體的生活細節，平實地寫出了貧賤夫妻的生活情貌，顯現出作者對賢慧妻子深切的感念之情。「誰復挑燈夜補衣」，這最後的一個設問，把深沉的懷念和悼亡的悲思推向了高潮。讀來令人沉痛，感慨萬千。

∞

東坡的〈江城子〉和賀鑄的〈鷓鴣天〉，都是情意真切、文辭深美、哀感動人的悼亡名篇。讀了這兩首詞，哪一首最能引起你的共鳴，觸動你的心靈？

之十一

往事與今情

物是人非的感嘆

無論是「物是人非的感嘆」，或是「生離死別的哀傷」，往往都和離別的題材相關，不過這一講的著重點是，談過去的往事與今日的情境作對照所激盪的愁情。換言之，主要就是看詞人在物是人非的意識中所興起的今昔之嘆。可分為三個方面來介紹，一是別後相憶，二是舊地重遊，三是情懷不再。

01

別後相憶

晏幾道〈鷓鴣天〉、歐陽修〈生查子〉

我在前面的單元中一直都有提到，文人詞主要呈現的是一種相對性的美感。詞的抒情特質，通常是以時空與人事對照為主軸，透過今昔、情景、變與不變等概念的對比，引發出各種情懷，當中最關鍵的是「人間情愛的執著」與「時光流逝的感嘆」之間拉扯互動所產生的張力，最能凸顯物是人非、往事不堪回首等主題。

而詞的體製，如樂律章節的重複節奏、文辭句法的平衡對稱，無疑更強化了詞的這種相對性的美感特質。在短篇的抒情詞中，詞人確實常常運用詞體的上下片章法結構、對句形式，達到情景相生、今昔對照、男女兼寫的對比效果。

詞的這種今昔之嘆，往往與回憶的課題相關。在詞的回憶書寫中，過去的人情事物通常都會轉化為一種溫馨、美好、歡樂的象徵，無非是作為與當下的時空環境、心情感受對照的座標，以顯露今不如昔的感嘆。因為隔了一段時空距離，回憶中的過去都顯得特別美麗。而作者運用詞體的特性，用最優美細緻的文辭修飾舊日的美好，用反覆迴蕩的旋律讓人沉湎其間，呈現出一種具體的臨場感。這美好的情境彷彿從記憶中被呼喚出來，如同讓人活在其中，成為永恆的圖像，永不褪色。

作者如此用心費力地去描繪回憶中美好的世界，就是企圖以一種此情不渝、此志不移的精神，對抗時空推移變換所帶來的失意流轉之悲。回憶可以令人暫時忘記現實的狀況，在回味過去的美好事物時，得到一點點快慰與歡愉。但美好的回憶也會帶給人痛苦，讓人不時擺盪在過去與現在的悲喜情懷中，心靈更不得寧靜，而今昔對照的落差越大，就會形成更大的失落感，令人難以自持。就是說，人越想留住那美好，到頭來越會悵然地意識到，在時間的推移中，青春的消逝、愛情的失去、理想的破滅，終究已成事實，怎麼樣都是留不住、追不回來的。

在詞的世界裡，詞人通常活在自己小小的心靈世界中，才會感到自在，而回憶就是讓自己抽離現實世界最好的一種方式，尤其特別感到年華漸老、生活困頓的時候。詞人寫別後相思，追憶往日的一段情，無非是想從紛雜的生活和零碎的片段，呼喚生命裡最醇美的部分，重新組織，賦予它意義。回憶這段情，其實多少是在憑弔失去的青春與理想。

這種在哀婉的情調中喚起的歡樂，與詞體混含著美麗與哀愁的抒情特質是不可分割的。當詞人根據個人的經驗來建構過去，意欲擺脫現實世界的干擾，去創造詞的情意世界，回憶就成了最佳的模式。在這類情詞中，回憶不僅是詞的模式，而且是詞所偏愛的主題。

寫別後相憶，藉追憶美好的往事以映襯今日的愁苦，而能結合詞體的構篇特色來表現，最有代表性的兩闋詞是晏幾道的〈鷓鴣天〉和歐陽修的〈生查子〉。

晏幾道的〈鷓鴣天〉充分運用上下片對比的方式寫今昔之嘆，詞中迴蕩著一種追憶往事的情懷。因為忘不了往日美好的歲月，人就停駐在過去的片段中，但畢竟還是意識到時間無情地消逝，沉醉在回憶或夢境中，都不過是一廂情願的想法。如是，一種不堪回首的感傷之情便油然而生。

翠袖殷勤捧玉鍾，當年拚卻醉顏紅。舞低楊柳樓心月，歌盡桃花扇底風。　從別後，憶相逢。幾回魂夢與君同。今宵賸把銀釭照，猶恐相逢是夢中。

詞上片寫過去歌舞宴樂的生活，情境具體而生動，色彩斑斕。詞人寫得越細緻，記憶之痕就越深刻。晏幾道很喜歡用紅色和綠色來呈現一派富貴繁華的景象，那是難忘往事的主色調。

前兩句「翠袖殷勤捧玉鍾，當年拚卻醉顏紅」，即交代出往日的美好片段。「翠袖」指女子翠綠色的衣袖，「玉鍾」是玉做的酒杯，可見他們生活的享受。玉杯與翠袖，代表女子的美和詩酒生活的愜意。男子在筵席上看著穿有綠色衣袖的女子殷勤地捧上玉杯，一杯一杯地勸他喝酒。這裡寫了衣服的華麗，卻沒有寫出她的美貌。這是中國詩詞慣用的暗喻手法，以間接的情景襯托女子青春的形貌。「殷勤」兩個字，寫出了女子對情郎的情意是多麼的殷切。

那對方有怎樣的反應呢？詞中說「當年」，我們以為是正在發生的事，作者在這裡即點醒不是現在，那是往事，寫來卻如在目前，好像就在當下發生似的。「拚卻」，就是甘願、不惜的意思。這句是說，為了報答那女子殷勤之意，我即使喝到滿臉通紅也在所不惜。這表現出男女雙方的互動，彼此都有情意。

當晚是通宵達旦的享樂，下文用了一組非常漂亮的對句把它呈現出來：「舞低楊柳樓心月，歌盡桃花扇底風」。意思是說，她不停地起舞，舞到樓頭明月自中天沉落、低於楊柳之時；不斷地歌唱，唱到桃花扇底隨風迴蕩的歌聲都消失為止。兩句極寫通宵不倦、狂歌醉舞的情景，描寫得相當精妙。楊柳是什麼顏色？桃花又是什麼顏色？一是綠，一是紅，形成鮮明的對照。而楊柳隨風搖動，像不像那女子的腰肢，有著婀娜多姿的舞態？還有，桃花扇一方面是指繪有桃花的扇子，但所謂「人面桃花相映紅」（崔護〈題都城南莊〉），是否也藉此暗喻了那女子白裡透紅、如桃花一般的面貌呢？

此情此景，刻骨銘心，作者如實又生動地把它描寫了出來。而這一切都是當年的盛況，如今久已不復此境。回憶裡的這種種風物，都成了對照今日淒清寂寞景況的座標。

下片說，「從別後，憶相逢。幾回魂夢與君同」。自從離別之後，總想與她再見面。這裡所表達的，不只是對那女子眷念不忘，其實更概括了作者的盛年，和詩酒風流的整體生活。他想回到那個時代、那樣的盛況，可是年華已逝，往事成追憶，當下已不復以往，唯有托之於夢，才能暫享片刻的歡愉——「幾回魂夢與君同」，多次在夢裡與你在一起。

寫到這裡不禁令人回想，前面的「翠袖殷勤」是否也屬於夢中景象？因為平常都在朝思暮想，生活彷彿停格在過去，連作者自己似乎也無法弄清楚是真是假。所以，第一段是往日的實景，還是今日的夢境，恐怕也難以分辨了。

可是今天晚上有所不同了，因為那女子突然在我眼前出現。「今宵賸把銀釭照，猶恐相逢是夢中」，意外重逢，我只得儘量把銀燈相照，仔細端詳，深怕這回見面還是夢中情境。「賸把」，是儘把、更把的意思。「銀釭」，指銀製的燈盞，泛指華美的燈。因為是真是假已經分不清了，他就儘量把燈拿出來照著。為什麼要這樣做呢？因為以前每次醒來，發現都不過是場夢，被騙太多次了，現在那人真的在面前出現了，反而以為是夢。真真假假、恍恍惚惚的，這闋詞真確地表達了這種似夢非夢、似有還無的感覺。

當你用情甚深，很多事情往往分不清真假，過去的一切永遠活在心中。一旦這記憶中的事物又真實出現時，你想要去接受它，卻又同時擔心它是假的，這個時候該怎麼辦？於是有一些驚喜、一些疑惑，也有一些擔心，既愛又怕，心情之複雜實在難以形容。《紅樓夢》有句話說：「假作真時真亦假。」可以作為這兩句的註腳。詞人把那種想見又怕受傷害的情懷寫得十分曲折動人，這是詞之言情更勝於詩的地方。

下片整段詞寫情真切，作者製造了絕佳的聲音效果，讓讀者不知不覺間受到感動。你不妨再細細誦讀：「從別後，憶相逢。幾回魂夢與君同。今宵賸把銀釭照，猶恐相逢是夢中。」這一段落裡用了很多鼻音韻母字，就是an en ang eng韻尾的字，那是一串沉重低迴的聲音，有著前後呼應、連綿不斷的效果，好像蜜蜂嗡嗡嗡的聲調，給人一種沉醉的、如夢一般的感覺。

綜合來說，〈鷓鴣天〉這闋詞上片將過去寫得非常美好，歌聲舞影，情深意濃，具現了一段美好的記憶，下片則寫出今日似夢非夢的感覺。上下兩片對照強烈，前者基本上以視覺畫面居多，濃豔而瑰麗，這是詞人永生難忘的往事，所以寫起來歷歷在目。相對於此，今日卻是很簡單的一個畫面，點著一盞燈，昏昏暗暗的，色彩淡薄，帶著一股哀傷的情調。兩相對稱，一是過去，一是現在，利用這樣的架構搖蕩出一種深刻的今不如昔之情。

∞

運用上下片的結構，安排今昔對照的情景，上述小山詞就是這樣的構篇。另一首代表作，歐陽修的〈生查子〉也有著同樣的特色。

去年元夜時，花市燈如畫。月上柳梢頭，人約黃昏後。　今年元夜時，月與燈依舊。不見去年人，淚滿春衫袖。

〈生查子〉，或題作「元夕」，說明這是描寫元宵夜的詞。劉若愚《北宋六大詞家》說：「這首詞修辭的簡約使人嘆為觀止。它簡單的結構主要基於重複和對比，極為有效的描寫出充滿情意和哀嘆的小小世界。」

這闋詞的上片主要是對美好往事的回憶。「去年元夜時，花市燈如畫」，詞一開始就展現作者難以忘懷的往事，那是去年元宵節的盛況，她記得相當清楚。當時除了月圓，還有春花似錦，而且時值元宵，家家戶戶都張燈結綵。當時花市華燈齊放，人們都在快樂的氛圍中，燈光燦爛如同白天一般。花給人美麗的感覺，燈則是溫暖而明亮的，而且人走在花市中，熙來攘往，更增添一種熱鬧的氣氛。

「月上柳梢頭，人約黃昏後」，這是全詞情意的重點。元宵節是男女邂逅相逢或相約談情的好時節，這一天可以說是中國的情人節。剛過濃冬，新年後的第一個花好月圓之夜，男女都可通宵達旦地出外遊賞，沒有宵禁，是多麼自由浪漫的一個晚上。這首詞就是反映了這一種人間普遍的情節。黃昏過後，當月兒掛上柳樹梢頭，正是與情人相約之時——這是有情人最期待的一刻。那一夜的溫馨美好，令人回味無窮。

下片寫今年的元宵夜。「今年元夜時，月與燈依舊」，年年皆有元宵節，月依舊，燈也依舊，明亮又美麗。但有變化的是，去年與今年在時間上、人情上卻有所不同。如果今年與去年一樣是「人約黃昏後」，就沒什麼值得細說了。偏偏去年和今年，人事有了變化，於是縱然景色美好，對那女子來說也沒有多大意義了。

這闋詞用相當簡單的對比與反覆的手法，表達了情緒的變化。「月與燈依舊」這一句，將前一段的二、三句合而為一，作者沒有對今夜的景色多作描繪，只寫出「依舊」二字，因為去年尚有人情在，而今人情不在，那麼今日的月與燈對那女子來說就是依舊如故，了無新意，也不管月與燈是否美麗，反正就是沒什麼興味。

詞的高潮在最後的兩句，「不見去年人，淚滿春衫袖」。一年之後，去年「人約黃昏後」的那個人已經不再出現，無人相伴，遂令人觸景傷情，逼出滿衫都是淚水來。一冷一熱，形成極端的對比。外頭依舊一片繁榮熱鬧，而閨中卻充滿著孤獨寂寞的深悲。

這闋詞結構簡單，透過語句與修辭的重複和對比，用同樣的景色，兩兩排列對照，以描繪那時充滿溫情、此時充滿哀嘆的小小世界。詞中重複了好多語詞，如月、燈、花等意象，讓人感覺好像一切都沒有變，世界恍若靜止不動似的。可是景物是否美麗、有意義，往往與主觀情懷有關。在兩情相悅時，世間一切都會覺得特別美好，但是當失去了愛情，世間事物就變得了無趣味。這首詞充分運用了不變的時節景物，對照出人事的變化，寫出物是人非的感慨。

∞

同樣寫今昔之嘆，唐代詩人崔護有一首詩〈題都城南莊〉，可以拿來和〈生查子〉比較，以彰顯詞體的抒情特性。崔護的詩是這樣寫的：

去年今日此門中，人面桃花相映紅。人面不知何處去，桃花依舊笑春風。

這首詩也是用前後對比的手法表達今昔之情。「去年今日此門中」，從去年談到今年，「門」是不變的場景。去年在與今年相同的一天，詩人郊遊至此，口渴了，正好看到一座農莊，就去敲門討水喝。一位女子請他進去，他就坐在莊園的桃樹下，喝著女子端來的水，看著她與桃花相映的容貌，留下深刻的印象。那一扇春天的門，成為他記憶裡鮮明的場景。第二年春天，詩人又去到那個地方，想再去看看那位女子，想重溫那美麗的剎那。可是女子已經不在了，於是他題下這一首詩。

「去年今日此門中，人面桃花相映紅」，這裡借用桃花的美麗襯托女子的美貌。但是到了今年，「人面不知何處去」，物是人非，只剩「桃花依舊笑春風」。春天依舊，門戶依舊，灩灩開滿一樹的桃花也不減去年的丰姿，然而與紅豔花瓣相映的容顏卻已不見了。美好的記憶因人事的變化而殘缺，依舊不變的場景，反而增添了面對「人面不知何處去」的惆悵。

這首詩表現出一種對比的美感，不過比較起來，歐陽修詞就更加耐人尋味。第一，它運用上下片的方式，不同於詩作裡變化較少的起承轉合，詞多了一段，也就多了一個對比的支點。

其次，加上過去華美的盛況，今天不可復得，落差便加大，也就更觸動人心，把悲感反襯了出來。這是歐陽修這闋詞透過架構的對稱，比崔護詩更令人動情之處。

當然，我們也可以說，崔護作品更有詩的神韻，點到為止，產生一種淡遠的意態，不會黏滯於情愛之中，這是詩的一種特質。詞則具有深情的底蘊，由詞心所催生而出的情景，相當瑰麗華美，其目的在於襯托出離開之後的落差，產生一種深刻的悲感。歐陽修的〈生查子〉前面極寫盛景，以對照分離後的傷悲。在構思上用人物的相映、歡樂與孤寂的對襯，加上月圓、人圓、花市、柳樹等意象，構成了一幅戲劇性的畫面，讓讀者更能走進那個氛圍之中，彷彿真的看到故事的搬演，與崔護詩言簡意賅的詩化語言截然不同。這也是詩跟詞的一種差別。

詩不如詞「言長」，詞把綿長的情思一點一點地抽剝出來，所以詞更加牽動人心。尤其詞是配合節奏的樂歌，縱然音樂不見了，可是透過文辭，還是可以聽到如同樂章一般反覆迴蕩的音聲美感，這就是詞在形式上的美。當然它也是因為結合著人情之美，才特別地感動人心。

02

舊地重遊

周邦彥〈瑞龍吟〉、辛棄疾〈念奴嬌〉

「別後相思」這一類的詞，是寫男女情人分別後，透過追憶往事，緬懷過去美好的情景，以對照今日孤單、淒涼的境況。這裡要談的主題是「舊地重遊」，則較為動態一點，是寫詞人經過多年後重回舊地，觸景傷情，想起以前在此處與某女子的一段情緣，而生出不堪回首的感嘆。因為多了一層時空的轉折，更增加一種江湖流落或年華老去的哀傷。

這一類的詞用長調來表達會更出色、更動人。因為長調篇幅較長，需要鋪排情節，更能交代人物故事的內容。就是說，由於多了一層敘事的結構，它更能呈現出重遊舊地的歷程和回憶往事的細節，達到如小說戲劇一般的抒情效果，充分地讓讀者對其前後的情緒變化，有更具體而深刻的體認。

以長調的鋪敘方式來呈現這類主題，有一個基本的寫作模式，大概是這樣的：詞人重訪舊地，回想到自己的過去，特別是過往的一段情事，於是他便沉緬在回憶之中，並以目前的流落自傷自憐。他們把詞的往事擴大描寫，在細膩的筆觸下，回憶起來的往事不論多麼哀傷，總是有著令人回味的美感。他們就沉溺在美的傷感之中，表面上自怨自艾，其實卻有一種「滿足」存在其中。我們不得不說，這是中國文學一種新的感受，一套新的表達模式，它創造了一個細膩又美好的世界，然而卻不是一個廣闊的天地。

這套書寫模式，主要就是由周邦彥悉心創造出來的。周邦彥詞給人的整體印象是，尚雅而不遠俗，重文辭也諧樂律；字句鍛鍊而布局謹嚴；善於鋪排、敘述故事，用具體的情節帶出情緒的轉折變化。詞主要呈現相對的美感，以今昔對照為主軸。周邦彥的詞無論是寫情、詠物，或是懷古，都有深濃的盛衰今昔之感。在這些題材中，他的回憶書寫最具特色。

簡單地說，周邦彥這一類的詞結合了音樂與文辭之美，融會敘事與抒情的特性，為往事的追憶塑造了精緻的美感，創造出一種可感可知的抒情模式，影響至為深遠。

周邦彥的〈瑞龍吟〉一詞，寫舊地重遊，抒發物是人非之感，向來評價極高，可說是這一類詞的代表作。

> 章臺路。還見褪粉梅梢，試花桃樹。愔愔坊陌人家，定巢燕子，歸來舊處。　暗凝佇。因念箇人癡小，乍窺門戶。侵晨淺約宮黃，障風映袖，盈盈笑語。　前度劉郎重到，訪鄰尋里，同時歌舞。唯有舊家秋娘，聲價如故。吟箋賦筆，猶記燕臺

句。知誰伴、名園露飲，東城閒步。事與孤鴻去。探春盡是，傷離意緒。官柳低金縷。歸騎晚、纖纖池塘飛雨。斷腸院落，一簾風絮。

清代詞論家周濟評論這首詞說：「不過桃花人面，舊曲翻新耳。」這首詞所寫的確是老舊的題材，它之所以受到讚美，顯然不在它的內容，應該在它的表現形式上。

先簡單說明這闋詞的內容。整闋詞分為三疊，就是音樂上的三個段落。前兩段句法全同，稱為「雙拽頭」。第一段寫重訪舊地，來到坊陌門前的情景。章臺路上，白梅已凋殘，紅桃剛吐蕊，這幽靜的巷陌裡，燕子也飛回舊巢，一切彷彿都沒變。這一段以敘寫場景為主，烘托一種似曾相識的氣氛，帶出下文回憶往事的內容。

第二段敘述當年邂逅相逢的情形，著重刻劃人物的意態。他說猶記得那女子年少癡情的模樣，那天清晨，她額頭抹上淡淡的黃粉，正好走出門外，向外探看，驟然看見我的時候，她立即舉起衣袂擋風，笑盈盈地和我說話。這裡寥寥幾筆，將嬌小可愛的女孩描繪得栩栩如生、活靈活現。

第三段寫尋訪不遇，失意而歸。詞人尋尋覓覓，看到過去和她一起歌舞的那位姑娘還像當年一樣地走紅。猶記得當年題詩相贈的事，現在卻不知有誰陪伴著她？想對方或已有所屬，不禁悵然。往事消逝無蹤，如天邊孤雁之飄然遠逝。所謂「探春盡是，傷離意緒」，點出了這首詞的主題。最後以景作結，寫騎馬歸去時，日暮雨落的景象，池塘飄下細雨，而令人傷心的院落，正是風飄柳絮。那是詞人淒涼心境的寫照。

這裡我們看到這首詞複雜的情節，如何透過長調來鋪述。周詞迴環往復，呈現了多角度、多層次的立體架構；運用各種順敘、逆敘、倒插等手法，產生曲折多變的情節。過去與現在，時空情景交錯，同時並置，而場景在緩急快慢的轉換間，也影響著整首詞節奏的變動。借人物、故事推動鋪展，而情節的變化、細節的描寫，有如傳奇小說般的寫作方式。在情節編排上，他頗能抓住生動的細節以突出人物的個性。整體而言，周詞敘事以抒情，最成功之處就在於能用細密的筆觸，寫出複雜多態的情事，給人深刻又生動的感覺。

此外，周邦彥掌握詞體的音樂屬性，順著樂曲推進的方式安排情節，而且兼顧詞體所須呈現的臨場感，交代出人物故事，相當鮮明清晰，製造出相當立體的效果。

我們如果順著樂音的推進和畫面的展現，沿著文本脈絡，換個角度來看這首詞，體會它的意境，感受它的氛圍，應該會有一種身歷其境、如在現場的感覺。周詞敘事如小說般有情節、人物，但比小說更逼真、更有臨場感。作者像是當面對著讀者聽眾訴說正在發生的事，讓他們感受一切都如在面前，而讀者聽眾就像是被邀請進入其情境中，跟著他經歷生活的片段。

你看這首詞，從章臺路、坊陌人家、門戶、鄰里、名園、東城、池塘到院落，這些模擬的畫面不是靜止的，而是跟著音律節奏移動推進，因此是連貫的、立體的。加上景色的安排，人物活動的穿插，如此，就好像小型劇情的搬演，電影鏡頭的運作了。

當我們一邊讀著、聽著〈瑞龍吟〉的時候，一字一句隨著音聲的抑揚頓挫，依憑字面的描摹刻劃，閉目吟哦，不知不覺就會在腦海中浮現出畫面。這是周邦彥詞所欲製造的敘事抒情效果。為了切合主題，營造氣氛，周詞靈活採用「景隨情轉」的手法，在詞中隨著心情變化，相應的景物亦有不同的展現。你看〈瑞龍吟〉由早春晨光寫到日暮雨景，中間多少轉換，都隨心情投影。

此外，周詞的時間布置亦見巧思。你看〈瑞龍吟〉，在京城重訪舊地是在白天，回憶那天清晨的邂逅，訪鄰尋里在午後，想像那女子在某夜與情人在東園，而自己騎馬歸去時，已是當天的黃昏了。現在與過去不斷交錯，形成多種時空樣貌，增加了詞的質感密度。

在這一首詞裡，作者重回舊地，追憶往事，從而寫出今昔之嘆。這種寫作模式，主要是以「現在—過去—現在」為基調。舊地重遊，最怕觸景生情，想起過去美好的情事。〈瑞龍吟〉有一段很精彩的回憶畫面：「因念箇人癡小，乍窺門戶。侵晨淺約宮黃，障風映袖，盈盈笑語」。小女孩的「笑語風姿，宛然在目」，周邦彥刻意經營這個場面，回憶中的景物、人事都描寫得具體而鮮明，予人歷歷如真的感覺。這樣的敘寫其實有著很深的情意在其中。

作者試圖以美麗的文辭，永久留住那美好的記憶的心意，可說十分明顯。然而這段刻骨銘心的往事，對照今日的景況，物是人非，帶來了更深的悲嘆。這首詞藉這樣的主題，寫出了一種人事滄桑之感。

∞

看過周邦彥這方面的表現，接著來欣賞豪放派代表作家辛棄疾的這一首〈念奴嬌．書東流村壁〉詞，看他如何書寫舊地重遊這個題材：

野棠花落，又匆匆過了，清明時節。剗地東風欺客夢，一夜雲屏寒怯。曲岸持觴，垂楊繫馬，此地曾輕別。樓空人去，舊遊飛燕能說。　聞道綺陌東頭，行人曾見，簾底纖纖月。舊恨春江流不斷，新恨雲山千疊。料得明朝，尊前重見，鏡裡花難折。也應驚問，近來多少華髮。

所謂東流村，據鄧廣銘《稼軒詞編年箋注》考訂，應該是指池州東流縣境內的某個村莊。池州，故治在今安徽貴池縣。從詞的內容來看，稼軒可能曾經過東流縣的某個村莊，認識了當地的一名歌妓，現在重遊舊地，想起前塵往事，無限感慨，就寫下了這首詞，並把它題在村莊的牆壁上。

「野棠花落，又匆匆過了，清明時節」，這時候正好是清明剛過，野生的甘棠花凋落了，感覺歲月匆匆。「剗地東風欺客夢，一夜雲屏寒怯」，是說夜晚他住宿同一個地方，東風依舊送來料峭春寒，讓他這樣的遊子一夜難眠，醒來看著冷清清的一扇雲母屏風。這兩段寫的是現今時空的所見所感。

就在不能入睡的時候，過往舊事立即湧上了心頭。他忽然想起那一回離別的情景，「曲岸持觴，垂楊繫馬，此地曾經別」。這讓我們知道，他與那女子曾有短暫的相聚，但隨即就分離了。他說在曲折的岸邊，彼此舉起酒杯，馬兒繫在柳樹下，我和她就這樣輕易地分手了。這三句是倒敘往日的情境。

「樓空人去，舊遊飛燕能說」，如今舊地重遊，而伊人卻已不在了。人去樓空，當時相伴的燕子，想必還能述說那一段溫馨旖旎的情事吧。這兩句綰合了過去和現在，興起了物是人非的悵然感嘆。

那麼，那女子如今流落何處？下片寫情緒低落後，彷彿又帶出了一絲希望。「聞道綺陌東頭，行人曾見，簾底纖纖月」，聽說有人曾經在那條繁華街道的東頭，看見她在某個人家的簾底下流連的足跡。「纖纖月」，指女子的腳，以其纖巧彎曲，似一彎新月。蘇軾〈江城子〉說：「門外行人，立馬看弓彎。」所謂弓彎，就是指美人足。劉過〈沁園春・詠美人足〉說：「知何似？似一鉤新月，淺碧籠雲。」也是以彎彎的月亮形容女子的腳。

聽到這個消息後，他沒有因此而高興，因為相見爭如不見，見了面恐怕會給彼此帶來更大的煩惱、更多的悲痛。所以他說：「舊恨春江流不斷，新恨雲山千疊。」所謂「舊恨」，是當年「此地曾輕別」之恨，像春水那般的綿長無盡。怎知悔恨之情還沒終了，新的怨恨又像千疊雲山重重地壓在心頭。這「新恨」，既指現在「樓空人去」之恨，也包括即將見面的忐忑不安，總覺得一切都無法挽回的無奈心情。

他預想的情景是，「料得明朝，尊前重見，鏡裡花難折」。不錯，明天我就要和她在酒宴上相見，可是那又如何，難道我們還能再在一起，不再分離嗎？恐怕到頭來不過仍是一場夢幻罷了。作者用了一個很好的譬喻來形容，「鏡裡花難折」，花枝雖美，但鏡中之花可望卻不可折，畢竟是幻影，虛妄不真。從這句話來看，所謂名花有主，這女子顯然已另有所屬了。

同時最怕的情況是，「也應驚問，近來多少華髮」？自從分別以後，這些年來自己奔波勞碌，容顏已衰老不少，她見了準會吃驚地問：幾年不見，你怎麼添了這許多白髮？這女子一問，不禁引發詞人無法迴避的哀痛。美好的邂逅，如同青春一樣，轉眼即消逝。

作者藉由舊地重遊，追憶往事，感嘆物是人非，抒發了更深層的仕宦飄泊、失志流轉的身世感慨。

∞

以上我們看見婉約與豪放詞人書寫舊地重遊的兩種類型。在悲嘆物是人非的語態上，周邦彥比較含蓄委婉，辛棄疾則較為直切激烈。周邦彥耽溺在往日的美好情懷中，因觸景生情，撫今追昔，而產生無限的傷感。辛棄疾則沒有寫到情愛美好的記憶，他悔恨當年輕易分手，又害怕相見後認清事實的真相而憂懼不安。全詞不見男女溫馨之情，反而充滿著個人悲鬱的情緒，從開篇到結束自始至終都貫串著時間的焦慮意識。時間匆匆消逝，歲月容易催人老去，這才是他最關心的課題。

總之，相對來說，周邦彥所寫的較屬於一般人常有的經驗，而辛棄疾則是主觀情懷的抒發，語調不是淒婉低迴的，而是悲憤急促的。兩家詞各有特色，它們的情意內容雖有差異，不過都是以重回舊地的情節來構篇，顯現出時移事變、人情今昔不同的境況。

03 情懷不再

李清照〈南歌子〉、周邦彥〈少年遊〉

我們都知道，詞主要呈現一種相對性的美感，以過去的歡樂對照今日的淒涼。前面談的「別後相憶」、「舊地重遊」兩個主題，相對情緒的激發都具備了兩個要素：一是要由一個看似不變或相同的人事物、地點或時節，作為對比的座標；一是要透過回憶，來顯現今昔之別。這裡要說的主題「情懷不再」，基本上也是以這兩個要素來架構的。不過在情境的安排上，這一類詞以過去的往事映襯今日的境況，前後會有一個明顯的比較，來彰顯已失去舊日歡樂情懷的主題。

對於日常生活的細節，女子比男性較為敏感，容易因事物的小小差異而意識到時空轉換，心情也隨之變化。尤其面對愛情，她們更執著。當情人不在身邊，不管是生離或死別，都會帶給她們很大的打擊，平常生活中容易觸景生悲，感傷舊歡不再，而變得無情緒，對一切事物都失去了興致。

李清照是女性詞家的代表，她與丈夫趙明誠十分恩愛，可是適逢新舊黨爭，時局變化，遭遇國破家亡的慘痛經歷。李清照在北宋時，先是面對過與丈夫生離的哀傷；南渡後，最後又面對與丈夫死別的悲痛。曾有的歡欣快樂，對照眼前的孤寂悲傷，落差相當大。她的詩詞經常流露出這種往事不堪、情懷不再的愁緒。

李清照有一首〈偶成〉詩說：「十五年前花月底，相從曾賦賞花詩。今看花月渾相似，安得情懷似往時。」這首詩創作年代不明，有說法是作於趙明誠死後。不管怎樣，這首詩寫出了今日與十五年前相比較的情懷。詩中撫今追昔，表達了物是人非的感嘆。她說十五年前，我們常在花前月下，相伴同遊，寫下賞花的詩篇。如今看見簡直都是同樣的花月，然而又如何讓我的情懷能如往日一般？這首詩很明顯是以花月同一景色來對照今昔。往年有人同賞，花月皆美；如今無人共賞，則花月之景，不禁令人追憶起與情郎在一起的美好生活，並由此引發今不如昔的感慨。

在詞的方面，李清照的〈南歌子〉寫今日情懷不似舊日之時，運用詞的相對性結構，則表達得更為哀怨動人：

天上星河轉，人間簾幕垂。涼生枕簟淚痕滋。起解羅衣，聊問夜何其。　翠貼蓮蓬小，金銷藕葉稀。舊時天氣舊時衣。只有情懷，不似舊家時。

這首詞據考，是李清照南渡後感懷身世之作。她借一件羅衣對照今昔，反映出大時代小人物隨歲月變化，在患難中失去青春、失去過去安定生活的哀痛。

詞的上片由景及事，寫秋夜不能成眠，哀傷落淚的情境。「天上星河轉，人間簾幕垂」，一開篇就用對偶句，描述了天上與人間的情形。天上的銀河轉移了方向，表示了時間的推移，銀河一到秋天就轉向東南方，而人間也在入夜之後，紛紛降下簾幕，以遮擋寒氣。兩句寫出了夜深人靜的境況。然而，人們雖垂下簾幕，隔絕了與外界的關係，但天上的銀河卻沒有停頓下來，依然轉動著，象徵時間一刻都不停留。這首詞的主題意識，就是關於時間的流逝。

人們在秋夜裡，垂下簾櫳，應該已安眠入睡。但這首詞中的主人翁卻輾轉不能成眠。下面三句就是由外在的景物寫到室內，寫詞人在深閨中的情況與心境，「涼生枕簟淚痕滋。起解羅衣，聊問夜何其」。她一夜難眠，只覺得枕頭和竹蓆上透出陣陣涼意，眼淚不禁越流越多。這裡枕簟生涼，既是說秋夜天氣，也是藉以渲染孤枕無伴的寂寞淒苦之情。由身體感到寒冷，逼出個人內心的淒涼感受，所以就表現為「淚痕滋」，淚水不斷滋長增加。那是「悲從中來，不可斷絕」（曹操〈短歌行〉）直露無遺的表現。

哭過之後，她突然發現原來之前是和衣而臥，一整天都穿著那件絲質的衣服，現在她才想到要「起解羅衣」。她終於爬起來，把羅衣換下，一邊「聊問夜何其」，不經意地問，現在是夜裡的什麼時候了？這一句化用了《詩經．小雅．庭燎》篇的「夜如何其？夜未央」。「夜何其」，就是夜如何、夜有多深的意思。其，音基，是一個語助詞。這句問話，表現了她在悲傷情緒中忘記時間的無奈心情，同時也流露了她不知如何打發時間、怎樣度過這漫漫長夜的焦慮心境。

但她為何如此傷心？為什麼會有不知如何是好的心情呢？下片就要直接抒發這份情。李清照這首詞的情節安排相當細膩縝密。因為剛卸下羅衣，羅衣披掛在屏風上或放在床邊，她便看著這羅衣，觸發了她的情緒。下片就承接著這「羅衣」二字來著筆。

映入眼簾的，是這件羅衣上面的繡花圖案，「翠貼蓮蓬小，金銷藕葉稀」。這件衣服精巧地繡貼著綠色的小蓮蓬，也配襯著金線織成幾朵稀疏的荷葉。「翠貼」、「金銷」都是倒裝語，是貼翠和銷金，那是兩種工藝，即以翠羽貼成蓮蓬樣，以金線嵌繡蓮葉紋。這是貴婦人的衣裳，詞人一直帶著、穿著。而今在這夜深寂寞之際，看著這舊時就穿著的漂亮羅衣，無端又觸動了她的感慨，不由得便想起了過去那段旖旎美好的往事。

下面三句，李清照著意用上了「舊」這個字，來表達她深深的感喟，渲染那舊日情懷已不可再現的悵惘。「舊時天氣舊時衣。只有情懷，不似舊家時」，以往在這樣的天氣裡，穿上這樣衣服的記憶湧上心頭來，那時的歡樂，包含著青春歲月與愛情幸福的感覺，所以特別甜蜜溫馨。而現在呢？秋涼天氣如舊，金翠羅衣如舊，可是由從前生活過來的人，她的情懷卻和舊時很不一樣了。這裡連用三個「舊」字、三個「時」字，寫出對過去美好生活的無限懷戀；「不似」兩個字則為目前孤單淒涼的境況，表達出無窮的感慨。今昔相對的情境在羅衣的映照下，深刻地具現了物是人非的嗟嘆。

從內容來看，這首〈南歌子〉應該是李清照流落江南後所作。有學者則以為這是趙明誠病卒後，李清照所寫的一首悼亡詞。趙明誠病故之後，李清照處在國破家亡的苦難與喪夫的悲痛之中，所以她常常憶起南渡之前的往事。這首詞撫今追昔，感慨萬端，交織著她個人身世飄零的哀傷和遭際的淒苦。

但不管是否和丈夫去世有關，這一首詞確實寫出了今昔的對比帶來的傷痛。它的優點是，作者沒有直說今日情懷如何的惡劣，而是藉生活中的一件物事來對照現在與過往，用睹物感懷的方式，娓娓道來，真切地表現了她對生活變遷的痛切感受。這一首詞以尋常事件、尋常言語來敘述，看似平平淡淡，其實情意哀傷，感人至深，容易觸動讀者的情緒。

8

至於男性作家處理相類似的題材，又有哪些不同的表現？下面我們來看一首周邦彥的〈少年遊〉：

朝雲漠漠散輕絲，樓閣淡春姿。柳泣花啼，九街泥重，門外燕飛遲。而今麗日明金屋，春色在桃枝。不似當時，小橋衝雨，幽恨兩人知。

這首〈少年遊〉寫追憶往昔的生活，對照現在的情景，交織著過去的歡樂和今日的傷感，互相映襯，分外動人。它最成功的地方，是它的表現手法。作者先以逆筆追敘往事，然後對照今日不如往時那樣的充滿著青春氣息。周邦彥填寫長調，常用逆敘倒插的手法，突破時空的界限，表現出多層次的敘述效果。他在小令中也常用這些技巧，交錯地處理時空情景，增加了詞的質感與密度，為短篇令詞注入更豐富的內涵。

這首〈少年遊〉篇幅雖短，卻經歷了「昔—今—昔」，即「過去—現在—過去」三段情境的轉折，既追述了過去的場景，也描寫了今日明媚的春光和安樂的生活，又透露了今不如昨的心情。比起李清照詞，多了一層的變化。

這首詞運用了有如現代短篇小說的手法，用倒敘和插敘過去與現在的場景，訴說昔日在汴京的一段愛情經歷。內容相當普通，寫法卻很獨特。

上片追憶以前相聚的地方和活動的環境，借景言情，表達了一種淒苦的情狀。「朝雲漠漠散輕絲，樓閣淡春姿」，他說清晨的雲霓輕淡而迷濛，細雨飄散，輕柔如絲，從樓閣望去，春色已大為減去。這景象暗喻一種美好如春日的情懷正逐漸消失，心境也隨之黯淡。回憶的鏡頭一開始就呈現出一幅朝雲密布、細雨綿綿的圖像，那風雨中的樓頭，顯得有些黯淡，既沒有明媚的春光，也失去了溫馨的氣氛。

「柳泣花啼，九街泥重，門外燕飛遲」，他說柳葉花瓣上都沾滿了雨水，好像在哭泣似的。京城的街道一片泥濘。門庭外連燕子都因為拖著一身溼毛，飛得十分吃力，或者是說燕子在大雨中也沒法展翅飛翔。這三句用了「泣」、「啼」、「遲」等字面，作者用擬人的手法，有意將客觀的景物著上主觀的色彩，流露了詞中主人翁內心世界的感受。大好春光已逝，一切的美好只剩下淒涼哀傷的畫面。

這裡是否暗示情人離去、愛情失落的傷感？作者沒有明說，但從「柳」作為離別的象徵，「花」比喻女子的形貌，「九街泥重」所代表的障礙，「燕子飛遲」表示無法比翼雙飛，這種種意象莫不與閨中人的離愁別緒相關。

下片，先寫回到現實的情況。「而今麗日明金屋，春色在桃枝」，詞人巧妙地用「而今」兩個字，聯繫過去與現在，形成強烈的對比。過去淒風慘雨，完全沒有春天的氣息，而現在女子住在華麗的屋子裡，陽光灑滿在金屋上，桃花枝幹上也染遍了迷人的春色，跟往日「柳泣花啼」的境況簡直是兩個天地，落差實在很大。作者寫而今的狀況，只用簡單的兩句話，就顯示了現在生活的幸福美滿。從外在觀察，這女子應該過著十分優渥的物質生活，彷彿一切都充滿著春天的美好。

然則她的精神世界是否也充實美滿？下面接著「不似當時」一句，就明白地否定了前面所說的，表達出今不如昔的悵恨。當時是怎樣的情況呢？他說：「不似當時，小橋衝雨，幽恨兩人知。」一想起以前，兩人曾在雨中衝過小橋的情境，現在雖分隔兩處，但那深藏心底的憾恨只有他們彼此才知曉的。換言之，當時雖然感到對方離開了，好像人生的春天都變得黯淡，但心裡的相思仍在。比起現在看似幸福美好的生活，反倒不如當時彼此面對風雨，曾經有過的浪漫行徑來得有情味。當日為情所苦，如今卻沒有愛情，兩樣的生活，物質與精神之間，究竟孰得孰失，有時真不易說清楚。

周邦彥這首詞以忘不了當時那段情，來映照今日無聊寂寞的心境，同樣寫舊情不再，情節卻婉轉曲折得多了。

∞

在這一講裡，我們透過「別後相憶」、「舊地重遊」和「情懷不再」這三個章節，對宋詞如何藉往日事與今日情作對照，表現出「物是人非的感嘆」這類的題材內容，應該已有所認識，並且對詞體的相對性結構所形成的美感特色，也會有更深刻的體認。因此而知，詞情在強烈的對照中，更能顯現動人的悲感。

之十二

忠憤與抑鬱

家國興亡的悲感

我們談唐宋詞的情感世界，之前所說的都是人與人之間的感情，尤其比較多的是男女之情。這一講要介紹的是人與時代世局的關係，包括詞人報效國家的熱忱、面對國家興衰成敗的感慨，以及英雄豪傑有志難伸的憤恨與無奈等內容，主題名為「忠憤與抑鬱」。將分四個章節來賞析，分別是「忠憤氣填膺」之悲憤、「無人會登臨意」之悲鬱、「後不如今今非昔」之悲愴、「無心再續笙歌夢」之悲涼，談論的詞家包括岳飛、張孝祥、辛棄疾、姜夔、吳文英、張炎和劉辰翁，乃按時代先後排列，由宋室南渡到南宋滅亡。

這類詞有幾個特點：

第一，這些詞都屬南宋的作品。詞人在南宋偏安之際，面臨國破家亡，未能恢復失土，主戰主和紛爭不斷，到中葉以後，面對國祚衰頹，欲振無力，到宋末為元所滅，莫不深有所感，發而為詞，寫出了個人與時代的悲慨。

第二，這些詞多屬豪放詞，語意奔放，氣勢恢弘，直率坦誠，不以委婉為能事。雖然是典雅派詞家，如姜夔、吳文英，寫起這一類詞來，都比平常的婉約詞篇所表達的情緒更為哀傷激切，語意跌宕有致。

第三，這些詞反映了動亂的時代，也抒發了個人的身世之感，故詞中不僅僅抒情，也多有敘事、議論，表達了壯志難酬、抑鬱不平之氣，慷慨激昂；或寫憂心國事、飄零淪落之感，沉痛悲傷。所謂亂世之音、亡國之音，故多怨怒哀思，因此形成一種極為悲切的詞風，而因人、因時、因事之不同，表現為悲憤、悲鬱、悲愴、悲涼的情緒。這和之前所讀詞篇所流露的傷感情懷，在詞情的質感上與力度上大不相同。這類詞澎湃激昂，凜然有生氣，沉鬱頓挫，有著深層的悲感與無奈，最易觸發讀者相應的情緒。

01

悲憤

岳飛〈滿江紅〉、張孝祥〈六州歌頭〉

講到宋朝由北而南，失去半壁江山，從而南渡偏安，最大的恥辱莫過於「靖康之難」。靖康，是宋欽宗的年號。欽宗靖康二年（一一二七），金兵攻陷汴京，所經之處無不殘破，並擄走徽宗、欽宗、后妃、宮人等共三千餘人北上金國，且將珍寶搜括一空。北宋遂亡，史稱「靖康之難」。

這裡要和大家談的，就是宋室南渡初期，將領士人如何在詞中表現面對國仇未報、國恥未雪、無法恢復中原的悲憤情緒。

所謂「靖康恥」，在宋詞裡唯一出現過的，就是在題為抗金名將岳飛的〈滿江紅〉一詞中。這首詞，大家都耳熟能詳。再讀一遍，依然會感受到作者的忠義氣節，詞情的慷慨壯烈：

怒髮衝冠，憑欄處、瀟瀟雨歇。擡望眼，仰天長嘯，壯懷激烈。三十功名塵與土，八千里路雲和月。莫等閒白了少年頭，空悲切。　靖康恥，猶未雪。臣子恨，何時滅。駕長車踏破，賀蘭山缺。壯志飢餐胡虜肉，笑談渴飲匈奴血。待從頭收拾舊山河，朝天闕。

詞的上片抒寫作者報效國家的熱切心情，表達了自我惕勵、絕不虛擲歲月的決心。詞一開篇就展現出激憤的心情，「怒髮衝冠，憑欄處、瀟瀟雨歇」，一陣急雨剛剛停止，詞人站在樓臺，倚著欄干，此時他正義憤填膺，憤怒到極點，頭髮都豎了起來，差點把帽子都頂飛了。這兩句可以看出詞人面對國仇家恨，壓抑不住的悲憤心情。而這憂憤國事之心，洶湧磅礡，遂表現為「擡望眼，仰天長嘯，壯懷激烈」的動作與氣勢。抬頭遠望，仰天長嘯，以高昂的情緒排遣心中的鬱悶，展露出一種願意承擔、勇往直前的豪情壯志。

「三十功名塵與土，八千里路雲和月」，回顧自己三十年來，視功名如塵土，微不足道。為什麼呢？因為詞人一心一意，只是想完成驅逐敵人、收復失土的事業，至於功名富貴則非他所追求的。這樣一路走來，幾乎都在沙場上度過，白天晚上，只有雲月相伴，算算路程往返都已有八千里了。

「莫等閒白了少年頭，空悲切」，既然選擇了這樣的人生，那就得認真負責，勇敢去追求。為光復神州，帶兵長征，效力沙場，這樣的戎馬生涯自然是奔波勞頓、異常艱辛的。可是平白放過大好時光，到頭來一事無成，那不是更加可悲？

詞的下片，敘述作者雪恥復仇的壯志，並預期來日必凱旋歸來。「靖康恥，猶未雪。臣子恨，何時滅」，前面提過，「靖康之難」是宋朝漢民族的奇恥大辱。這樣的奇恥大辱至今還沒昭雪，而作為臣子，仍然抱恨未消。在詞中很少會用這樣明白直接的方式，去指陳當朝發生的家國之事，一般作家往往會採用間接的手法，或用典故，以隱喻來寄意。「靖康恥」一語，僅見於此詞，宋人的詩詞中未見有其他作家使用過。這四句，都是三言語短，語氣激切，表達了其與敵人不共戴天的仇恨。作者在這裡故意提起那段亡國時淒慘的往事，引起萬分憤慨，無非是要為下文的復仇行動助長聲勢。

「駕長車踏破，賀蘭山缺」，他已立下了志願，要揮軍北伐，駕著戰車，踏破重重險要，直搗敵人的巢穴。賀蘭山，在今寧夏東部，西漢時是漢民族與匈奴作戰的要地。宋時賀蘭山隸屬西夏，不在金人手中。「壯志飢餐胡虜肉，笑談渴飲匈奴血」，則進一步用極端誇大的說法，表露徹底殲滅外敵的決心，以及對敵人蹂躪中原、殘忍對待我方君臣妻妾的切齒之恨，也流露出作者對敵人無比蔑視的義憤。

結尾兩句，「待從頭、收拾舊山河，朝天闕」，是說要從頭徹底地收復舊日河山，再回朝廷拜見皇上，報告勝利的消息。寥寥數語，流露出詞人忠君愛國的赤忱與收復失土的壯志。

整首詞充滿了愛國的情操，真是慷慨悲歌，使人為之起舞。陳廷焯《白雨齋詞話》說：

「何等氣概，何等志向，千載後讀之，凜凜有生氣焉。」

這首〈滿江紅〉膾炙人口，流傳千古，詞的作者過去普遍認為是宋代民族英雄岳飛。大家一向就以岳飛的角度來詮釋此詞，認為這首詞代表了岳飛「精忠報國」的英雄之志，表現了作者憂國、報國的壯志胸懷。

我說這一首詞是「題為岳飛之作」，意思是我不肯定它是否真的是岳飛所寫的。學者對這首詞所提出的幾個疑點，仍未得到滿意的解答之前，為求慎重，我還是採取相對保留的態度。

岳飛的兒子岳霖和孫子岳珂，不遺餘力地搜求岳飛的遺稿，但在他們所編的《鄂王家集》中，卻沒有收錄這首〈滿江紅〉。這首詞最早見於明代嘉靖十五年（一五三六）徐階編的《岳武穆文》。在岳飛去世（一一四一）後，此詞從不見於宋、元人的記載或題詠跋尾，卻突然出現在將近四百年後的明代中葉，這不能不令人生疑。據此，余嘉錫先生認為這首詞可能不是岳飛所作，而是明代人的偽託。後來夏承燾先生撰文表示贊同余嘉錫的看法，並就詞中「駕長車踏破，賀蘭山缺」一句進行尋繹研究，補充余先生的論斷。

我前面點出「靖康恥」一語，看似不像宋人詩詞中會說的話，應該可以再做一番考辨。近來很多學者提出不同的正反論辯，此處不擬申論。總之〈滿江紅〉詞究竟是否出於岳飛手筆，尚難定於一說。不過，即使懷疑它是偽託，也並沒有抹殺這首詞的價值和歷史意義。不管怎樣，這首詞配合岳飛的個性及其生平來讀，完全沒有扞格，因為它確實反映了南渡初期那個時代的離亂，以及那些抗金英雄的心境——岳飛的悲憤及其慷慨激昂之情，充分表現了出來。

∞

宋高宗紹興十一年（一一四一），岳飛去世。二十二年後，宋孝宗隆興元年（一一六三），張浚的軍隊在符離（今安徽宿縣北）潰敗，主和派得勢，將淮河前線邊防撤盡，向金國遣使求和。張浚召集抗金義士於建康（今南京），擬上書宋孝宗，反對議和。當時張孝祥任建康留守，既痛邊備空虛，敵勢猖獗，尤恨南宋王朝媚敵求和的可恥，在一次宴會上，即席揮毫，寫下了這首著名的詞作〈六州歌頭〉：

長淮望斷，關塞莽然平。征塵暗，霜風勁，悄邊聲。黯銷凝。追想當年事，殆天數，非人力，洙泗上，絃歌地，亦羶腥。隔水氈鄉，落日牛羊下，區脫縱橫。看名王宵獵，騎火一川明。笳鼓悲鳴。遣人驚。　念腰間箭，匣中劍，空埃蠹，竟何成。時易失，心徒壯，歲將零。渺神京。干羽方懷遠，靜烽燧，且休兵。冠蓋使，紛馳騖，若為情。聞道中原遺老，常南望、翠葆霓旌。使行人到此，忠憤氣填膺。有淚如傾。

張孝祥，字安國，自號于湖居士。高宗紹興二十四年（一一五四）進士第一。孝宗時，歷任中書舍人、直學士等負責草擬皇帝詔命的官。在建康留守任內，極力贊助張浚的北伐計畫，受到主和派的打擊，終被免職。後來擔任荊湖北路安撫使，以疾致仕。卒年三十八歲。他的全集名《于湖居士文集》，其中長短句的詞作將近二百首，詞風在蘇辛之間，兼有東坡之清曠與稼軒之雄豪。

這一首〈六州歌頭〉是寫一個懷著滿腔愛國熱忱的旅人，目睹遼闊的山河為外族所蹂躪，又想到自己徒有為國報效的理想，無奈趙宋卻粉飾太平，屈膝求和，因而發出這些悲憤之言。詞中多用三字句，音節蒼涼，讀之有嗚咽之聲。

「長淮望斷，關塞莽然平」，從長長的淮河岸邊極目望遠，關塞一片平曠草莽。這兩句即寫出一種悲憤，因為淮河流域本來就屬於中國腹地，而今卻都成為長滿雜草的邊塞了。「征塵暗，霜風勁，悄邊聲」，現在征塵已暗淡，寒冷的秋風正勁吹，邊塞上一片寂靜。這三句寫邊塞淒清的景象。「黯銷凝」，是說我凝神佇望，心情黯淡。這一句寫觸景而生情，帶出下面悲傷的情緒。

令人黯然神傷的是哪些事？他說：「追想當年事，殆天數，非人力，洙泗上，絃歌地，亦羶腥。」追想當年中原淪陷，恐怕是天意運數，並非人力可扭轉。在孔門弟子求學的洙水和泗水邊，在絃歌交奏的禮樂之邦，也已充滿牛羊羶腥的味道。這幾句深深感慨華夏已淪為異域。

舉洙泗為例，可見連孔子設教的地方也淪陷。他認為造成這些禍患的原因是「殆天數，非人力」，這一切實在無可奈何，只得委之於天，表達了一種宿命觀，反映出詞人心中的悲憤。

「隔水氈鄉，落日牛羊下，區脫縱橫。看名王宵獵，騎火一川明。笳鼓悲鳴。遣人驚」。隔河相望是敵軍的毛氈帳篷，黃昏落日時分，牛羊下山。他們所築用作偵察、防守的土室，縱橫交錯。看金兵將帥夜間出獵，騎兵手持火把，淮河的水都被照亮，傳來悲壯的吹笳擊鼓的聲音，令人膽戰心驚。這七句寫極目所見所聞的景象，有感於金人侵佔我方的國土，邊境上到處是「區脫」，夜晚他們還舉火打獵，展現極盛的氣勢。這時聽著那悲壯淒涼的胡笳羯鼓之聲，怎不令人驚心，又怎不叫人怒髮衝冠，憤恨不已！

下片，主要是抒寫復國的壯志難酬，朝廷當政者偷安苟且，一味求和，辜負了中原人民盼望光復的心願，詞情更加悲壯。

「念腰間箭，匣中劍，空埃蠹，竟何成。時易失，心徒壯，歲將零。渺神京」。他說，想我腰間的弓箭，匣中的寶劍，空自遭了蠹蟲蛀蝕、塵埃汙染，滿懷壯志竟不得施展。時機輕易地流失，空有壯志逸懷，歲月很快便消逝，而光復汴京的希望就更加渺茫了。換頭這一段，詞人傾訴自己空有殺敵的武器，只落得塵封蟲蛀而無用武之地。時機不遇，徒具雄心，卻等閒虛度，寫來相當無奈又沉痛。

「干羽方懷遠，靜烽燧，且休兵。冠蓋使，紛馳騖，若為情」。所謂「干羽」，指盾牌和雉雞毛，古代舞者所執的舞具。文舞執羽，武舞執干。朝廷正推行禮樂，用懷柔的方式安撫遠方的民族，使邊境烽煙熄滅，敵我暫且休兵。議和的使者穿著官服、乘著馬車，紛紛奔走，實在讓人羞愧，難以為情。這六句批評趙宋的昏庸腐化，無恥投降。京都裡一方面充斥著干羽相舞、粉飾太平的現象；另一方面則向敵人獻媚討好，以圖得一時休兵，求取所謂的太平生活。因此，屈辱的求和使者就不斷地穿梭，奔走來往。

以下兩句是一個鮮明的對照。「聞道中原遺老，常南望、翠葆霓旌」，聽說中原的父老，常常望著南方，期待朝廷出征，盼望看見皇上的翠蓋車隊，彩旗蔽空，前來解救他們。有的人為了偏安苟活，斷送國土；有的人卻念念不忘故國，把一點微弱的希望，寄託在王師的北伐上。據宋史記載，自從虞允文采石大捷，中原人心大奮，紛紛起義，對抗金兵。後來張浚在江淮巡視軍隊時，不斷有淮北的來歸者，山東豪傑也都願意接受他的調度。可見張孝祥「中原遺老」等句，乃當時真實情況。

人民有抗敵之心，但統治者則只圖苟安，那麼有志之士怎不感到悲憤！詞的結尾說，「使行人到此，忠憤氣填膺。有淚如傾」。使得行人來到此地，一腔忠憤，怒氣填膺，熱淚不停地灑落。作者不僅表達了自己的憤恨，在這裡更從泛泛的行人著眼，正寫出了千千萬萬人心的忠憤，千千萬萬人的淚痕。相傳張孝祥在席間作此詞，張浚聽了，罷飲而入。

這首詞敘述當時的形勢，充分表達了詞人的憂國之感、忠憤之情，可謂大氣磅礴，悲慨淋漓，感人至深。整體來看，〈六州歌頭〉一詞，篇幅長，格局大，詞的情感與形式配合得十分出色。詞人抒發滿腔愛國激情，用了很多三言的短句，構成激越緊張的節奏，聲情激壯動人。在結構上，詞中把宋金雙方的對峙局面，朝廷與人民之間的矛盾，對比呈現，產生極大的張力，和極強的渲染情緒效果，難怪讓人讀來特別沉痛、特別悲憤。

∞

以上透過題為岳飛的〈滿江紅〉和張孝祥的〈六州歌頭〉兩首詞，我們可以看到詞體抒情的形式與內容已有極大的突破。纏綿幽怨的詞篇自有委婉動人之致，慷慨激昂的作品更能激發人心。

宋人多情，他們由個人到家國，都有著深厚的情意，因此反映在詞篇上，便會因題材的不同，展現出不同的風格與面貌。時代世局之於人，有著深遠的影響，我們讀亂離時世的詞篇，應該能體會那種悲切之情乃不得已的表現。若能同情與了解，就能加深並豐富我們對人間情懷的體驗，對民族精神有更深切的認知。

02

悲鬱

辛棄疾〈水龍吟〉、〈菩薩蠻〉

詞發展到南宋，適逢時代動亂，國家失去半壁江山的狀態，詞人無論是在朝在野，他們身處其間，時刻都充滿著感時憂國的心情。因此，南宋詞人關心的課題，除了一般生活情趣、歌樂應用的範圍外，自然擴及時代政治等方面，發而為詞，亦多怨怒憤恨之氣、抑鬱苦悶之情，多屬豪放的風格。這一節要介紹的是由北方來到南方的豪放詞大家辛棄疾的詞，透過他的長短句，論述詞中一種「悲鬱」的情緒，就是一種沉鬱悲痛之情。

關於稼軒的生平，上冊已有介紹。現在簡單複述一下，以了解他的處境和心境。辛棄疾是濟南歷城人，他生活在西元十二世紀四〇年代至十三世紀初期，正值南宋中葉，趙宋政權只據有東南半壁江山，淮河以北地區為金人所佔領。當時南宋朝廷官員大致可分兩派，一派主戰，一派主和。主和派中的人物大多是江南人，他們不但為了政治主張，並且為了地域之見，對於北方來的「歸正人」特別歧視。宋代稱淪於外邦而返回本朝者為「歸正人」，即投歸正統之人。這是南宋對北方淪陷區南下投奔之人的蔑稱，這包括中原淪陷後從北方起義渡江的人士，也包括作戰時陣前起義的兵將。

稼軒在紹興末年率領七八千義軍南渡，渡江以後他的部隊解散了，他自己則做了若干年的地方小官，後來漸漸得到晉用，那是器重他的兩位宰相虞允文和葉衡的幫忙。不久虞允文去世，葉衡因事去職，他便失去了朝中重要人物的支持。稼軒可說是一部分歸正人的領袖，因此主和派的當政者尤其不喜歡他這種對外志切恢復、為政凌厲剛猛的人物。稼軒終其一生都被壓抑在這般環境之下。

他後來逐漸有發展，在外做到安撫使，在朝做到兵部侍郎、龍圖閣待制，地位不算低，在歸正人當中更是鳳毛麟角。但以稼軒的才氣和抱負而言，則是吃了一輩子虧，何況他曾兩度落職閒居。平生鬱勃之氣，完全發之於詞，這才有那般「龍騰虎擲」的筆勢。所以，想了解稼軒的詞，必須了解他所處的南宋高宗、孝宗、光宗、寧宗四朝的政局和他的身世際遇，因為他不是一個吟風弄月的江湖詞客而已。

稼軒不只是宋詞的大家，同時也是個忠義憤發、功名慷慨之士。他留下了六百多首詞，這些作品根源自他的才學與性情，還有他一生動蕩的身世、鬱勃的懷抱，所以能夠展現出雄渾豪宕的氣勢、沉鬱頓挫的格調，別開生面。

關於稼軒詞的主題意識，我的太老師鄭騫先生有一段話值得參考，他說：「稼軒是忠義之士，但他的詞卻很少纏綿忠愛之作，很少直接說到國家。他所寫的都是他個人的壯慨之懷，鬱勃之氣，與夫退居時的閒而不適之情。要想知道稼軒謀國的忠藎（忠誠），不肯偏安事敵的志節，須從他的言論如九議十論，和他歷官中外時一切實際設施上去看，在詞裡是找不到的。」

8

稼軒的詞既與當時的政局和國事有著密切的關係，但卻不做直接的表達，那麼他的悲鬱情懷又如何呈現出來呢？稼軒詞往往是用兩種間接的方式來表現：一種是以景寓情，就是借自然景物來渲染烘托；一種是借故事述情，就是用歷史人物典故來寄情託興，借題發揮。他的〈水龍吟．登建康賞心亭〉一詞，就充分運用了這兩種表現方式：

楚天千里清秋，水隨天去秋無際。遙岑遠目，獻愁供恨，玉簪螺髻。落日樓頭，斷鴻聲裡，江南遊子。把吳鉤看了，欄干拍遍，無人會，登臨意。　休說鱸魚堪鱠。儘西風、季鷹歸未。求田問舍，怕應羞見，劉郎才氣。可惜流年，憂愁風雨，樹猶如此。倩何人喚取，紅巾翠袖，搵英雄淚。

稼軒在紹興三十二年（一一六二），率領抗金義軍部眾歸附南宋王室。當時滿腔熱忱，很希望能為國效力，沒想到幾年間一直未獲信任與重用，部眾被解散，他自己也投閒置散，輾轉於幕僚之間。到了孝宗淳熙元年（一一七四），他三十五歲，應葉衡的徵召到建康擔任參議官。這時距承耿京命奉表南歸，已經十二年了。久沉下僚，不能北上殺敵，以雪國恥，胸中異常鬱悶。當他登臨賞心亭，終於寫下這一首表達英雄失意、滿腔抑鬱悲憤的詞。

建康是六朝時期的京城，今南京市。賞心亭在下水門城上，下臨秦淮河，盡觀覽之勝。稼軒有頗多詞篇是登賞心亭寫作的，但他都不是抒寫賞心悅目之事，通常都是觸景生情，表達出登臨懷古或自傷身世的悲鬱情緒。

這首詞的上片，描寫登「賞心亭」所見江南秋天的景象，以喚起詞人對身世寥落的慨嘆。「楚天千里清秋，水隨天去秋無際」，登樓遠眺，氣象十分開闊，南方的天空展現出一派清朗的秋日景致，江水流向天邊的盡頭，一望無際。所謂景由心生，這裡寫出江天一色的境界，景象壯闊，顯現出稼軒的氣度，有胸懷千里的氣勢，而寫景之間其實已隱約含情。

「楚天」的「楚」是指江南之地。王粲〈登樓賦〉不是這樣說嗎？「登茲樓以四望兮，聊暇日以銷憂」，又說：「雖信美而非吾土兮，曾何足以少留。」登上這座樓眺望四周，暫且在閒暇的時光裡消解憂愁。可是即使這裡的確很美，卻不是我的鄉土，又怎麼能夠值得我在此逗留？稼軒來自北方的山東，已在南方十二年了，現在登樓遠望，看著如此廣闊的空間，如流水般的時間不停地消逝，難道不會有如王粲一樣感到功名未就、滯留不歸的無奈？

接著「遙岑遠目，獻愁供恨，玉簪螺髻」三句，說眼睛向遙遠的地方看，那小而高的山，像是插著碧玉簪的螺殼形狀的髮髻，無法令人「賞心」，而只是「獻愁供恨」，徒增內心的愁恨罷了。山水本是無情之物，詞人自己觸景傷情，偏偏說是此山呈現並提供了愁情恨意，這是移情及物的手法。畢竟，遠山正在異族的統治範圍，正是增添國恨鄉愁的根源。這裡漸漸由客觀寫景帶出主觀情意。而山水所投影的愁恨，究竟是怎樣的愁恨？下文就具體說明。

「落日樓頭，斷鴻聲裡，江南遊子。把吳鉤看了，欄干拍遍，無人會，登臨意」，這七句一氣呵成，語意激切，亦極為沉痛。「江南遊子」一句承上啟下，將前後貫串一氣，明白寫出他的處境和心情，是詞的上片由景引渡入情的關鍵。「落日樓頭」，寫當前所面對的是夕陽斜照的蒼茫景象，一片衰頹、蕭瑟之境，不禁讓人聯想到南宋的時局。「斷鴻聲裡」，則寫聽到天邊傳來孤鴻嘹唳的鳴叫聲，更增遊子天涯飄泊之感。最後說出自己乃「江南遊子」的身分，點明自己本來家在北方，如今卻流落江南，面對這樣淒迷的景象，能不黯然神傷？由這一句便很自然地轉入下面的抒情了。

稼軒可以用強烈的語氣直接表達他激憤的心情，但這樣做便會顯得淺露，而了無餘味。他在這裡用了兩個動作來表現。一是「把吳鉤看了」。「吳鉤」，是春秋時吳國製造的一種彎曲的刀劍，此處泛指身上的佩劍。吳鉤本是用來馳騁沙場、殺退敵人的利器，如今卻閒置不用，只能拿來觀賞，那麼英雄無用武之地的悲愴便不言而喻。另一個動作則是「闌干拍遍」，用手不停地拍打欄杆來宣洩自己有志難伸的激憤。

可是這樣的行為表現又怎樣？「無人會，登臨意」，卻是無人能理解我登樓遠眺的心情。作者這份感時憂國的情懷，無人領會，無處可訴，更是令人情何以堪！作者到最後終究沒有說破，用反面語把它煞住，將它壓著不說，反而增加了鬱結的悲感。

詞的下片先是用了兩個典故，表示自己不輕言退，以彰顯自己抗敵的決心。第一個典故，用西晉張翰（字季鷹）在洛陽為官，見秋風起，思念家鄉的菰菜、蓴羹、鱸魚，辭官回吳淞江畔的故事。「休說鱸魚堪鱠。儘西風、季鷹歸未」，他說不要和我提起家鄉的鱸魚鱠是何等美味，眼下西風又起，張季鷹歸家沒有？張翰辭官歸鄉，是退，稼軒也想退，卻又不甘，所以說「休說」。他不忍就此歸去，更何況稼軒家在北方，現在的情況又如何能歸去？

順便一提，在稼軒的作品裡，絕少正面寫到思念故鄉的詞句。稼軒有三分之二的生涯在外，但在他的作品中，鄉土觀念卻看似很冷淡。這大概與他的環境和性情有關。他那個時候，「南共北，正分裂」（辛棄疾〈賀新郎〉），除非「王師北定中原日」（陸游〈示兒〉），不然哪能回去？稼軒知道還鄉的希望渺茫，也許就乾脆死了這條心，不再去想了。而且國家動蕩不安，主和主戰派互相猜忌，北人在南朝做官，如果常常表示思鄉之情，就怕被人想反了，以為自己「身在漢室，心在曹營」，成為他們攻擊的藉口就不好了。置身宦海，尤其在亂世，對這一點是不能無所顧慮的。

第二個典故，是用東漢末年許汜「求田問舍」的故事。「求田問舍」，指的是只知道購買田地產業，謀求個人私利，比喻沒有遠大的志向。這個典故，出自《三國志·呂布傳》。話說許汜是東漢末年的名士，曾是呂布帳下的謀士。呂布敗亡之後，他前往荊州投靠劉表。有一回，劉備、許汜與劉表在一起共論天下之士。談到陳登時，許汜不以為然地說：「陳元龍（名登）乃湖海之士，驕狂之氣至今猶在。」劉備問許汜：「您認為陳元龍驕狂，有什麼根據呢？」許汜說：「我見過陳元龍，他毫無客主之禮，很久也不搭理我，自顧自地上大床高臥，而讓客人們坐在下床。」劉備應聲道：「你素有國士之風。現在天下大亂，帝王流離失所。元龍希望你憂國忘家，有匡扶漢室之志。可是你卻向元龍提出田宅屋舍的要求，言談也沒有什麼新意，這當然是元龍所討厭的，又有什麼理由要求元龍和你說話？假如當時是我，我肯定會上百尺高樓去高臥，而讓你們睡在地下，哪裡只有區區上下床的區別呢？」

這首詞這樣說，「求田問舍，怕應羞見，劉郎才氣」。表示只求經營個人的安樂生活，罔顧天下眾生，恐怕面對劉備這樣的英雄豪傑，應該也會感到羞愧！稼軒以為如果學許汜一樣的「求田問舍」，是退的一種方式，但又怕被劉備那樣的人物瞧不起，辜負自己的胸懷大志，所以說「怕應羞見」。他既無法退下來，而要前進卻又身不由己，如此進退矛盾之下，便受著種種的煎熬。

「可惜流年，憂愁風雨，樹猶如此」，時光流逝，他憂懼的是國勢在風雨飄搖之中，連樹都經不起，何況是人？年華老去，只怕將辜負了平生的雄心壯志。《世說新語・言語門》說：「桓公（溫）北征，經金城，見前為琅邪時種柳，皆已十圍。慨然曰：木猶如此，人何以堪！」稼軒這一句「憂愁風雨，樹猶如此」，是亦虛亦實的寫法。「實」指樹木之受風雨摧殘而滿心憂愁，「虛」則喻指自己之受盡各種阻難而滿心憂愁。用桓溫的典故，卻省去下句「人何以堪」，其實這裡所要表達的主要意思也正是「人何以堪」，表示自己難以承受的苦痛正在於此。恨時光飛快消逝，轉瞬十二年，恢復無望，江南遊子的憂國心情，日深一日，不知如何消解。

最後他以激問的語態說：「倩何人喚取，紅巾翠袖，搵英雄淚。」請誰把那些歌女舞女都招呼來，用她們的絲巾衣袖，為我擦拭眼淚。這裡作者又曲折地暗示，沒有人能體會、憐惜他滿懷英雄的悲情。寥寥片言，宣洩了英雄志士沉重的憂愁與抑鬱之情，與上片「無人會，登臨意」互相呼應，扣合得相當緊密。這一首詞以含蓄曲折的形式，寄寓稼軒的時代處境及身世之感，寫得十分沉鬱悲涼。

8

這樣悲鬱的心情，稼軒在小令中也有出色的表現。例如這首〈菩薩蠻・書江西造口壁〉：

鬱孤臺下清江水，中間多少行人淚。西北望長安，可憐無數山。 青山遮不住，畢竟東流去。江晚正愁予，山深聞鷓鴣。

宋孝宗淳熙二年（一一七五），稼軒任江西提點刑獄，經過造口，題這首詞在牆壁上。造口，即皂口，以皂水得名，在江西萬安縣西南六十里處。宋代羅大經《鶴林玉露》卷四中，說稼軒這首詞與北宋亡國的一段痛史有關。宋室傾覆之時，金人追捕孟太后，直到造口，不及而還。稼軒登造口的鬱孤臺，因憶起這段痛史而起興，並且末句「山深聞鷓鴣」是隱喻恢復中原之事「行不得也」，因為鷓鴣的啼聲如云「行不得也哥哥」。不過，這個說法經過近代學者如鄧廣銘先生等人的考證，認為是不可信的。稼軒這首詞確實寄託了他的故國之思，但與實際的史實無關，不必穿鑿附會，他主要是抒寫感時憂國的抑鬱之情。

「鬱孤臺下清江水，中間多少行人淚」。鬱孤臺，在江西贛縣西南，是一座平地崛起數丈的土山。唐代李勉在代宗大歷年間曾任江西觀察使，來到江西，顧念關中戰亂與朝廷安危，登鬱孤臺北望長安，因而將「鬱孤」改名「望闕」。後來登鬱孤臺的人，往往對景流連，抒發去國離鄉、傷時悼亂之感。稼軒應該也不例外，因鬱孤而望闕，激發出憂憤之情。

清江，指贛江。這兩句由「鬱孤臺下」的「清江水」起興，是說鬱孤臺下的贛江水中，摻和著多少行人登臺北望的眼淚。這裡很巧妙地把同性質的「水」與「淚」連類在一起，想像江水之中有多少是「行人」之淚。「行人」指的當然不是一般行旅之人，而是因時代亂離而飄泊在外的人，指作者自己，也包括其他人。

「西北望長安，可憐無數山」，放眼西北，那是淪陷在敵人手中的中原地區，我也想看看如今故都汴京是什麼樣子，可惜重重山嶺，把我的視線都阻擋住了。這裡化用李白〈登金陵鳳凰臺〉詩句，「長安不見使人愁」。「長安」是漢唐的故都，詩詞中多作為京城的借喻。北宋舊都是汴京開封，故「西北望長安」，即遙望舊都開封，表示忠於宋朝，有一心想恢復國土之意。但這份盼望之情卻受到阻礙，舊都被群山遮住，讓人悲傷不已。

「青山遮不住，畢竟東流去」，青山雖然遮住了我的眼睛，卻遮不住我的心。我的思念故國之情化為淚水，而淚水已混入江水中，眼前雖有重重阻隔，卻遮不斷滔滔江水，它畢竟照樣向前流去。這裡表達了作者對家國之愛乃綿綿不絕。

「江晚正愁予，山深聞鷓鴣」，黃昏日落，暮色蒼茫，正是滿懷愁緒的時候，卻又聽到一聲聲的鷓鴣啼叫。最後以景物作結。鷓鴣啼聲，在詩詞中往往興發離人的羈旅愁懷，而鷓鴣在暮春啼叫，也容易觸動人們美好時光消逝的感傷。

這首詞因事起興，融情入景，同樣寫出了極為悲鬱的感嘆。過去作家填寫〈菩薩蠻〉這一詞調，無論是像溫庭筠那樣的穠麗，或韋莊那樣的疏淡，都以委婉清麗為主，而稼軒這一首卻以雄渾之筆，變為沉著奔放的大開大闔的格局，為小令賦予不一樣的質感與張力，實在令人嘆賞。梁啟超說：「〈菩薩蠻〉如此大聲鞺鞳，得未曾有。」

細讀辛棄疾這一長一短的沉鬱之作，我們深深地體會到詞人那種「無人會，登臨意」的悲感，那是衰亂時代失意英雄極為悲鬱憤慨的心聲。當一代一代的英雄都老去、死去，南宋中葉以後，詞壇就逐漸失去豪邁奔放的氣象，比較多的是感慨今昔的悲愴幽傷之調。

03

悲愴

姜夔〈揚州慢〉、吳文英〈金縷歌〉

讀過辛棄疾的詞，相信大家都會被詞中的悲鬱情意所感動，那是英雄豪傑失意的悲歌。稼軒之後，南宋局勢更形惡劣，復國無望，士氣更是一片低迷。那麼一般的詞人對家國興亡之事又有哪些不同的反應？這一節的主題是「後不如今今非昔」之悲愴，介紹的是南宋典雅派名家姜夔和吳文英，他們感慨今昔所表現的感時憂國情懷。首先介紹姜夔的〈揚州慢〉。

姜夔自號白石道人，他是江西人，因為自幼跟從父親宦遊湖北，他在湖北一帶居住甚久。後來家居浙江吳興，漫遊蘇、杭、揚、淮之間，到處依人作客，一生不仕，嘯傲山林。又與當時名家如范成大、楊萬里等人交遊，互相唱酬，極受推崇，最後死於西湖。白石是詩人，也是詞的名家，兼通音樂和書法。其中以詞的成就最高，有《白石道人歌曲》傳世，其中有十七首註明工尺譜，是研究宋詞樂譜的寶貴資料。姜白石妙解音律，能自度曲，他的詞音調諧婉，辭句精美，意境清幽峭拔，於傳統的婉約和豪放派之外，別開清空騷雅一派，影響甚為深遠。

白石一生羈旅歲月極長，大約自二十歲到四十三歲，漫漫二十三年間，他的行蹤不定，來往江湖之上，看來處處是家，其實處處非家。四十三歲以後居家杭州，雖然逐漸安定，卻又考場失意，生活清苦。白石先天上有詩人敏銳善感的個性、孤高自賞的性情，後天的生活艱困，天涯零落，更增加了他身不由己的哀嘆。反映在他的詞中，就有一種強烈的天涯飄泊之感，一種冷僻幽獨的格調。

〈揚州慢〉是他早期的作品。詞的序文說：「淳熙丙申至日，予過維揚。夜雪初霽，薺麥彌望。入其城則四顧蕭條，寒水自碧，暮色漸起，戍角悲吟。予懷愴然，感慨今昔，因自度此曲。千巖老人以為有『黍離』之悲也。」

這闋詞是姜夔二十二歲時寫的自度曲，描寫目睹揚州城遭金人掠奪後的淒涼景象，所引發的哀時傷亂之情。揚州自隋唐以來，即處於大運河和長江航運的樞紐地位，也是對外貿易港口之一，商業發達，市景繁榮，宋朝在此一帶設淮南東路和淮南西路，揚州是淮南東路的治所。南宋高宗建炎三年（一一二九），金兵大舉南侵，攻破揚州、建康、臨安等城，所到之處燒殺擄掠，一片殘破景象。紹興三十年（一一六〇），金兵又大舉南犯，淮南地區烽火連年。

孝宗淳熙三年（一一七六）冬至之日，於一場大雪止後，天氣放晴，姜夔路過揚州，放眼望去，四野盡是薺菜和野麥。入城後則只見繁華的城市已變為斷井頹垣，一片蕭條，河水碧綠淒冷，天色漸晚，城中響起淒涼的號角。詞人內心悽愴，有不勝今昔之感，於是就創作了這支曲子。千巖老人認為這首詞有〈黍離〉之悲。

千巖老人是蕭德藻的自號，姜夔曾跟他學詩，同時也是他的姪女婿。所謂「黍離之悲」，指故國殘破、都邑荒涼的悲思。《詩經．王風》有〈黍離〉篇，乃東周大夫路經被犬戎焚掠後的西周故都，看到舊城荒廢，宮殿遺址長滿野麥，深感悲傷而作。姜夔這篇小序，交代了這首詞的寫作緣由和背景，在清疏空靈的筆調中，有著沉鬱悲愴的情意。

〈揚州慢〉一詞主要就是抒發這份感慨今昔的悲愴之情。詞的內容如下：

淮左名都，竹西佳處，解鞍少駐初程。過春風十里，盡薺麥青青。自胡馬窺江去後，廢池喬木，猶厭言兵。漸黃昏，清角吹寒，都在空城。　杜郎俊賞，算而今、重到須驚。縱豆蔻詞工，青樓夢好，難賦深情。二十四橋仍在，波心蕩、冷月無聲。念橋邊紅藥，年年知為誰生。

這首詞充分表現出詞的相對性美感特質，整首詞的構篇運用了鮮明的對比方式來呈現。上片沿著序文所述，寫出眼前實景，即揚州城劫後長期以來的蕭條殘破景象。下片則由揚州想到唐代詩人杜牧，由他的生活事跡、美麗詩句想到自身所處時代，因而產生了今昔的感慨。

「淮左名都，竹西佳處，解鞍少駐初程」，此詞開頭直寫「揚州」，以呼應詞調的名稱

〈揚州慢〉。他說這裡是淮南著名的都城，城北的竹西亭又是景色宜人的去處，於是我解下馬鞍，短暫逗留。詞人先從自己的行蹤說起，寫自己初次經過揚州城，和對傳聞中揚州的嚮往之情。此處拈出「名都」、「佳處」，形容昔日勝景，以與下文「空城」對比。

「過春風十里，盡薺麥青青」，一個轉景，希望就幻滅了。在這「春風十里揚州路」（杜牧〈贈別．其一〉）上，原來十分繁華的長街，現在到處都長滿青青的薺菜和野麥，與昔日景象截然不同。「薺麥青青」，乃暗指此地空無房舍，人跡罕至。

「自胡馬窺江去後，廢池喬木，猶厭言兵」，這三句說明眼前的殘敗荒涼，完全是金兵南侵造成的，在人們心靈中留下不可磨滅的創傷。他說自從金兵的戰馬到長江邊來窺伺蹂躪，走了之後，這裡廢棄的池塘、古老的大樹至今仍不願提起戰爭的事。所謂「廢池喬木」，勾勒出一幅戰後蕭條的景象。接著說「猶厭言兵」，作者則是以擬人的手法，說無知無情的廢池喬木尚且厭談兵戰，更何況有知覺有情感的人呢？昔日戰況的慘烈，人民劫後餘生、心有餘悸的情形，寥寥兩句就交代了出來，可見作者練字造句、營造情境的獨到之處。清人陳廷焯《白雨齋詞話》說：「『猶厭言兵』四字，包括無限傷亂語，他人累千百言，亦無此韻味。」對此甚為讚賞。

末三句回到眼前蕭條寥落的景象著眼，借景以言情。「漸黃昏，清角吹寒，都在空城」，黃昏將近的時候，淒清的畫角聲響了起來，在寒冷空寂的古城中迴蕩著。作者將暮色漸臨的視覺、號角聲淒清的聽覺，以及感受寒意的觸覺，融合壓縮在一起，烘托出今日揚州的荒涼落寞，也流露了作者惆悵哀傷的心情。

下片化用杜牧系列詩意，抒寫自己哀時傷亂的情懷。「杜郎」成為詞人的化身，詞的表面是詠史、寫古人，更深一層是寫自己，感嘆當下的情況。

「杜郎俊賞，算而今、重到須驚」，唐詩人杜牧曾官揚州，詩酒輕狂，寫過不少描述揚州的名篇。作者自比為杜牧，說杜牧如果舊地重遊，看到古城的滄桑變化，也必然會驚訝不已。所謂「杜郎俊賞」，指杜牧當年在此處曾有高雅的遊賞。然後說「重到須驚」，乃表示人事變遷，出乎意料之外。

因此接著三句，「縱豆蔻詞工，青樓夢好，難賦深情」，是說縱使我有像杜牧賦荳蔻詩那樣的才華，有杜牧那樣的意趣，也不易寫出我此刻對揚州複雜的深情來。這裡化用杜牧「娉娉嫋嫋十三餘，豆蔻梢頭二月初」（〈贈別．其一〉）、「十年一覺揚州夢，贏得青樓薄倖名」（〈遣懷〉）的詩句，表達出自己縱使有杜牧寫詩的才華與性情，恐怕也難以表達此時胸中的悲愴情懷。

以下「二十四橋仍在，波心蕩、冷月無聲」，又鎔鑄了杜牧「二十四橋明月夜，玉人何處教吹簫」（〈寄揚州韓綽判官〉）的詩意，以往昔「二十四橋明月夜」的盛況，和如今「波心蕩、冷月無聲」的冷寂對照，平添無限淒愴。揚州西郊舊有「二十四橋」，相傳古代有二十四個美人吹簫於此，故有這個名稱。如今二十四橋仍在，可是只有一片冷清的月色在水波中蕩漾，處處寂靜無聲。

結尾說「念橋邊紅藥，年年知為誰生」？以問語來作結。想到橋邊芍藥，年復一年地開放，它又是為誰而吐豔？有如岑參詩所說的「庭樹不知人去盡，春來還發舊時花」（〈山房春事·其二〉）那樣的慨嘆。

總結下片最後四句，詞人以無聲勝有聲的方式，道盡了景物依舊、人事已非的沉痛。這一連串的詞句，雖顯得極為清冷幽寂，但蘊含著極深沉的悲涼哀感，卻不是那些疾言厲色、愴地呼天的情態與筆調所能比擬的。

南渡以來，到姜夔寫作這首詞的時候，北部河山沉淪已整整半個世紀，當政者不僅不力圖恢復，且無絲毫自振之意。詞人目睹神傷，於是因事述懷，借景言情，寫下了這首〈揚州慢〉。這首詞在構篇上，主要是以時空轉移、情景對照的方式，來表達「感慨今昔」的主題。全詞以清空之筆寫悲愴之情，聲調低婉，寄意深長，是南宋詞裡不可多得的作品。

8

與姜夔並稱的吳文英，在這類詞的表現上又有怎樣的特色？吳文英號夢窗，他除了三十多歲在蘇州任倉臺幕僚之外，生平沒做過什麼官。他曾受知於宰相吳潛，與史宅之、賈似道等權貴皆有交往，晚年又為榮王趙與芮門下客。平生交遊多係江湖文士，且足跡所至不出江蘇、浙江兩省，於蘇州、杭州、越州三地居留最久，遊蹤所至，每有題詠。

夢窗有詞三百四十餘首，在南宋詞壇屬於作品數量較多的詞人。詞風密麗，意境深遠，字句精巧，音律諧美。他是南宋中後期以功力著稱的詞人，影響及於宋末元初的周密、王沂孫等家，與姜夔並稱「姜吳」，是南宋典雅詞派「清空」、「質實」兩大代表。

他的詞亦有過於注重鍛鍊詞藻，以致有詞意晦澀的缺點。王國維甚至批評他的作品徒具美麗的外貌，卻沒有什麼境界。不過，這些評論有點偏頗。葉嘉瑩先生曾撰〈論吳文英詞〉一文，認為夢窗詞自有其特色和佳妙之處在。她指出，夢窗詞雖用濃麗之筆，而實有精神情感蘊含其中，且往往能顯出一種超越飛騰的意致。而且吳詞喜歡在結構安排上，把景物與情事、時間與空間，濃密且層深地凝聚在一起來敘寫，形成一種凝厚質實的風格。最後總結說：「吳文英在品格上決不是一個有堅貞之特操的完人。不過，如果從其全部詞作之內容情意來看，則其心靈之中又確乎具有一種深摯的情思和高遠的意境，而且對南宋之漸趨衰亡的國勢也有著一份沉痛的悲慨。」

鄭騫先生也認為吳文英詞絕非無意境，像〈霜葉飛〉、〈八聲甘州〉和〈金縷歌〉這些作品，「皆意境高絕，有崇山壁立，老樹拏雲之概」（〈成府談詞〉）。

現在我們就來看這一首有高遠的意境，且表現出對家國「有著一份沉痛的悲慨」的〈金縷歌・陪履齋先生滄浪看梅〉：

喬木生雲氣。訪中興，英雄陳跡，暗追前事。戰艦東風慳借便，夢斷神州故里。旋小築、吳宮閒地。華表月明歸夜鶴，嘆當時花竹今如此。枝上露，濺清淚。遨頭小簇行春隊。步蒼苔，尋幽別塢，問梅開未。重唱梅邊新度曲，催發寒梢凍蕊。此心與、東君同意。後不如今今非昔，兩無言相對滄浪水。懷此恨，寄殘醉。

〈金縷歌〉也作〈金縷曲〉，即〈賀新郎〉。履齋先生是吳潛的號，他先後於吳、越、江西等地擔任官職，後為參知政事，拜右丞相。「滄浪」，就是滄浪亭，為江蘇名勝。它本是五代時吳越錢氏廣陵王的別圃，宋仁宗時蘇舜欽得之，始築亭曰「滄浪」。後數易其主，高宗時歸韓世忠，故俗稱「韓王園」。其地積水數十畝，旁有小山，高下曲折，與水縈帶，林木蔥蔚，風景清幽。

這一首詞是吳文英陪著吳潛遊滄浪亭觀梅，有感而發，抒寫他緬懷英雄、感時憂國的情懷。詞的上片寫滄浪亭，憑弔韓世忠，借此抒發憂國之情。下片則由觀看梅花，引發今不如昔的感慨。

「喬木生雲氣，訪中興，英雄陳跡，暗追前事」，詞從韓世忠的滄浪亭別墅寫起。「喬木生雲氣」，是說這裡的樹木長得高聳入雲，展現出壯偉的氣勢，凸顯世家人才之出眾，實乃英雄人物的象徵。所謂「中興英雄」，就是指韓世忠。他說，我們為瞻仰大宋中興英雄韓世忠的陳跡，追思前朝的舊事而來到這裡。

「戰艦東風慳借便，夢斷神州故里」，借用三國周瑜曾乘東風之便，大破曹操軍於赤壁的典故。這裡反用其意，表達天不助人的憾恨。這兩句是說，東風是多麼的吝惜，不肯讓將軍的戰艦借一點兒力氣，給戰船乘風破敵的便利，以致恢復神州河山大業的夢想終究落了空。這裡表達了對韓世忠不能發揮他的軍事才能，完成其收復中原的大志而感到惋惜。至於他為何失敗？作者沒有多說。對當時政局的情況，大家應該是心照不宣吧。

「旋小築、吳宮閒地」，這一句寫韓將軍憤而退隱、經營別墅的事。他旋即退居下來，將閒置的吳宮舊址，構築庭園，那就是滄浪亭了。

「華表月明歸夜鶴，嘆當時花竹今如此」，這滄浪亭經過那麼多年後，已有很大的變化，園林荒蕪，而國勢亦日漸式微。但吳文英沒有直接表達出來，卻是借了一個神話來呈現。他用的是丁令威學道於靈墟山，成仙後化為仙鶴，飛回遼東故里的故事。這兩句是說，如果韓世忠的精魂於月夜化鶴歸來，停在這個華表木柱上，一定會深深感嘆從前繁茂的花竹，如今卻如此蕭條冷落。這裡是透過韓氏的眼光，映照出今昔的盛衰變化。

歇拍說，「枝上露，濺清淚」。枝頭上灑落的露水，彷彿淌下清冷的淚滴。作者移情於物，渲染了一片哀愁。

詞的下片回到主題，寫滄浪別墅賞梅的事。「遨頭小簇行春隊。步蒼苔，尋幽別塢，問梅開未」。「遨頭」，指太守。《成都記》說：「太守出遊，士女列於木床觀之，謂之遨床，故太守為遨頭。」吳潛這個時候是平江府（即蘇州）知州，故以遨頭稱之。這一段是說，吳太守領著遊春的隊伍，沿著長滿青苔的小徑石梯，去尋找將軍舊日的別墅遺跡，看一看那裡的梅花開了沒有？

作者沒有回答，只接著寫道，「重唱梅邊新度曲，催發寒梢凍蕊」。我們在梅花樹邊重唱新度的詞曲，要用歌聲把沉睡的梅蕊喚醒起來。可知園中的梅花正在寒風中含苞待放，而想用歌曲促其綻開，希望庭園快點展現春日的美好。這是大家共同的心意，司春的神如此，履齋先生和作者也如此，所以說「此心與、東君同意」。「東君」，就是春神。

我們細加品味，所謂問梅開否，催花唱曲，對梅花盛放的期盼，難道沒有隱含著對國家仍寄予一份美好期待的心願？可是現實的情況卻讓他們不樂觀。所以下文即轉為感傷的口吻說，「後不如今今非昔，兩無言相對滄浪水。懷此恨，寄殘醉」。他說如今的情況已不如往昔，以後就恐怕連今天也比不上了。對著滄浪亭下的流水，我倆默默無語，只能將滿懷悲恨寄託在醉意之中。

南宋末年國事日非，尚不如南渡初。而今國勢每況愈下，對有識之士來說真是夫復何言？吳文英這首詞借滄浪亭觀梅，表達了感時憂國之情，用語疏宕清俊，情意卻悲傷悽愴。像這樣的題材、這樣的語調，在夢窗詞中實不多見。

8

比起稼軒詞那種大聲鞺鞳的高調子，夢窗也好，白石也好，他們還是比較低沉的。一則是因為時代的關係，一則是因為身分、才情畢竟不同。作為清客幕僚，姜夔與吳文英一生都未得重用，遊走江湖，抱著流落不偶的沉哀，過著詩酒風流的生活，即便有些逸懷浩氣，也消磨淨盡了。所以，他們雖不至於獨善其身、不理世事，但對時局的感喟，表現為盛衰今昔的悲慨，大多是低沉幽咽的調性，不是稼軒那樣豪邁奔放的氣勢所呈現的沉鬱頓挫的悲感。時代更晚一些，到宋末元初之時，國已亡，家又破，遺民詞人的心境就更淒楚了。

04

悲涼

張炎〈高陽臺〉、劉辰翁〈柳梢青〉

清代朱彝尊《詞綜・發凡》說：「詞至南宋始極其工，至宋季而始極其變。」詞發展到南宋，無論是詞體種類、寫作技巧、題材範圍和風格特質，比北宋時期已有很大的變化。南宋詞壇有三大特色：第一是注重字句的鍛鍊，第二是講究音律，第三是喜愛結社填詞。前兩點可以看出南宋人對填詞技巧的講究，既求文辭之美，復需聲律協和；加上詞社活動，唱酬之外，亦時有品評討論，於是斟酌字句功夫更細，辨析樂律腔韻更精。

尤其史達祖、姜夔、吳文英等典雅派詞家的作品，語言文字之精巧細緻，情意內容之雅正得體，極盡「詞之能事」，所以說「南宋始極其工」。前面我們讀過史、姜、吳這三家詞，對他們詞作的工巧雅麗之處，應該都有所認識。至於所謂「至宋季而始極其變」，就是指典雅派後期的作家，如周密、王沂孫和張炎等宋末詞人，一則繼承了姜吳詞風，一則由於時代的因素，他們深化並拓寬了詞的情意內容，寫出了遺民的身世之感，表達了對家國淪亡的無限哀思，多表現為落葉哀蟬之音，充滿著悲涼的情調。

我們先來看張炎的詞。張炎，號玉田，又號樂笑翁，本西秦（今甘肅天水）人，南渡後寓居臨安（今浙江杭州），是南宋著名將領張俊的六世孫，詞人張樞之子。宋朝亡國之前，他過著湖山清賞、詩酒吟嘯的生活。至二十九歲，元兵攻破臨安，張炎家財被抄，從此生活窮困，飄泊江湖。中間一度北上元都寫經，不遇而歸，以布衣終身。晚年在浙東、蘇州一帶漫遊，與周密、王沂孫為詞友。

張炎詞風繼承周邦彥、姜夔，風格婉麗清疏。早年多寫貴家公子的優遊生活，後期多追懷往昔。尤其善寫詠物詞，而其抒發身世盛衰之作往往蒼涼淒楚，哀怨感人。有詞集《山中白雲詞》，及詞學專著《詞源》傳世。

〈高陽臺・西湖春感〉一詞是張炎的代表作。此詞作於南宋滅亡後，他重遊西湖之時。張炎這首詞寫得十分幽怨淒涼：

接葉巢鶯，平波卷絮，斷橋斜日歸船。能幾番游，看花又是明年。東風且伴薔薇住，到薔薇、春已堪憐。更淒然，萬綠西泠，一抹荒煙。　當年燕子知何處，但苔深韋曲，草暗斜川。見說新愁，如今也到鷗邊。無心再續笙歌夢，掩重門、淺醉閒眠。莫開簾，怕見飛花，怕聽啼鵑。

杭州原是南宋偏安時的京都，詞人亦曾寓居於此，現在重遊西湖，撫今追昔，自然無限傷感。這首詞充滿疑問句、感嘆詞和否定語，可見作者極端失望、哀傷的情緒。

詞的發端先寫出西湖的春景，「接葉巢鶯，平波卷絮，斷橋斜日歸船」。他說，黃鶯築巢在濃密交接的樹葉裡，柳絮輕捲在平靜的水波上，而斷橋那邊，斜陽映照，船兒正歸來。「斷橋」，在西湖北岸、孤山側。杭州西湖十景有「斷橋殘雪」。這三句用平緩的筆調描寫西湖春深的景致。

接著筆鋒一轉，說「能幾番游，看花又是明年」。能夠遊賞多少回呢？春天一晃眼就過去了，想看花只好等明年。這裡點出了好景不常的無奈。

既然如此，就應該好好珍惜目前的春光，所以說「東風且伴薔薇住」。他勸東風，請它姑且陪伴薔薇花多逗留一陣子。他以為花在春就在，可是「到薔薇、春已堪憐」，詞人意識到當輪到薔薇花開的時候，預示著春天即將結束，春天的景況其實已相當可憐了。

「更淒然，萬綠西泠，一抹荒煙」，更加淒涼的是，西泠橋那邊，一片綠意中，籠罩著一抹荒寒的煙霧。再推進一層說，不只是百花萎謝，連西湖周遭一帶的景物也呈現一片荒涼。西泠橋本是「煙柳繁華地，溫柔富貴鄉」，如今只剩下「一抹荒煙」，強烈的今昔對比，已觸發詞人亡國之痛的主題。

上片採取由景及情的手法，緩緩推進。第一韻只平淡地寫景，第二韻寫不太深的感慨，到第三韻感慨漸深，就是說淒涼之感已經很難掩藏了，所以他直道「更淒然」，而以「一抹荒煙」結束了前半闋。

下片由西湖暮春之景引發對歷史興亡的感嘆。換頭先以「當年燕子知何處」一句提起。這裡是用劉禹錫〈烏衣巷〉「舊時王謝堂前燕，飛入尋常百姓家」的詩意，暗示時移事轉，表達盛衰今昔之感。當年在這裡築巢的燕子，如今不知飛到哪裡去了？對這一句問話，作者以「但苔深韋曲，草暗斜川」作為回答。以似曾相識的燕子來去之間，映照今日殘破的景象。

現在只看見的是，當時達官貴人聚居的韋曲，如今都長滿了苔蘚，那風景優美的斜川，也埋沒在野草堆中了。「韋曲」，在陝西長安城南，唐代的名門望族韋氏世居於此。「斜川」，在江西星子、都昌二縣間的湖泊中，陶淵明與「二三鄰曲」同遊之地，他曾寫〈遊斜川〉詩記其樂。這裡借指西湖邊文人雅士遊覽集會之地，也就是自己和朋友昔日遊賞的地方。這兩句用「苔深」、「草暗」形容荒蕪冷落的景象。當年的繁華轉瞬變為淒涼，只見一片青苔野草，昔日燕子也已找不到它的舊巢。

世事滄桑，不僅引發人的憂傷，連鳥類似乎也有所感，充滿著愁恨。「見說新愁，如今也到鷗邊」，聽說連那無機心的鷗鳥，現在也變得悶悶不樂。這是推己及物的寫法。詞人暗用了辛棄疾的「拍手笑沙鷗，一身都是愁」（〈菩薩蠻〉）這兩句的詞意。人是因為心中有愁而頭髮變白的，稼軒因此推論鷗鳥全身發白，就是因為滿是愁怨。張炎借用此意，以白鷗來抒發自己極深的愁情，連本是悠閒的鷗鳥都變成這樣了，更何況是多情多感的詞人？

以上是從大處落筆，抒寫國家敗亡後的情境，下面就轉向詞人本身，表達他的態度和心裡的感受。「無心再續笙歌夢，掩重門、淺醉閒眠」，世事如天翻地覆，繁華不再，交遊零落，一切如幻夢，我現在已經沒有心情再去過那種在歌樓中追歡逐笑的生活，我只願意躲在家裡，關上重重門戶，獨自喝點悶酒，躺在床上打發時光。這裡說無心續夢，其實是指無法繼續過那種歡樂的生活。如今只能與這個昏暗的世界隔絕，在淺醉中暫時忘記煩憂，在閒眠中打發難熬的歲月。

最後結尾說「莫開簾，怕見飛花，怕聽啼鵑」，吩咐自己千萬別把簾子打開。為什麼呢？因為他深怕觸景傷情，一發不可收拾。他怕看見那落花片片紛飛，怕聽見那杜鵑聲聲啼叫。可是簾子不掀開，雖可避免看到春去花飛的景象，但杜鵑淒切哀苦的叫聲又如何能遮擋得住？

這首詞充滿淒涼掩抑之情，正是婉約詞人於亡國後所表達的遺民心境。故國之思，今昔之嘆，只能用壓抑的手法，含蓄委婉地抒發。張炎詞最大的特色，就是在清麗疏宕的筆調中，蘊含著幽怨悲涼的情意，自有動人之處。

∞

比張炎稍長，詞風略為不同的劉辰翁，他也有一首借春景寫國恨的詞，寫得也很出色，我們不妨也來看看。

劉辰翁，號須溪，吉州廬陵（今江西吉安）人。他少年時曾跟從理學家陸九淵學習，補太學生。景定年間進士。廷試對策時，因觸犯賈似道，置於丙等。曾任濂溪書院山長、臨安府學教授。入元不仕。他的詞風格遒勁跌宕，間有輕靈婉麗之作，宋亡前後多感傷時事的篇章。主要繼承辛棄疾一派，為辛派詞人「三劉」之一。所謂「三劉」，是指劉過、劉克莊、劉辰翁這三位詞人。他有《須溪詞》傳世。

現在來看他的名作〈柳梢青．春感〉：

> 鐵馬蒙氈，銀花灑淚，春入愁城。笛裡番腔，街頭戲鼓，不是歌聲。　那堪獨坐青燈，想故國、高臺月明。輦下風光，山中歲月，海上心情。

宋恭宗德佑元年（一二七五），文天祥起兵勤王，劉辰翁以同鄉、同門的身分曾經短期參與文天祥的江西幕府。景炎元年（一二七七），元兵攻陷臨安，這一年詞人避居廬陵山中。宋王朝已經滅亡，但抗元鬥爭仍在進行，詞人對此念念不忘。這首詞題名「春感」，其實是借元宵節抒寫故國之思和亡國之恨。

上片遙想故都臨安，如今被元人統治下淒涼冷落的景況。「鐵馬蒙氈，銀花灑淚，春入愁城」，元兵的戰馬披著毛氈，上元的花燈似在灑淚，春天來到這座充滿哀愁的城市。這三句是想像此刻在臨安的淒涼氣氛。昔日京城，月明之夜，香車寶馬，遊人絡繹不絕，如今卻是「鐵馬蒙氈」，在元人軍隊的鐵馬踐踏之下，平常生活大受干擾就可想而知。往昔火樹銀花的盛況已不可再，反而感覺點點燈火好像也為此灑淚。這是擬人的手法，自然融入詞人的情緒。今不如昔的哀感，意在言外。春天重回人間，但沒有帶來生機，卻為這淪陷的都城增添了愁情。

元宵本是漢民族極為歡樂的節日，詩詞中多有歌詠元宵燈節的盛況。蘇軾〈蝶戀花〉描寫的杭州元宵景況是：「燈火錢塘三五夜，明月如霜，照見人如畫。帳底吹笙香吐麝，更無一點塵隨馬。」可是，在劉辰翁的筆下卻大異其趣。這個時候，臨安城裡披著氈毯的蒙古騎兵正在到處狂馳突奔，哪有半點節日的喜慶氣氛？這已是充滿著哀愁的城市。

為什麼？你看「笛裡番腔，街頭戲鼓，不是歌聲」，現在橫笛吹奏起外番的腔調，街頭打著鼓耍把戲，哪裡像是我們聽慣的歌聲？現在響徹街頭巷尾的，盡是不堪入耳的異邦之調、夷狄之聲。對忠於故國的南宋遺民來說，這些聽來根本就不能稱為「歌聲」。這幾句語調高亢，筆勢勁直，可以想見作者心中的憤慨之情。

下片主要抒發作者的愁情。過片說：「那堪獨坐青燈，想故國、高臺月明。」這兩句點出以上所寫，乃於青燈下獨坐所思，發揮了承上啟下的作用。他說，哪能忍受面對微弱的燈光獨坐，懷想故國，高樓臺謝，明亮月色？臨安元宵的月夜依舊，但那已不是宋室的都城了。這裡大有「故國不堪回首月明中」的感喟，表達了詞人對故都臨安和南宋故國的懷念和眷戀之情。這兩句「青燈」與「明月」對照，更增盛衰淒涼之感。上下文之間，筆勢由陡急轉為舒緩，而感情則變得更加沉鬱。

結尾三句，「輦下風光，山中歲月，海上心情」，表達了自己的處境和情志。作者此時正隱居於廬陵家鄉，所以說「山中歲月」，在山上過著閒逸的生活，心裡卻時刻想起往日臨安的美麗風光，也一直掛懷著志士在海上繼續抗戰的事情。這三句感嘆今昔，空間跨度極大，寫身在山中，心存家國，情緒激盪不已，在要說不說之間，更顯得蒼涼悲鬱。

劉辰翁這一首詞將哀傷亡國、緬懷故都等事，結合自身隱居深山、劫後餘生的悲痛，和對抗敵志士的關切之情，一一納入元宵感嘆的題材中抒發，可見作者融合裁篇的功力。全詞由元宵夜獨坐燈下發想，對照亡國前後的臨安景象，而且能跨越時空，由山中聯想到朝廷與海上，充分表達了亡國後百感交集的心情，構篇可謂別出心裁。全詞節奏明快，情辭跌宕有致，而且從想像落筆，強化了詞的張力，於空靈疏宕的筆調中，寓有沉鬱、悲憤與淒涼的情意，十分耐人尋味。

∞

張炎用長調抒寫故國的哀思，情意掩抑，語調舒緩。相對來說，劉辰翁以小令寫故國之思和亡國之恨，情意表現則較為激切，筆調也較蒼涼。但無論婉約和豪放詞人，到宋末元初之時，都只能低調為詞，不能暢所欲言，奔放其辭。所謂「亡國之音，哀以思」（《禮記・樂記》），他們的主調就是「悲涼」。

這一講為大家介紹了南宋詞人與時代的關係，他們面對家國興亡的態度與表現，一則讓大家粗略地認識南宋詞風的演變，一則也讓大家了解詞人的悲憤、悲鬱、悲愴和悲涼等情緒是怎樣的面貌，相信這會更加豐富我們對詞中情意世界的體認。詞不僅可以寫個人的哀傷怨嘆，也可以寫身世之悲，而各家詞的悲情亦自有不同的質感與力度。

之十三

多情卻無言

莫名所以的感喟

我們前面讀過的詞，無論是寫時空流轉、生離死別或家國興亡的情事，風格不管是婉約或豪放，語調輕重緩急不一，不過總的說來，大多是表達哀傷悲痛的情緒的。而在這些詞中，不時會出現「愁」、「恨」、「怨」、「嘆」、「惆悵」、「銷魂」、「斷腸」等情緒語詞，讓人對它的抒情內容有更清楚的理解，並能體會詞中人的真切感受。

詞人言愁說恨，毫不隱瞞，直接用明確的語詞來表達心中悲切的情意，確實能達到有效傳達詞情的效果。不過「詞之為體，要眇宜修」，它的美的特質是含蓄委婉的，而像李後主說「人生愁恨何能免，銷魂獨我情何限」、「腸斷更無疑」（〈憶江南〉），那樣極端悲痛的表達方式，或者如孫光憲所說「留不得，留得也應無益」（〈謁金門〉），那樣激切的斥責語氣，畢竟是少數。

相對於其他文體，詞雖然時刻訴說愁恨，用了不少情緒語詞，但整體來說，還是多出之以婉轉的口吻，而很少疾言厲色，用急迫的言語、嚴厲的神色，來表達悲憤怨怒。因為激憤之情，如果以過度強烈的語氣直接傾瀉，反而會顯得淺露，了無餘味。

前面也提過，即使像辛棄疾那樣的忠義之士，也很少見他直接議論家國，強烈正面地批評時政，表達纏綿忠愛之情。他的詞寫的都是個人壯慨悲鬱的情懷，閒而不適的苦悶心境。他往往是用自然景物來渲染愁懷，用歷史人物典故來託興寄情。有些時候，他甚至會運用身體動作來表達情緒。例如〈水龍吟〉有幾句詞說：「把吳鉤看了，欄干拍遍，無人會，登臨意。」一是用看刀劍的動作，顯示英雄無用武之地的悲愴，一是以手不斷拍打欄杆來洩憤。最後說沒有人能體會自己登高臨遠的心情，就此煞住，點到為止，沒有說破，表現得相對含蓄，讓讀者自行去領會。

元好問說：「問世間，情為何物？」的確，單單問愛情究竟是什麼，有時也說不明白，更不用去問因情愛癡執所帶來的哀愁怨恨了。這種種情緒，我們真的都能辨析清楚嗎？每個人的體驗，程度大小各不相同，大家所使用的語言，其所指涉的意涵未必都一樣，而且語言文字本身是否能充分表達出情意來，也不無疑問。

我們的哲人和文學家，很早就了解到語言概念化和相對性的特質，知道語言文字本身與人的真實情意和思想體悟是有距離的，因此不能執著於語言符號，要學會以簡馭繁的方式、比喻象徵的手法，相互映照，以顯發意義，傳情達意。換言之，要感知言外意、箇中情，是需要心領神會，而不僅僅從字面上求得。與其多說，不如少說，甚至不說，會更有情味、更含深意。這是中國抒情詩學的要旨。

中國詩歌追求一種「無言之美」。朱光潛先生有一篇文章論〈無言之美〉說：「言所以達意，然而意決不是完全可以言達的。因為言是固定的，有跡象的；意是瞬息萬變，飄渺無蹤的。言是散碎的，意是混整的。言是有限的，意是無限的。」因此，歷來的詩論家主張詩要「意在言外」、「言有盡而意無窮」、「有弦外之響」等等。這就是所謂以有限寓無限的意思。他們認為，言越有盡而意越無窮，詩的意味越雋永，意義深長而耐人尋味。陶潛〈飲酒〉詩說：「此中有真意，欲辨已忘言。」那就是莊子所謂「得意而忘言」的體驗。這種無言之美，是一種高遠的精神意境。

然而詞所表現的「無言之美」，卻不是精神意境的追求與開發，而是情到深處，怨恨也深，不可名狀的想言卻不言，所呈現的一種含蓄之美。

由此可見，在思想、情意上，極高的生命意境的體悟，和極深的人間情愛的體驗，都是無法用語言來形容的，便都各自成就了質感不一的「無言之美」。姜夔〈揚州慢〉說：「二十四橋仍在，波心蕩、冷月無聲。」吳文英〈金縷歌〉說：「後不如今今非昔，兩無言相對滄浪水。」無論是物的無聲，或者人的無言，都是間接言情的方式，傳達了難以言傳的傷時憂國的哀感，十分委婉動人。

這一講的主題是「多情卻無言——莫名所以的感喟」，將用五個章節跟大家介紹詞中「無言」的五種情貌：不言不語、欲說還休、不理不睬、難以言宣和無言以對。詞中的「無言」，往往是與負面的情緒有關的。所謂「無言」，不是無話說，而是不能言，不願言，不知如何言，無人可以言。可見詞中人孤獨無依的處境、自我封閉的狀態和極端哀傷的情形。

01

不言不語

秦觀〈畫堂春〉、周邦彥〈訴衷情〉

這裡要談的第一種情貌是「不言不語」。看詞人如何透過景物、動作，寫出一種無言的哀感。我們先來欣賞秦觀的〈畫堂春〉：

落紅鋪徑水平池，弄晴小雨霏霏。杏園憔悴杜鵑啼，無奈春歸。　柳外畫樓獨上，凭欄手撚花枝。放花無語對斜暉，此恨誰知。

秦觀的情詞，婉約而深情。他寫離別相思，哀感頑豔，深切感人。而他的後期之作，抒發貶謫生涯的流離哀感，變為淒厲之調，讀來令人神傷。這首〈畫堂春〉寫女子傷春懷遠之情，筆調則較為清麗雅淡，在平淡的語句中蘊含著深摯的情意，意在言外，餘味無窮，充分表現了無言卻深情的蘊藉含蓄之美。

這一首詞的上片表達了花落春歸的無奈心情。美好的春天即將結束了，愛花惜春的人應該都會感到憂傷。李後主寫春歸的境況，說「林花謝了春紅，太匆匆。無奈朝來寒雨晚來風」（〈相見歡〉），他抒發悲慨，表現出相當主觀的認知。至於歐陽修說「雨橫風狂三月暮，門掩黃昏，無計留春住」（〈蝶戀花〉），也寫得相當激切，毫無保留地宣洩了再怎麼努力也無法挽回春光的失意心情。秦少游這一首詞則輕柔得多了。

開篇兩句是眼前春景的描寫，「落紅鋪徑水平池，弄晴小雨霏霏」。他說，落花鋪滿小徑，春水漲滿池塘，小雨綿綿密密地逗弄著天色，以致未能放晴。娓娓道來，筆調清疏委婉，淡淡的景色中有著淡淡的情意。花落正是春深之時，紅花落盡，池水溢漲，上下去來之間，自然搖蕩出一些感觸。而細雨霏霏，更為花落之景添加迷濛的傷感。劉禹錫說：「東邊日出西邊雨，道是無晴卻有晴。」（〈竹枝詞〉）晴天的「晴」與情愛的「情」諧音，一語相關。秦觀這一句「弄晴小雨霏霏」，是說霏霏細雨逗弄著「晴」，是否也借此「晴」來比喻女子心中的「情」無法舒展？

「杏園憔悴杜鵑啼，無奈春歸」，杏園中花已凋殘，應該是指前面的落紅，顯得憔悴不堪，而杜鵑也在啼叫，真的讓人感到無可奈何，春天就這樣離去了。

上片這四句，是以緩緩推進的方式來敘寫的。前兩句是比較客觀的敘述，後兩句則在景中加入「憔悴」、「無奈」的主觀情意，由花落而春歸，借杜鵑之悲鳴渲染情緒。所謂「花落」、「春歸」，是眼前的景象，更與女子及其情懷相關。詞之寫春，不在對春花春景的眷戀，而是藉花落春去，寄寓失落的一份春心、春情。

果然，下片就寫傷春之人的心情了，不過作者是用動作來表現，而不是直接抒發出來的。「柳外畫樓獨上，凭欄手撚花枝」，他說，楊柳樹那邊，她獨自登上了畫樓，手撚著花枝，倚靠著欄杆。獨自一人，可見她的孤寂。這時她看見與離愁相關的楊柳，不禁觸景傷情。這女子手撚花枝，好像仍有著留春的心意，有著執著於情的一種表現。當然花如人，人如花，香草美人的生命情調本來是一體的，那麼緊握著花枝，何嘗不是一種自傷自憐的表現？

最後兩句說，「放花無語對斜暉，此恨誰知」。寫她放下花枝，默默無語，對著斜陽，這愁恨有誰能知道？這裡由撚花到放花的動作，可以看見這女子本想有所執著，也許左思右想，最後認知到不管怎樣去留住這春光，終究是留不住的，如同那愛情一樣，所有的努力也是徒然。當她心中意識到這一點，花同時就在手中放下來了。作者用「無語」來表達，意在言外，我們只能從她的動作推測她心中所思，至於是否這樣，那就各人自家去領會了。

這裡「無語」中所掩藏的情意，還是可以從兩方面去體會的。一是「對斜陽」這個動作，表達了一天又將盡的時間意識湧現心頭，春將歸去乃無可挽回的事實，那麼面對時間無情地消逝，又夫復何言？另一點是「此恨誰知」，意思是沒有人知曉，那是非常幽怨的說法。這幽恨既難以言說，再加上無人知曉，沒個說話的對象，那麼又有什麼好說的呢？徒呼奈何，只好不言不語，默默去承受罷了。

詞人沒有寫她「恨」什麼。究竟是傷春之恨，抑或年華漸老之恨，還是怨別之恨？詞中都沒有明言，不過在花落春歸、撚花放花、憑欄無語的情景動態中，在她「此恨誰知」的怨嘆裡，隱隱透露了這女子不願辜負青春年華、欲求相親相知的一份期盼的心情。

∞

看過秦少游這首表達無言哀感的詞，我們再看看周邦彥的表現。周邦彥的〈訴衷情〉也是寫傷春之情：

> 出林杏子落金盤。齒軟怕嘗酸。可惜半殘青紫，猶印小唇丹。　南陌上，落花閒。雨斑斑。不言不語，一段傷春，都在眉間。

詞的大意是說，剛剛從樹林採下來的杏子，放置在金盤子裡。她說牙齒軟，怕嘗這酸酸的味兒。這半青半紫的殘杏只咬了一口，卻留下那可愛的紅唇印記。城南的大街上，花朵緩緩飄落，下著點點細雨。她不言不語，一段傷春的情懷，都流露在緊鎖的雙眉之間。

詞的上片生動逼真地寫出了少女嬌嫩、天真的情態。少女怕酸，不敢再吃，剩下大半顆杏子。而在青紫色的杏子上，留下少女一道小小的口紅痕跡，形成相當特殊的美感，這是詞中很少呈現的視覺意象。詞中沒有說，我們卻可以想像，這位少女怕酸，一口咬下這杏子時，必定會攢眉蹙額，那表情應該相當可愛。這也是詞中不常看見的女子動作與形貌。這個段落，營造出一種天真爛漫的氣氛，塑造出來的人物看來像是一個享受著青春而無愁的少女。

同樣皺著眉頭，下片的情況就不一樣了。作者用落花飄雨，帶出春殘的氣氛。然後一個反差，用女子的一個動作，流露出她的心事。所謂「道是無晴卻有晴」，這女子不是天真不懂事的，在她不言不語中，眉眼中卻透露出傷春的情懷。究竟這女子有著怎樣的傷春情懷？是有感於花落春歸，自傷年華流逝，抑或是對愛情有所憧憬呢？她不言不語，不願透露內心的祕密，只見她皺著眉頭，若有所思似的。這不說話的表現，自然引發讀者許多想像，不用言語，卻達到饒有興味的抒情效果。

它成功的地方就在上下片似不甚關聯，卻能以相類似的皺眉動作來貫串，產生有趣的對比，寥寥幾筆就創造出一個相當生動的人物來，並且也顯露了她的心理。我們由杏子青澀的狀態，知道它是酸溜溜的，自然可推測出女子皺眉的原因，因為她怕酸。但反過來，如果那女子不言不語，我們能否知道他眉眼間的一段傷春之情，有著怎樣的底蘊、怎樣的內涵？這就需要讀者發揮想像去構思了。

8

秦觀的〈畫堂春〉和周邦彥的〈訴衷情〉這兩首詞有異曲同工之妙。他們都能運用動作推展情節，最後化入無言或不言不語之境，以有限寓無限，抒發了淡淡的哀感，充分表現了詞體含蓄委婉之美的特色。

02 欲說還休

李清照〈鳳凰臺上憶吹簫〉、辛棄疾〈南鄉子〉、〈醜奴兒〉

中國文學貴含蓄，詞之為體有著向人傾訴的特性，不過說到情深處、愁絕處，或者心靈體會別有領會的地方，也會採取委婉的方式，不會明白說出來。或露個頭即停住，或乾脆不說而借動作、景物來暗示，或顧左右而言他，總之姿態百出，耐人玩味。這不只發生在本來就含蓄內向的女性人物身上，男性人物在詞中也常有這些表現。這一節的主題是「欲說還休」，它指的是一種難於啟齒，或是內心有所顧慮而不敢表達的情意，想說又不知從何說起，馬上停下來不說的話語狀態，形容情意複雜，難以表達。

在宋詞裡，「欲說還休」這個詞句只出現了四次，分別是山東詞人李清照一次和辛棄疾兩次，另一次則見於南宋福建作家馮偉壽的詞。當中三次是閨中人語，表達女子的怨情，只有辛棄疾有一闋詞用了「欲說還休」來抒發個人對生命的深切體驗。下面先談李清照的詞，再介紹辛棄疾那兩首「欲說還休」之作。

李清照的〈鳳凰臺上憶吹簫〉，在第九講談「人去心空」的主題時，已經介紹過了。這首詞寫女子從情人將要離去時的不安情緒，寫到想像別後無聊寂寞的心情。李清照欲言又止，先是寫早上起來一連串的慵懶動作，表現面對離愁的無精打采的神態。她本來不想說愁，卻說「生怕離懷別苦，多少事、欲說還休。新來瘦，非干病酒，不是悲秋」。這幾句跌宕婉轉，道出心中的幽怨，十分曲折動人。

她說這些天以來，為什麼變得那麼反常？因為離別的心情實在叫人難過啊！說到這裡，我們以為她應該會說出離別的事況，或者說明與誰分別的事等等，結果她卻說，心裡有很多事情想要說出來，但是又不知從何說起，也就不說算了。她不說，反而更顯出她心情的沉重，也許她真的不知道如何去形容那樣的心境，也許她擔心說出來會影響對方的情緒，增添更多的哀怨，所以欲言又止。

接著，她說到最近的身體狀況，不是因為酒喝多了感到不舒服，也不是因為看見秋天蕭瑟的景象而感傷，但是近來真的消瘦了不少。作者就是不說破。她為什麼會消瘦？她沒有明白交代出來，卻用了兩個否定句，不因這，也不因那，她知道你能猜透她是為了什麼。這裡不說因離愁而令人憔悴、身子變瘦，卻說與病酒和悲秋不相干，用這樣含蓄委婉的方式以表達自己的不勝離情，不著痕跡地顯露出來，手法實在高明。這樣的吞吐其辭，盡在不言中，反而容易引起別人的關注，讓人有所感，並跟著她的線索一步一步去探求她的心意，得到會心的樂趣。

李清照詞善於模擬女子多愁善感的神情和語態，情思蕩漾，語調貼合人意。像〈鳳凰臺上憶吹簫〉中這幾句，寫「欲說還休」的境況，讀來如聞其聲、如見其情，十分動人，充分表現出詞的無言之美的特質。

詞的上片如此含蓄委婉。下片一開篇就用激切的言語，說出面對離愁的態度。「休休。這回去也，千萬遍陽關，也則難留」。她說，罷了罷了，你這一次離去，即使唱上千萬遍的〈陽關曲〉也留不住了。意思是說，到了離別之際，再多的話語也已無濟於事。這語氣在直切中帶著深沉的嘆息，面對離別的事實，讓人頓感無奈。我們如果仔細去體會，會發現這裡的欲留卻不能留之意，與前面的欲說還休之情，在脈絡上是有相通之處的。

下文作者想到丈夫走了之後，自己將會是怎樣的情況。「念武陵人遠，煙鎖秦樓」，她用淒清迷濛之景，烘托空閨的寂寞。再下面幾句，「惟有樓前流水，應念我、終日凝眸。凝眸處，從今又添，一段新愁」，她對丈夫說，你離去之後，我每天都會登樓望遠，盼你歸來，大概只有樓前流水才會知道，為什麼我會一天到晚凝望著遠方？且須知我凝眸遠眺之時，就會生出一段新愁。這結語是直白向丈夫表明相思之情，不是「欲說還休」的方式。可是語雖盡，意卻無窮，流水的意象就代表了綿綿長恨。

李清照這首〈鳳凰臺上憶吹簫〉，現在換個角度再讀一遍，相信大家還是覺得它情意深切，餘味無窮。

南宋馮取洽和他的兒子偉壽都是閩北有名的詩人。馮偉壽有一首〈春風裊娜〉詞，寫女子春日相思無奈的心情。下片開始幾句，「些子風情未減，眉頭眼尾，萬千事、欲說還休」，是說她仍有一些些不減的風情，在眉眼之間，千萬種心事，想說出來，又不知道從何說起，乾脆就打住不說算了。這幾句將不能用言語來表達的傷春懷遠的心情，也寫得相當委婉動人。

不能言說的離愁別緒，無法忘懷過去的纏綿情意，最後都化為夢境。所以詞的後面說，「夢裡飛紅，覺來無覓，望中新綠，別後空稠。相思難偶，嘆無情明月，今年已是，三度如鉤」。是說終究無法留住夢中的美好，紅花已飛落，自從與他去別之後，春天已逝，徒然只見濃密的一片新綠。最後清楚地意識到相思難以再相親，只感嘆明月無情，今年已是第三次殘缺不圓了。這首詞也是一樣的，雖不明說，卻暗暗地說了許多。

8

前面提過，辛棄疾詞能豪放也能婉約，亦莊亦諧，風格多變。他善寫秋思，也能敘述春情。也就是說，他傷春悲秋的詞都寫得很好。所謂「春女思，秋士悲」，稼軒寫士大夫悲秋的情懷，悲鬱壯慨，自是他的本色。至於寫春日的情思，他又別具女子敏銳多感的特性，善於體情，寫來也相當幽怨纏綿。下面要介紹的稼軒用「欲說還休」的方式表達情意的兩首詞，剛好就是一首寫春情，一首寫秋思。

先看他寫春情的詞，〈南鄉子・舟中記夢〉：

> 敧枕櫓聲邊。貪聽咿啞聒醉眠。夢裡笙歌花底去，依然。翠袖盈盈在眼前。　別後兩眉尖。欲說還休夢已闌。只記埋冤前夜月，相看。不管人愁獨自圓。

這是稼軒舟行江中感夢而作，借夢寫相思怨別之情，完整寫出了夢前、夢中、夢後的情節，依序寫來相當有層次。

首先敘述由醉入夢，「敧枕櫓聲邊。貪聽咿啞聒醉眠」。詞人喝醉酒後，在船上斜靠著枕頭，搖櫓聲咿啞嘈雜，他一直聽著聽著，不知不覺地就睡著了。

接著寫夢中景象，「夢裡笙歌花底去，依然。翠袖盈盈在眼前」。他說，睡夢裡來到笙歌宴樂的園中，花叢底下依舊那般，她穿著綠色袖子的美麗衣衫在我眼前。這是曾經發生的事，那畫面、那人物已成記憶，現在夢中彷彿一樣地出現了，所以說「依然」。笙歌花底，伊人歷歷在目，夢中依然如故，是因為心中不曾忘懷啊。

下片打破一般的慣例，不寫夢後相思，卻從對面入筆，倒敘夢中的情境，轉折變化更見精彩。「別後兩眉尖。欲說還休夢已闌」，敘述那女子分別以後緊皺雙眉，面容愁苦，她想和我訴說心事，卻沒有說出來，這場夢就結束了。這兩句寫夢中相逢而未及互訴衷情的愁苦。

夢既短暫，她又「欲說還休」，許多心事無法表達，則不禁令人醒後更增惆悵。「只記埋冤前夜月，相看。不管人愁獨自圓」。他說，昨夜夢中醒來，看見一輪月色，現在只要記起那情境，真是令人埋怨不已，為什麼它偏偏在離人充滿愁苦之時，獨自圓圓滿滿？這正是蘇東坡〈水調歌頭〉「何事長向別時圓」的意思。另一個說法是，這是記敘女子夢中之語：怨月無情，人愁離別，月卻獨自向圓。不過前面既然已說「欲說還休」，而且夢已破滅了，似不宜再安排回到夢中，讓女子訴說她的怨嘆，最後應該是寫作者的心情才對。

這首詞的下片，最精彩片段是寫夢中女子別後愁容，想說又不說之際，夢境就破滅，情節瞬即翻轉變化，將美好的遇合頓時化為無言的哀嘆，既寫出女子欲言又止的深情，也表達了作者的遺憾，充滿著無奈的悵惘。語短情長，讀來頗有韻味。

∞

讀過稼軒的一番春情後，接著就來看他寫秋思的名篇〈醜奴兒〉：

少年不識愁滋味，愛上層樓。愛上層樓。為賦新詞強說愁。　而今識盡愁滋味，欲說還休。欲說還休。卻道天涼好箇秋。

這一首詞是稼軒遭罷免落職後閒居帶湖所作，詞題是「書博山道中壁」。博山在江西廣豐縣西南三十里處，稼軒詞中以遊博山為題的詞有十四首之多，這是其中之一。

稼軒的長調，寫壯慨之懷、悲鬱之感，往往氣盛詞豪，慷慨悲涼。但他寫小詞時，抒發人生的體驗，往往能在平淡的字句中，寓含深切的理趣，頗富啟發性。文學的情感內容包括了源於內在的情感、情緒、情志，或感應外在的情景、情事，思辨體驗的情理、情趣等，像東坡、稼軒這一類詞人，往往能入其內而又能出其外，他們的詞中情就展現出多種面貌。

這一首〈醜奴兒〉就是以理趣見勝之作。全篇利用上下片的結構，分別敘寫人生的兩個階段，以秋日登樓的愁情作為對比。

上片敘寫少年時期的感受，「少年不識愁滋味，愛上層樓。愛上層樓。為賦新詞強說愁」。他說，年少的時候幼稚無知，不曉得愁為何物，為了作詩填詞，無聊地登樓遠眺，刻意找點愁緒，寫進作品裡。「愛上層樓」，是無愁覓愁的舉動。說當時是「強說愁」，只管一個勁兒給自己的詩詞硬編派些什麼愁啊恨啊，那是相對於而今現在的體認。所謂「當局者迷」，那時的自己絕對不會承認那樣的愁是編出來的，是不真實的體驗，盡是些風花雪月、無病呻吟的愁。

下片是寫中老年時期的心境，「而今識盡愁滋味，欲說還休。欲說還休。卻道天涼好箇秋」。他說，等到飽經憂患，歷盡滄桑，年紀大了，經驗到人生的種種悲苦，真正嘗到「愁滋味」，反而不想去說。說它又有什麼意思？怎麼說也說不徹底。現在登上樓臺，倒不如說一句，天氣涼爽，好一個秋天啊！

這首詞結構勻整，語言淺白，聲調舒緩，娓娓道來，好像老人家閒話家常，訴說人生的體驗，平實真切，自有一番道理在其中。人生所體驗的各種情理意趣，心靈所感受的一切，都不是語言所能完全傳達的，因此能說出來的相對淺顯，不能說出來的則相對較精深。體會淺的人往往喋喋不休，自以為是地說過不停；而體會深的人則通常顯得沉默，不願多說。

「識盡愁滋味」的人，歷盡人生的艱困，同時也知道那種滋味「如人飲水，冷暖自知」，實不足為外人道，而且也非語言所能說盡，因此就不再去說了。他也深切體會到，與其重提舊事，徒然傷感，那又何必讓自己不好過呢！又或者，他已經從過去的愁苦中超脫出來，對於過去種種愁情反而可以淡然處之，這個時候又何必再去說！

稼軒最後一句說「卻道天涼好個秋」，用推開一層的說法，就是所謂不用正經莊重的話，而是帶點顧左右而言他的詼諧趣味，表現出一種將愁已看開的輕鬆心情。

這首詞很短，用語也平淡，清楚地對比了人生的兩段情境，可以說是情中有理，理中有情，充滿著理趣，發人深省。整首詞沒有說很多，卻在無言中蘊含著深深的情意，這是宋詞無言之美的又一個範例。

03 不理不睬

歐陽修〈蝶戀花〉

前面講的「不言不語」、「欲說還休」，都是從詞中人物的客觀狀態的敘述和主觀情意的表達，來寫出他們孤單寂寞、無可奈何的情緒，以及體悟深刻的情思，表現的形式都是單向的。譬如形容那女子當時沒有說話的沉默情狀，或是讓人物自我表白想說卻又不說的心聲。柳永〈蝶戀花〉說「無言誰會凭闌意」，誰能理解我默默倚靠著樓頭的心意？辛棄疾〈水龍吟〉說「無人會，登臨意」，他不言不語，用了看佩劍、拍欄杆的動作，來表達他心中的激憤，認為沒有人能領會他登樓遠望的心情。這些都是以個人無言的方式，表現出悲哀、鬱結情緒的代表性詞句。

這裡要談的主題則是「不理不睬」，指的是詞中安排的無言或不語的狀態，是用兩方面對應的方式來呈現的。詞中人無論是明白地向著某個對象去發問，或是心中暗暗地想探問，但都得不到回應，而呈現的相對無言的狀態，因而產生的一種無可奈何的愁情。

因為這裡多了一層轉折，似乎帶出了些希望，卻產生更大的失落感，同時藉著這無言的反應，襯托出詞中人更深層的無人為伴的孤獨感。發問者雖有情，得到的卻是冷漠無情地對待，正是蘇東坡所說的「多情卻被無情惱」（〈蝶戀花〉）。因為當事人意識到終究無人、無物能體會理解自己的心意，在跌宕之間、失望之餘，更顯得沉痛悲哀。

歐陽修有一首〈蝶戀花〉詞，就是「庭院深深深幾許」那一首，應該是這種表現無言悲痛的最佳代表。

前面介紹過歐陽修的詞，說他深於體情。他的詞抑揚唱嘆，別有一種豪宕奔放的情調、深厚沉雄的氣勢，這就是王國維所說「於豪放之中有沉著之致」的意思。他熱愛人生，對美好的事物有著一份賞愛之情，而面對生命苦難也常流露出一種無常的悲慨，以及在賞愛與悲慨之間，他所把持的熱愛生活的人生態度，意欲向傷感悲哀反撲的振奮精神，表現出一種豪氣來。如是在下沉與上揚的兩股力量激盪之下，形成了他的詞作特有的姿態。

宋詞之美，美在有跌宕之姿，就是從歐陽修開始的。這種陰柔中的韌性，確立了宋代文化精神中特有的一種抒情格調，影響到後來的蘇東坡、李清照和辛稼軒等詞人。

鄭騫先生說歐詞「深在情致」，那是得自南唐馮延巳的特色。所謂深情，往往就是一種執著，真誠而熱切，表現為堅定不移的精神。王國維《人間詞話》說：「余謂馮正中〈玉樓春〉詞，『芳菲次第長相續，自是情多無處足。尊前百計得春歸，莫為傷春眉黛蹙』，永叔一生似專學此種。」在這幾句詞中，看到詞人多情而惜春的心。歐陽修對此體會極深，姿態多樣。在歐詞中，寫春景、春花的詞篇特別多。這份春情所反映的內在情理掙扎，尤為生動而深切。

前面讀過他的〈玉樓春〉，「直須看盡洛城花，始共春風容易別」那一首，相信大家還有印象吧。歐陽修的代表作幾乎都是春詞。歐詞不斷歌詠留春、惜春、送春、傷春的情緒，而這一份春情兼美麗與哀愁，年去歲來，迴環往復，本身就屬詞的情感韻律。詞中始終迴蕩著這份意欲留春、卻也終究留不住的無奈之情。

而所謂傷春，是對美好時光驟然飄逝的一種感傷，年復一年，不斷吟嘆，更增急景流年、年華頓老之感。雖然如此，歐陽修始終不改其志。他既認定了「人生自是有情癡」（〈玉樓春〉），也宣示著「莫言多病為多情，此身甘向情中老」（〈踏莎行〉），以一種執著無悔的精神，用有限的生命見證此情之不渝，這正是對好景不常、人生易逝的哀感最有力的反擊。

歐詞跌宕之美，就是一種柔中帶韌的表現，是兼內容與形式言的。歐陽修用情深，運筆用字抑揚頓挫，極為婉轉、真切而動人。所謂文如其人，歐陽修筆鋒常帶感情，他那種強健的筆力意態，無疑是其豪宕深摯的情意生命的具體展露。

歐詞中敘寫傷春怨情，最見跌宕姿態的，就是這首〈蝶戀花〉：

庭院深深深幾許。楊柳堆煙，簾幕無重數。玉勒雕鞍遊冶處，樓高不見章臺路。雨橫風狂三月暮。門掩黃昏，無計留春住。淚眼問花花不語，亂紅飛過鞦韆去。

關於這一首詞的作者，過去一度認為是馮延巳的。這一首詞既見馮延巳的《陽春集》，詞牌名為〈鵲踏枝〉，亦載錄於宋本歐陽修詞集。我認為這是歐公之作，有兩個原因：一是當時的記錄。李清照讀的就是題為歐陽修的詞，她在〈臨江仙〉的詞序說：「歐陽公作〈蝶戀花〉，有『深深深幾許』之句，余酷愛之，用其語作『庭院深深』數闋。其聲即舊〈臨江仙〉也。」此外，南宋黃昇所編的《花庵詞選》，亦定為歐詞。

二是詞的風格。鄭騫先生在《詞選》中，從詞筆、意境推斷這一首詞是歐陽修的作品。他說：「觀其筆致意境，似歐而不似馮。馮、歐兩家作風雖云相近，究有不同；馮較剛，歐較柔，『淚眼問花』之語馮不肯道。」我以為在面對情感的態度上，歐陽修顯得比馮延巳纏綿曲折。例如寫花落春去的情景，馮說「日日花前常病酒，不辭鏡裡朱顏瘦」（〈鵲踏枝〉），意態較剛，情志堅執；歐則「淚眼問花花不語，亂紅飛過鞦韆去」（〈蝶戀花〉），意態偏柔，情思婉轉。這是兩人不同的地方。

8

我們現在來欣賞歐陽修這一首傷春怨別的詞。對愛情的執著，表現為惜春的心情，是中國愛情詩詞的本質。這一首詞貫串到底的就是一種惜春的心情。傳統的男女情詞，作家往往借春去、花落的意象，表達人去不歸、愛情失落、青春韶華消逝的感傷。好事者解釋這類情詞時，不時以為必有所寄託，完全不理會文體的屬性、寫作的背景等事實，煞有介事地比附時政人事，牽強附會為說，這是常有的現象。

歐陽修這一首詞，清代張惠言就居然聯想到作者仕途失意、君王不悟、小人當道等方面，後來不少評論家亦認為通首語意激切，似有譴責呵斥之意，看來必有所指。難怪王國維批評張惠言太過固執，他的詮釋就是「深文羅織」，實在不足取。他認為像歐陽修這首〈蝶戀花〉乃「興到之作，有何命意」？的確，從字面上解讀，這首詞顯然就是寫一個閨中女子傷春懷遠的心情，不必做過多的聯想。我們要欣賞的是作者如何敘述、描寫這女子的處境和心境，呈現了怎樣的用情意態，展現出怎樣的生命意識。這可以看出作者某種特有的精神特質。

詞的開端，首句先展示了一個幽深的世界。「庭院深深深幾許」，連用三個「深」字，排列並堆疊出一個濃密、幽暗、寂靜、隱蔽的空間感來，也有隱喻與外隔絕的意思。再拆開來看，這是兩個片語。「庭院深深」是一個客觀的狀態，形容庭院幽深。這「深深」兩個疊字，自然讓人聯想到春已深、庭院樹蔭深濃的現象；而庭院之深，也會帶給人幽邈寂寞之感。

下面接以句中的頂針，說「深幾許」。「幾許」，是估計數量的詞，多少的意思。深幾許，就是有多深之意。用疑問的語氣，探問這個庭院究竟深到何等程度？這問話一出，使得這原先的景色變為被關切的對象，由客觀的景導引出主觀的情。就是說，這庭院不只是客觀的環境，也是值得我們關心的地方。

下一個韻句「楊柳堆煙，簾幕無重數」，就是回答「深幾許」的情況。茂密的楊柳樹上，籠罩著濃濃的霧氣，而深院裡簾幕重重，多到數不清。這裡既是楊柳枝葉濃鬱，而且煙霧瀰漫，遮蔽了視線，所以給人「深深」的感覺，更何況出現了「簾幕無重數」的景象，從自然的景物寫到人住的空間，窗戶帷幕重重掩映，更使人感到庭院之深，深到極幽邃，彷彿與外在的世界有著層層的阻隔。

這具體呈現了庭院深深的景貌。所謂景中有情，作者在這裡何嘗不是為後面的文章做鋪墊，故意製造出一個深閨中無邊幽邈寂寞的氣氛，讓人同情身處其境的箇中人的愁苦況味？須知，楊柳和簾幕不是真實的、獨立的兩個場景，後者不過是比喻前者而已。楊柳枝多，籠罩著濃濃的煙霧，那煙霧好像重重疊疊的簾帷似的，數也數不清有幾層，朦朦朧朧的，看也看不透。楊柳喻離愁，簾帷牽涉到閨中情，因此這兩句不只是上句「庭院深深」的具體化，更寓含了這裡充滿著閨中少婦一份幽深的離情。

下文隨即就寫出女子的怨嘆，「玉勒雕鞍遊冶處，樓高不見章臺路」。遠望可以當歸，她登樓遠眺，看到哪裡？原來是她的情郎經常遊蕩的地方。「玉勒雕鞍」，指嵌玉的馬籠頭和雕花的馬鞍，代指華麗的車馬。「遊冶」，則指恣情聲色、遊蕩無度的事。「遊冶處」，就是歌樓舞榭，供客遊玩之處，與下句「章臺路」同樣的意思。「章臺」，是漢朝長安章臺下街名，此指京城裡歌妓聚居的地方。這位少婦正猜想男子此時騎著裝飾華麗的馬車在遠方尋歡作樂，把深居家中的她早已拋諸腦後。她雖登上高樓，極目遠望，盼他歸來，卻望不見他終日沉迷在什麼地方。

唐圭璋《唐宋詞簡釋》所言極是，他說：「一則庭院愁凝，一則章臺馳騁，兩句照射，哀樂畢見。」女子獨守空閨，因為時刻想著情人在外的放蕩行徑，終日盼望他能歸來，可就是一直都盼不到他的蹤影，她的愁緒不斷擴散，怨恨便越積越深。「庭院深深深幾許」？深深庭院中的閨婦，她心中的愁怨，你又可知有多深？

雖則如此，這女子卻沒有完全放棄這份情，如同她沒有放棄春天一樣。下片就是寫她留春、惜春，而終究留不住的悲傷心情。「雨橫風狂三月暮。門掩黃昏，無計留春住。淚眼問花花不語，亂紅飛過鞦韆去」，這段詞充分展現了明知不可為而為之的執著精神。

歷來對歐詞最後兩句都有極高的評價，清代王又華《古今詞論》引明末毛先舒的評析最稱精闢，他說：「永叔詞云：『淚眼問花花不語，亂紅飛過鞦韆去。』此可謂層深而渾成。何也？因花而有淚，此一層意也；因淚而問花，此一層意也；花竟不語，此一層意也；不但不語，且又亂落，飛過鞦韆，此一層意也。人愈傷心，花愈惱人，語愈淺而意愈入，又絕無刻劃費力之跡，謂非層深而渾成耶？」毛氏將這兩句分析為四個層次，層層深入，指出其渾然天成的妙境，真可謂體貼入微。

不過，若從情理運思、語意安排的角度去詮釋，則更見整個下片的頓挫之態、跌宕之姿，是何等的高妙。所謂「雨橫風狂三月暮」，暮春三月，翻風落雨，應不至於猛烈到「雨橫風狂」的地步，這顯然是詞人主觀的認定，無非藉此寫出花期實已結束，那是無可奈何的事。當然也暗喻閨中少婦此時所面對的殘酷事實，她所受到的無情對待。雨橫風狂，乃象徵毀壞她一生的殘暴力量。她應該已意識到此情無可挽回，人生的春天就此結束了。

「門掩黃昏，無計留春住」。很多人把「門掩黃昏」解釋為倒裝句，即「黃昏掩門」，黃昏時關了房門的意思。這裡何嘗不可以解作，把門關上也順勢地將黃昏關住的意思？如是，春光便不能溜走，這是一種癡心妄想。然而她卻發現怎麼想留住春光，終究還是沒有法子留得住，這是理性的省悟。而在這一上一下之間，帶來了失望，也引起了更大的悲痛。

這女子就此認命了嗎？不。她不願放棄，仍希望以真摯的情、熱切的淚打動春花，只要花不凋謝，春天便依舊在，這是她最後的一線生機了。可是，「淚眼問花花不語」，換來的卻是花的冷落對待。花兒沒有回答，它不但不回答，而且化作飛花，片片飄墜。

「亂紅飛過鞦韆去」，花真的是無情嗎？看似無情，但是它為何化作落紅，悄悄飛到鞦韆搖蕩的地方？看來是「道是無情卻有情」啊。花兒不能幫助她，花自己也被吹落，飄到鞦韆那邊去了。那充滿了快樂回憶的鞦韆，可能就是她和情郎往日遊玩嬉戲的地方，那裡有著她青春歲月的痕跡。像風中的花，她美好的生命正在褪色，她也只能像花一樣地無言以對。一切都承受著命運，對此又夫復何言？

這樣的運筆，這樣的意態，婉轉跌宕之間，成就了這首詞的深厚渾成，而在無言卻深情中，也成就了這一首詞獨特的淒美之感。

宋詞中頗有些問花之語，如李祁〈點絳唇〉：「問花無語。明月隨人去。」晁補之〈江神子〉：「今日看花，花勝去年紅。把酒問花花不語，攜手處，遍芳叢。」周密〈江城子〉：「人自多情，春去自無情。把酒問花花不語，花外夢，夢中雲。」但這些詞句都不如歐陽修的「淚眼問花花不語，亂紅飛過鞦韆去」，人花融合，寫得那麼哀怨動人，語意含蓄不露，卻又有著無限深情。

04 難以言宣

李清照〈聲聲慢〉

宋詞的無言之美，有另一種比較激切的表現，就是情到深處、愁到極點時，不但欲說還休，還乾脆否定了語言通情達意的功能。詞人明白道出自己無法用語言表達的感受，同時他（她）也認為讀者不能理解自己的情況。這種對語言溝通功能的徹底否定，那是一種極深的痛苦，使人陷入十分無助的狀態。這裡要談的主題就是這樣一種「難以言宣」的情緒，介紹的詞人是李清照，她的代表作〈聲聲慢〉最能表現這種無言之感。

王灼《碧雞漫志》評易安詞，說李清照「能曲折盡人意，輕巧尖新，姿態百出」。這評語可見出李清照善寫女性的心情。我們過去讀男性作家所寫的相思怨別之情、生離死別之嘆，很多是模擬女子的心境，雖然都寫得哀怨動人，但都不如李清照以女性的心情寫自家的感受來得真切深刻。李清照寫的詞，是個人的真情實感，既馨逸又淒愴，充分展現出一己的才情與一生的際遇。

前面介紹易安詞時提過，她有「閨房之秀」，亦具「文士之豪」，就是說她兼有女子的銳感與深情，以及男性作家那樣豪宕的逸興與筆調，因此詞風既靈秀又沉健，具體呈現了詞體特有的跌宕之姿。余光中在〈亦秀亦豪的健筆〉一文中分析張曉風散文說的一段話，可以借用來形容李清照的詞。余光中說：「她的文筆原就無意於嫵媚，更不可能走向纖弱，相反地，她的文氣之旺，筆鋒之健，轉折之快，比起一些陽剛型的男作家來，也毫不減色。……這枝筆……揚之有豪氣，抑之有秀氣，而即使在柔婉的時候也帶一點剛勁。」

李清照的那份豪情，就是一種堅韌的生命力，表現在文學上就是一種不甘於平凡、勇於創新的力量，這份創造的勇氣她至老不衰。

李清照善於體情，也長於言愁說恨。她的情詞往往用字平淺，精妙簡約，跌宕有致，語意含蓄蘊藉，卻有著無限哀傷淒婉之情，層次曲折有味，可以看出她細膩的心思、入微的觀察和絕妙的才情。

譬如〈如夢令〉說：「知否，知否，應是綠肥紅瘦。」〈一剪梅〉說：「此情無計可消除，才下眉頭，卻上心頭。」〈醉花陰〉說：「莫道不銷魂，簾捲西風，人比黃花瘦。」〈臨江仙〉說：「誰憐憔悴更凋零。試燈無意思，踏雪沒心情。」〈武陵春〉說：「只恐雙溪舴艋舟，載不動，許多愁。」這些詞句一讀便知是好言語，不須明說是怎樣的愁，只用景色的對比與映襯，或者藉外在的動作，簡單俐落地在筆意轉折之間，便能呈現出心中的哀怨情愁，靈動又感人。這是作者深於體情的特質，又善於表達的能力。

∞

這首〈聲聲慢〉是李清照晚年的作品。她晚歲生活的不安與處境的愁慘，都足以使她的詞情更增悽愴。〈聲聲慢〉一詞寫悲秋的情懷，最能見出她極為悽慘哀切的心境：

尋尋覓覓，冷冷清清，悽悽慘慘戚戚。乍暖還寒時候，最難將息。三盃兩盞淡酒，怎敵他、晚來風急。雁過也，正傷心、卻是舊時相識。滿地黃花堆積。憔悴損、如今有誰堪摘。守著窗兒，獨自怎生得黑。梧桐更兼細雨，到黃昏、點點滴滴。這次第，怎一個、愁字了得。

這首詞膾炙人口，向來多讚嘆作者的疊字用得好，或者欣賞她用「黑」字押韻的巧妙。其實這首詞之所以妙，是整體的，我們須結合它的形式和內容來看，才能知道它真的好在哪裡。作者主要是要宣洩心中因飄泊落拓而又失去愛情的苦悶，而這種苦悶雖然主要是由於愛情所引起的，其實它更混雜著國破家亡之痛、丈夫去世後到處顛沛流離之苦，和孀居生活中孤苦無依的淒涼之感。這種身世之悲，實在難以言宣。

李清照在詞中沒有明確指出具體實在的事況，只用文學的意象來表述，創造一種淒婉愁苦的境界，寫出心中整體的感受。整首詞中，每個環節都是用間接的、含蓄的手法，透過一些動作、一些景色，來表達心中的愁恨。作者轉折變化的心情歷歷可見。讀者如依循文本脈絡，亦能見其事、體其情，引起感同身受的反應。如能心領神會，就應該能體會作者的用意，知道語言文字有其限制，不足依恃。

詞的開頭連用七組疊字，「尋尋覓覓，冷冷清清，悽悽慘慘戚戚」，確實是驚人之舉。除了誇讚作者創意出奇外，我們也不得不佩服作者善感的心，和對情感變化體察入微之處。「尋」、「覓」二字，本意都是「找」，尋尋又覓覓，顯示出不斷找來找去的動作。人到百般無聊的時候，往往就會東翻翻西找找，希望找些事物來處理、找些事情來做，好讓自己忙碌，心靈有所寄託，就不會覺得孤單寂寞了。現在我們無聊時找人說話、找書來讀、找電影來看、找東西吃，打開手機不停地上網找樂子，或者看看有誰在留言等等，都是在尋尋覓覓，實在是心中空虛苦悶的表現。

尤其是身心受創極深的人，他更迫切地需要尋得一些可支撐自己的力量，特別在精神上，如能找到一個可商議的人，即便只是說說話的人也好，就可以讓淒然無助的感覺得到稍稍的紓解。可是如果什麼也沒找著，尋覓而不可得的話，頓然就會感到自己真的孤獨無依，所處的地方、周遭的景物和氣氛原來是如此「冷冷清清」的。當意識到這一點的時候，必然更感失落，心情惡劣，就會引起心中「悽悽慘慘戚戚」的悲感。

這七組疊字分三個層次，寫出入徬徨，心中若有所失，再由境況的淒清寂寞寫到心情的淒苦，由外而內，層層進逼，具現了作者孤單又無助之感。詞人以一串疊字組成的複合句，利用反覆、短促的音節，和連續八個送氣的塞擦音（清清、悽悽、慘慘、戚戚），彷彿傳達了咬緊牙關、渾身顫抖的強烈情緒。若非感情深切、沉哀入骨的人，實在不容易說得出來。

周濟《介存齋詞選序論》說：「李清照之『悽悽慘慘戚戚』三疊韻六雙聲，是鍛鍊出來，非偶然拈得也。」李清照用三組概念詞語，形容動作、環境與心境，概括了全詞的主題意識，烘托出一種氣氛，也指引了詞情推進發展的方向。下文就是要敘述怎樣尋覓，如何感到冷清，又怎麼繼之而悽慘與哀戚的經過。

詞人目前面對的是怎樣的情況？「乍暖還寒時候，最難將息」。她說現在是秋涼時節，天氣變化無常，忽然暖和起來，立即又轉冷，已經衰弱的身軀總是不易調適得過來。「將息」，即調養、休息的意思。面對這樣的情形，她如何是好呢？

「三盃兩盞淡酒，怎敵他、晚來風急」。她說心情既不好，又感到秋寒，就喝點酒來驅散愁悶，暖暖身子吧。但現在身子差了，不能像從前那樣多喝，而且也只能喝薄酒，這三兩杯淡淡的酒，怎抵得住夜晚急驟強風帶來的寒意？這兩句在跌宕之間，用委婉的口吻，表達了困於現實而無法對自己做出恰當的安排，感到無可奈何，比一般的借酒澆愁表現得更沉痛哀傷。因為詞人清楚地意識到現在喝的這些酒不但不能暖身，更無法排遣愁悶，終究是敵不過越來越濃的愁緒的。

「雁過也，正傷心、卻是舊時相識」。在空間設計上，這裡由晚風轉到雁過的景象，接得十分自然。人在房間裡感到鬱悶，就靠近窗邊，放眼望向天際，是自然的動作反應。看到鴻雁飛過，正觸動詞人的愁懷，因為這些鴻雁來自北方，原是她寄託相思、傳遞音信的代表。李清照早年曾寄給丈夫趙明誠一首詞〈一剪梅〉，其中有「雲中誰寄錦書來，雁字回時，月滿西樓」的句子，所以這裡說「卻是舊時相識」。過去夫妻雖別離，仍能書信往返，保持聯繫，如今「人間天上，沒個人堪寄」（〈孤雁兒〉），已今非昔比了。現在看見相識的鴻雁飛過，怎不令人觸景傷情，引起無語的惆悵？

「滿地黃花堆積，憔悴損，如今有誰堪摘」。下片由仰望天際，不想見著雁過而傷心，遂轉為俯視園中景象，那也是自然順勢的安排。她看見滿地堆積著菊花，十分衰殘零落的樣子，如今哪有人會去摘取它？這裡喻指人似花，憔悴不堪、沒人愛賞的辛酸。

「守著窗兒，獨自怎生得黑」。詞人自始至終都守候在窗邊，她感到風寒，抬頭看見天上鴻雁飛過，低首則看到庭院裡菊花凋殘，一事一物都勾動了心頭的悲傷。而時間不斷地過去，黃昏已降臨，她不禁要問，這樣下去獨自一人怎麼能捱到天黑呢？「怎生」，是如何、怎樣的意思。她為什麼那麼擔心？下文倒敘，說出原委。

原來「守著窗兒」當下，看到聽到這樣的畫面：「梧桐更兼細雨，到黃昏、點點滴滴」。梧桐葉子加上細雨，到了黃昏時候，已點點滴滴地飄落降下。這正是白居易〈長恨歌〉所說「秋雨梧桐葉落時」的意境。所謂景隨情轉，由晴天風起到下雨，詞人的心境跟著就變為黯然了。因此而知，她之所以晚上難熬，因為黃昏已是這般情境，那麼黑夜到來，閨中人最怕的是無法像白天那樣，偶而可借助俯仰天地景物來排解心中的鬱悶。那時雖窗戶關閉，但關不住雨打梧桐那令人難以忍受的秋聲，一葉葉、一聲聲，那麼的清脆，點點滴滴都好像打在自己的心頭上，叫人如何承受得了！

最後一句煞得非常緊，它不但分頭呼應了前面的景和情，而且也含蓄地傳達了無窮的愁怨。「這次第，怎一個、愁字了得」。「次第」，指這一連串的情景。「怎一個愁字了得」，又豈是一個愁字所能道盡？哪裡是一個愁字能概括得了呢？意思就是說，真正悲傷的愁緒，難以用言辭來表達。那是一種無比沉痛的感受，沒有經歷過的人如何能體會？詞人是以她痛苦的經驗，識盡愁的滋味，真正了解到它真實地在我們生活當中無時無刻不存在，是那揮不去、斬不斷的情，所帶來的、必須承受的苦果，不只一言難盡，更是超出語言所能承載的重量。

李清照〈聲聲慢〉一詞表現出極其沉痛的心情。不過從另一個角度看，她的情意雖然悲切，但組織篇章仍見巧思，文氣依然暢旺，疊出新意，正見證了她老而彌堅的創作動力。我們閱讀李清照後期的作品，不但可分享她晚年的生命情調，更能從其跌宕的詞情中，看見一位作家創新語境的精神。

羅洛・梅（Rollo May）在《創造的勇氣》（*The Courage to Create*）一書中說：「在人的生命中，限制不但是無法避免的，並且也是有價值的。……創造力本身『要求』限制，因為有創造力的活動來自人類面對限制時所作的搏鬥。」又說：「我們對形式的熱情，表達了我們渴求讓世界適應我們的需要與慾望，並且更重要的是，想體驗我們自己的生命擁有特殊含意。……這種對形式的熱情，是試圖在生命中發現及建構意義的一種方法。」我們看李清照後期的詞，像〈聲聲慢〉這一類的作品，在固定的文體上所做的形式上的突破，正是一種生命意志的展現。

「怎一個愁字了得」，文辭雖然不能盡意，但不表示我們就不需要用語言來溝通表達。李清照這首詞做了一個很好的示範，與其用情緒語詞直接言愁說恨，不如用具體的景物、情態來顯現。不說愁，而自有愁，一切盡在不言中，而寓意無窮。這是詞的無言之美，特別感人至深的地方。

05

無言以對

柳永〈雨霖鈴〉、蘇軾〈江城子〉、毛滂〈惜分飛〉

我們的生命中往往有很多「無言以對」的時刻。柳永說「多情自古傷離別」，在詞的世界裡，多情的詞人寫真實人生的生離死別經驗，因為所面對的是自己摯愛的親人或情人的離去，切身的感受特別深刻、沉痛，豈止是黯然銷魂而已。面對離別的那一刻，想到即將失去所愛，更是千頭萬緒，真不知如何形容當下心境。此時此刻，心頭糾結，既捨不得，也放心不下，彼此看著對方，就是一句話都說不出來，有時更是淚流不已。

另一種情況是，別後偶然重逢，卻沒有重逢的喜悅，在既熟悉又有點陌生之間，有些哀憐自己的際遇，又有些疼惜對方的狀況，夾雜了些無可奈何的怨嘆，或者生出了些辜負對方的愧疚之情，真是百感交集。此時此刻亦會令人無言以對。

在第九講、第十講中，已介紹過生離死別的課題。相信大家還記得讀過最悲傷哀切的兩首詞，一首是柳永的送別詞〈雨霖鈴〉，一首是蘇軾的悼亡詞〈江城子〉，兩首詞都表現了無言以對的愁緒。

柳永〈雨霖鈴〉寫面對即將分手的當下說：

都門帳飲無緒，方留戀處，蘭舟催發。執手相看淚眼，竟無語凝噎。念去去、千里煙波，暮靄沈沈楚天闊。

詞情的表達一向以含蓄見勝，但也有用表露無遺的方式來取得效果的。柳永這首詞就採取這種方式，直接寫出離別時的情境，宣洩他難分難捨的情緒。這次是與相知相惜的人離別，是詞人的真情實感，正抒發了流落天涯的失意人的沉痛心聲，寫來十分悲傷。

這一段是詞中寫離愁別緒的高潮。在餞別的離筵上，本來已沒有什麼情緒，但因為捨不得與情人分手，總想多留戀一刻。可是拖延著時間，並不能使大家高興一點，彼此也找不出安慰的話，只是希望將時間凍結在這一刻，說到底就是不忍說再見，不願意就此離去。不料，猛然間聽見船夫催促的聲音，船快要出發了，再想逗留也沒有時間了。這個時候能做什麼？「執手相看淚眼，竟無語凝噎」，只能趕緊握著對方的手，彼此看著對方，淚水不停地掉落，卻說不出一句話來，喉頭好像給什麼堵住似的，哽咽不已。

這種無言的悲痛，一則是因為無法面對驟然分手的這一刻，更因為想到分手以後，自己就走進千里煙波、陰沉沉的暮色中，縱身在南方無邊無際的遼闊天地裡；更想到明天醒來的孤寂，今後沒有和你一起的生活，是多麼的悲苦無聊。那麼，此時此刻又怎敢放開雙手，就此孤獨地離開？想到這裡，雙手不禁越握越緊，淚水則越流越多了。可見多情的人面對離別，總是傷感不已。除了「無語凝噎」，不斷地「相看淚眼」，真不知如何能表達於萬一。這是生離之痛所引起的「無言以對」的一種情況。

至於死別的哀思，在蘇東坡的〈江城子〉裡也寫出了一種無言的悲痛：

夜來幽夢忽還鄉。小軒窗，正梳妝。相顧無言，惟有淚千行。

東坡本來是擔心妻子已去世十年了，即使相逢，也許她已認不出自己，因為「塵滿面，鬢如霜」。這些年裡變化太多了，由於生活的折磨與歲月的摧殘，他已塵埃滿面，鬢髮也白了不少。可是，縱然知道相見不如不見，但終究難以遏止對愛妻的思念。

所謂日有所思，夜有所夢。下片這一段敘述了夢裡重逢的情境。忽然回到了家鄉，可以想見東坡心中的驚喜。「小軒窗，正梳妝」，妻子的家居生活如往常一樣，這動作與畫面鮮明如在目前。在廊下的小窗前，她正在梳理長髮、輕點妝粉。這樣的片段，也許是他們夫妻甜美生活的縮影，更是東坡記憶深刻的一部分，因此，一入夢中就自然浮現了。可是久別重逢，當妻子轉過身來，看見現在的自己，最初的驚喜隨即換來的是無言而落淚。

一切的恩愛與悲苦，盡在「無言」與「淚千行」之中。或許，這正是東坡所意識到的「相逢應不識」的情狀，在夢中依然發生作用。只有這「無言」二字，最能表示他們此時的心境。因為最深的愛與苦，都不是語言所能說盡的，只得無言以對，而有情之人自能領會箇中的滋味，實不足為外人道也。而千行熱淚，正具體表徵無盡的哀傷，這種哀傷只能藉年年的思憶去彌補。

上述這兩首詞的內容，大家都很熟悉了，現在一併在「無言」的概念下，再加品味，相信大家更能體會情到深處、悲苦到極點時，人之所以會無言以對，究竟是怎麼一回事了。

∞

在宋詞裡，不只像柳永、蘇軾等大詞家有此表現，一些小詞人同樣是深情之人，也會有無言之時，表現在詞中也是令人感動不已的。下面為大家介紹的是毛滂的〈惜分飛〉：

淚濕闌干花著露，愁到眉峰碧聚。此恨平分取，更無言語空相覷。　斷雨殘雲無意緒，寂寞朝朝暮暮。今夜山深處，斷魂分付潮回去。

毛滂這位詞人，大家比較陌生。簡單做個介紹。他的字是澤民，浙江江山人。宋哲宗元祐年間，蘇軾任杭州知州時，毛滂為法曹，頗受器重。曾得到東坡的舉薦，稱其「文章典麗」、「文詞雅健，有超世之韻」。元符初年，知武康縣，改建官舍「盡心堂」，將名稱改為「東堂」，獄訟之暇，觴詠自娛其間，因以為號。歷官祠部員外郎。宋徽宗政和元年，罷官歸里，寄跡仙居寺。後知秀州。詞集名《東堂詞》，《四庫全書總目》稱其詞「情韻特勝」。

〈惜分飛〉這首詞，題為「富陽僧舍作別語贈妓瓊芳」。周煇《清波雜志》對詞的本事簡介說：「元祐間，罷杭州法曹，至富陽，所作贈別也。」據《西湖遊覽志》載：元祐中，蘇軾知守錢塘時，毛滂為法曹椽，與歌妓瓊芳相愛。三年秩滿辭官，於富陽途中的僧舍作〈惜分飛〉詞贈與瓊芳。可見這是一首贈別之作，但它不是一般贈別歌妓的作品，而是作者毛滂青春戀情的一段真實記錄，一首淒美的悲歌。

現在就來看這首詞。情人相送到不得不分手的時候，是多麼令人感傷啊！詞的開篇就寫出了女子恨別的情狀，「淚濕闌干花著露，愁到眉峰碧聚」。他說，你臉上淚水縱橫，淚珠掛滿臉頰，好像花朵沾帶著露珠，憂愁在你眉間纏結，像是青山緊緊湊在一起。這兩句是從女方著筆，描述她面對離別時的表情與心境：女子貌美如花，卻沾滿淚水，她一雙小山眉，正為離愁所苦，表現於外就是眉頭深鎖。此情此景，惹人憐愛，又令人疼惜不已。

但離別不是一個人的事，有離去的人，也有送行的人，是牽涉到雙方的。「此恨平分取，更無言語空相覷」，這兩句就是寫兩方的情況。這別恨由我們兩人平均分取，你我互相對望，卻說不出一句話來。正如李清照所說的「一種相思，兩處閒愁」，無論是離別時難分難捨的心情，抑或別後相思的無奈，都是男女雙方共同承擔的。你一半，我一半，共同締結一份情，也共同分享一樣的愁。所謂「也同歡樂也同愁」的意思。「此恨平分」，這句話頗有創意，清新又自然，相當貼切地寫出兩人共有的情緒。

正因為各分得一半，如不能重新融合為一體，就不是完美的人生，便有著無窮的憾恨。現在的離愁別恨不知如何排解，而未來能否重聚，卻又難以逆料。此時兩人含淚相視，縱有千言萬語，又從何說起？「更無言語」四個字，是說已不知說些什麼好，表達出極端痛切的心情。而「空相覷」三個字，指出兩人互相對望，卻更感徒然無助，反映出一種絕望的悲哀。

下片「斷雨殘雲無意緒，寂寞朝朝暮暮」，這兩句是說，雨收雲散，一切歡樂都成為過去，令人無情無緒。從此朝朝暮暮，只有寂寞伴隨著我。這有兩層意思。第一層是借景言情，以斷續的雨點、零散的行雲，那樣淒迷殘缺的景象，反映出離人孤獨淒涼的心境。此外，另一層意思是，借宋玉〈高唐賦〉「旦為朝雲，暮為行雨，朝朝暮暮，陽臺之下」之語，以人神之戀的美好，形容他與瓊芳的戀情。然而冠以「斷」、「殘」字樣，則是以殘缺淒涼之景，象徵這段露水姻緣已行將結束。從此以後，因為兩相隔離，對很多事情都失去興趣，做什麼事也都提不起勁，無時無刻不感到孤單寂寞。這兩句把離恨之難以排解，說到了極致。

但離愁越濃，思念之情就越深切。詞的結拍寫出別後的相思，「今夜山深處，斷魂分付潮回去」。他說，今夜我在深山的僧舍裡，我的離魂會跟隨潮水回到你那邊。這種此情不渝的精神，化為癡情的話語，生出美妙的想像。意思是我在山深處留宿，身體雖有限制，無法與你親近，但我淒斷的魂魄會藉著夢境自由來去，今夜將它交付給潮水，隨著富春江返回你身邊。

這一首詞寫別後在僧舍的刻骨相思，情深意切，極盡纏綿悱惻之能事。毛滂在僧舍還不能忘情，可見他對瓊芳愛意之深了。

周煇〈清波雜志〉評論毛滂〈惜分飛〉詞說：「語盡而意不盡，意盡而情不盡，何酷似秦少游也。」秦觀的詞哀怨纏綿，是宋代情詞的代表作家。馮煦《蒿菴論詞》說秦觀：「真古之傷心人也，其淡語皆有味，淺語皆有致。」毛滂這首詞確實也做到用淺淡的語言，表達深刻的情意，讀來甚有韻味。

詞人對這一段戀情，終身都沒有忘懷。多少年後，當毛滂再到富陽，仍激動地回憶起這一段往事。他在〈菩薩蠻〉詞裡寫道：「春潮曾送離魂去，春山曾見傷離處。老去不堪愁，憑欄看水流。」真是一往情深。

回頭看〈惜分飛〉，詞人毛滂與歌妓瓊芳他們那樣的深情，難怪面對離愁時，會表現出「更無言語空相覷」的情態了。

這一講介紹了宋詞的一種無言之美。無論是不言不語、欲說還休、不理不睬、難以言宣，或是無言以對，這種種莫名的感喟，表現為無言的狀態，都是源於一份不渝之情。人世間許多事情是不由自主的，因情而受苦，因愛而生恨，在所難免。所有的愛恨情仇都糾纏著許多因素，很難理清，也不易表達清楚。情愛的內容，複雜多變，不是用語言符號、相關概念，用交替互用、循環詮釋的方式，就能加以定義，把握到它們的真實含意的。

李後主說：「別是一般滋味在心頭。」別是一般，就是跟一般人的感覺不一樣。每個人都有自己的人生體驗，大家所體會的愛、感受的情，內容與質感不盡相同，因此真的要用語言來溝通、理解彼此心中的那份情懷意緒，未必都能對應。所謂「如人飲水，冷暖自知」，就是這個意思。

李清照說：「怎一個愁字了得。」明白說出我們不要把所有的愁恨都概念化，認為輕易就可以把握別人的感受。因此，我們可以這樣來看，詞本是含蓄的文體，詞人以無言的方式來表情，一方面正顯示了情感世界的真實狀況，非筆墨所能形容。另一方面，這何嘗沒有一種啟示作用？藉著這樣的表現方式，在要說不說間刺激讀者的感官，喚起聽者的情感，要我們不要執著於詞的字面意義，該回到生活中去體驗真實的人生，並回到內心世界，用心地去領會、去感受詞中的情和自己的反應。

文學的欣賞如能做到同情共感，才能意會其情，感知它的意義。這樣的詮釋超出了語言理解的層面，屬於精神的、心靈的層次。在情感的交流互動中，需要認知「換我心，為你心，始知相憶深」的這份信念。我們如果不能將心比心、感同身受，如何能同情理解，知道彼此真正的心意？文學的契會與體悟亦如是。如能深入詞情世界，心領神會，必然會有所得。套用陶淵明的詩意，希望能達到的是一種「此中有真意，欲辨已忘言」的意境。

之十四

同情與共感

男女同心與人我互通

人的情愛，除了自愛之外，它的發生必然是與他人有關係的。換言之，無論是親情、友情或愛情，都是人與人之間的感情活動。彼此共同經歷各種悲歡愛恨的情緒，因此我們不能單方面去看個別的情況，而應該相對地去理解彼此的問題。就是說，在互動關係中，某一方的情緒，與另一方的情緒是互有影響的。尤其是相親相愛的兩方，共同經歷人生的美好與失意，正是「也同歡樂也同愁」，關係更是密切。

所謂悲歡離合，對兩方而言，合則歡而離則悲，那是必然的情況。前面談離別的單元中，分別介紹過「兩地相思」和「同心而離居」的主題。我們從柳永〈八聲甘州〉所說的「想佳人、妝樓顒望，誤幾回天際識歸舟。爭知我，倚闌干處，正恁凝愁」，就知道想對方必然也一樣地想念自己，因自己為離愁所困，想到對方也受著同樣的痛苦。那是一份對愛情的信念，表達了一種體貼的溫情，因為愛情是兩個人的事。從李清照〈一剪梅〉所說的「一種相思，兩處閒愁」，也了解到彼此同心，在分離之後，雙方都會各在一處思念著對方，而生出無窮的愁怨。因為相思相望卻不相親，是對有情人最大的折磨。在詞中像這樣兼顧到兩方來說情的例子相當多。

宋人多情，他們在詞裡時刻都會關心情愛的相對性課題，往往能將心比心，關切人與人之間的情感互動。這一講的主題是「同情與共感」，要分別介紹「男女同心」與「人我互通」的兩種表現，分「男女兩相思」、「君心似我心」、「思君君思我」三方面來賞析。所謂「男女兩相思」，是詞中安排了男女兩方的情節來表現離愁；「君心似我心」，是男女各自寫作一詞，呼應對方的情意，最佳的代表是陸游和唐琬的〈釵頭鳳〉；「思君君思我」，則是詞中運用對面寫情的手法，以表達情意彼此相通的信念。

01 男女兩相思

晏殊〈踏莎行〉、歐陽修〈踏莎行〉

晚唐韋莊作了兩首〈女冠子〉，來表現男女相思之情。而宋人處理這題材，不同的是，他們更靈活地運用了詞的上下片，分別寫出男女共同面對離別的情況，讓讀者在一首詞中同時看見男女雙方往復迴旋的思緒，讀來別饒情味。

這裡介紹的詞篇是晏殊的〈踏莎行〉和歐陽修的〈踏莎行〉。兩首詞都是寫離愁，也都同樣寫出了男女雙方的反應。剛好他們都用了〈踏莎行〉這個詞牌，因此兩家處理男女情愁的表現方式，經過比較對照，更容易彰顯出各自的特色來。

晏殊的〈踏莎行〉是這樣寫的：

小徑紅稀，芳郊綠遍。高臺樹色陰陰見。春風不解禁楊花，濛濛亂撲行人面。翠
葉藏鶯，珠簾隔燕。爐香靜逐遊絲轉。一場愁夢酒醒時，斜陽卻照深深院。

唐圭璋《唐宋詞簡釋》說：「此首通體寫景，但於景中見情。上片寫出遊時郊外之景，下片寫歸來後院落之景。心緒不寧，故出入都無興致。」他以為是寫女子在暮春時的閒愁。不過，這首詞未嘗不可以另作解讀。劉慶雲在《新譯宋詞三百首》一書中對此詞的詮釋，與我的想法不謀而合。她以為：「此詞抒寫離情。其寫法較為特別，與一般單從女性或男性角度寫離別之苦不同，而是從行者與留者雙方著筆，互相映照。」

這首詞的上片寫男子離去的情景。「小徑紅稀，芳郊綠遍」，是說小路上花兒稀疏，郊野長滿綠草。紅稀為花少，綠遍為草多。這是征人路上所見春光已晚的景象。

「高臺樹色陰陰見」，樓臺在樹蔭遮掩下隱約可見。征人離去仍不時回頭尋找女子所在的樓頭，或剛才惜別的地方，可見他依依不捨的心情。可是，他卻不能久留，只能往前走去，不禁令人觸景傷情。

「春風不解禁楊花，濛濛亂撲行人面」，他埋怨春風不懂得約束柳絮，讓它濛濛一片地飛撲在行人臉上，徒生悲感。春風本是無情物，他卻怨怪起春風，正因為離愁困人，讓人心亂如麻。所謂「撩亂春愁如柳絮」（馮延巳〈蝶戀花〉），就是他紛亂情思的外在化表現。詞人轉換了三個場景，用遠近不同、動靜不一的景物，呈現出離人的心境變化，含蓄委婉而動人。

下片，轉換到女子那一方。「翠葉藏鶯，珠簾隔燕」，寫黃鶯隱藏在翠綠的樹葉後面，燕子被隔離在珍珠簾外。這既是以黃鶯的鳴叫、燕子的飛翔，一聲音、一視覺的意象，呈現出暮春的景色，也藉由翠葉到珠簾，將情境從戶外帶到室內來。

果然，穿過簾子，我們看見室內的景象，「爐香靜逐遊絲轉」。「爐香」，指香爐內燃燒香料所生的煙氣。「遊絲」，是春天裡一種昆蟲的分泌物，類似蛛絲，飄蕩於空中，所以稱遊絲；或指飄蕩於空中的昆蟲（蜘蛛或青蟲）所吐的絲。這一句是說，爐上的香煙徐徐繚繞升騰，隨著空中飄飛的遊絲旋轉。在文學裡，香之為意象，往往關涉男女的親密關係；而遊絲的「絲」，則是相思的「思」的諧音。這一句詞，一方面寫出了春日閨中閒靜無聊的氣氛，另一方面也寓含了一縷柔情隨著思念盤旋之意。

「一場愁夢酒醒時，斜陽卻照深深院」，最後點出一個「愁」字。本來是傷春念遠，因著這份愁而飲酒，因酒而入夢，以為可以忘卻煩憂，而當她一覺醒來，夕陽已斜斜照入深深的庭院內。這裡以景來寫情，意味深長。時間就是這樣的無情，詞人無非告訴我們，他的〈浣溪沙〉不是有過「夕陽西下幾時回」的感嘆嗎？一天的光景如此輕易地消逝，整個春天豈不也是這樣，而人間的一份春心、春情，又如何能留得住？

這首詞以景言情，寫男女相思怨別之情，似有若無間，幽邈而哀婉，充分展現了晏殊詞一貫的閒雅情調。

8

至於歐陽修，他深於體情，且筆法豪宕奔放，他寫的男女之情則是另一種面貌。我們看他的這首〈踏莎行〉：

候館梅殘，溪橋柳細。草薰風暖搖征轡。離愁漸遠漸無窮，迢迢不斷如春水。寸寸柔腸，盈盈粉淚。樓高莫近危闌倚。平蕪盡處是春山，行人更在春山外。

這首詞，毫無異議地，一致都認為是男女兼寫之作。俞陛雲《宋詞選釋》說：「唐宋人詩詞中，送別懷人者，或從居者著想，或從行者著想，能言情婉摯，便稱佳構。此詞則兩面兼寫。」俞平伯《唐宋詞選釋》說：「上片征人，下片思婦。結尾兩句又從居者心眼中說到行人。」唐圭璋《唐宋詞簡釋》說：「此首，上片寫行人憶家，下片寫閨人憶外。」劉永濟《唐五代兩宋詞簡析》說：「上半闋行者自道離情，下半闋則居者懷念行者。」

歐陽修不像晏殊那樣純以景色帶出離情，他不只寫離人與閨婦見到的景象，也直接道出愁情與別淚，而且語調激切，直讓人感到兩處真切的離愁別緒。

上片寫遊子的離愁。詞從離別的光景開端，「候館梅殘，溪橋柳細」。「候館」，指迎候接待賓客的旅舍。旅店附近的梅花凋謝了；溪橋邊的楊柳還很纖細，因為柳葉還沒長起來。這番春景，對即將遠行的旅人來說，實在無法增添半點快樂，因為殘梅、細柳，都是觸惹離愁的景物啊。

「草薰風暖搖征轡」這句是說，於芳草散發香氣、春風送暖之際騎馬遠行。「薰」，是香草，引申為花草香氣。「搖征轡」，指策馬啟程。這一句寫出了正值初春時節，春風微暖、草木吐芳之時，卻要騎馬上路，心情之苦悶可想而知。

「離愁漸遠漸無窮，迢迢不斷如春水」，離愁究竟是怎麼一回事？所謂「行行重行行」（《古詩十九首》），它是人一步一步地往前走，然後一直一直拉大彼此的距離而產生的。越走越遠，離愁便越積越深，變得無窮無盡，如春水一般長流不斷。這兩句用層疊遞進的方式，誇大渲染了離愁，帶給旅人心頭沉重的壓力，真不知如何紓解。

離愁是兩方的事，遊子是如此的愁苦，那麼與之相愛的閨中婦人的情況就可想而知了。下片敘述閨婦的愁思。

「寸寸柔腸，盈盈粉淚」，她傷心至極，有如肝腸寸斷，粉頰上充滿著淚痕。這兩句寫內在的痛苦無法掩抑，表現為淚流滿面，自然真切感人。這淚水來自一份無窮的別恨，只要情人不回來，人便無法停止思念，而思悠悠、恨悠悠，別淚便也無法終止，總是流個不停。

「樓高莫近危闌倚」，寫出了一種明知故犯的動作。明明知道千萬不要一個人走上那高高的樓臺去倚靠著欄杆的，她一直都叮嚀自己不要這樣做，因為最怕觸惹愁情，可是她終究無法不想念對方，忍不住又要登樓遠望，期盼著情郎歸來。

「平蕪盡處是春山，行人更在春山外」，她在樓臺上看見什麼？那原野的遠方、草地的盡頭，是綿延的春山。極目所見，就只能望見山那邊，這裡當然有怨嘆山勢阻擋了自己視線的意思。可是一重山、兩重山，人的目力雖然有限，心中的盼望卻超出了眼前所見的範圍——她所思念的行人遠在層層疊疊的春山之外啊！女子登樓，總是失望。因為看不盡、盼不到，她的愁怨就只能化為流不斷的淚水了。

這首詞上片寫遊子的離愁如春水般無窮無盡，下片寫閨婦終日盼望情人歸來的心情，以至於淚流不已。男女雙方，共同締結的一份情，因離別而共同承擔一樣的愁恨，這種「思悠悠，恨悠悠」的情懷，只有「恨到歸時方始休」了。

∞

看晏殊和歐陽修的〈踏莎行〉，或隱或顯的，無論是含蓄的流露或是激切的表現方式，都見證了愛情世界一體性的特質與相對性的面貌。詞人讓男女雙方的情愁一併呈現，好讓讀者更了解愛情中男女的關係，是如此密切、彼此相關。因此，我們若能將心比心，多體貼對方一些，即使面對人生難免的愁恨，也能感到一絲絲的暖意。在愛情的路上，我們不是單獨行走的人，我們的心永遠都在一起。

02 君心似我心

陸游〈釵頭鳳〉、唐琬〈釵頭鳳〉

晏殊和歐陽修的〈踏莎行〉呈現了離人與閨婦兩方的別離情緒，讓我們看見愛情較完整的面貌，知道在愛情中兩人的感情是互相影響、彼此都有關聯的。詞中具體將男女離別相思的情況呈現出來，照顧到雙方的感受，正反映出詞人多情又溫厚的一面。

而「同情與共感」這個主題的另一種表現方式，是「君心似我心」，就是詞人以自己切身的經驗去體會女子離別相思的愁情，感同身受地將它表露出來。這裡就以陸游的〈釵頭鳳〉一詞加以分析。

這首〈釵頭鳳〉流傳甚廣，向來被視為陸游情詞的代表，因為它背後有個淒美的故事。相傳這首詞是陸游為他的前妻唐琬而寫的。據南宋陳鵠的《耆舊續聞》、劉克莊的《後村先生大全集》，和周密的《齊東野語》等書記載，陸游和唐琬的愛情悲劇，以及詞的本事輪廓大致如下：

陸游大約在二十歲時娶唐琬為妻，兩人情意相投，「伉儷相得」，「琴瑟甚和」。不料陸游的母親卻對兒媳產生惡感，逼令陸游休棄唐琬。陸游雖百般勸諫、苦苦哀求都無效，最終還是被逼仳離。這一段婚姻維持不超過三年。其後唐琬改適同郡宗室趙士程，而陸游則再娶王氏。陸游二十七歲那一年，一個說法是三十一歲，他出外遊春，在家鄉山陰城南禹跡寺附近的沈園，恰巧唐琬亦偕夫來遊，兩人邂逅相逢，自是百感交集。唐琬得到趙士程同意，差人送酒菜給陸游，陸游頗為感傷，就寫了這首〈釵頭鳳〉在園中的牆壁上。好事者抄而傳之，為唐琬所見，她有感而發，乃和作一闋〈釵頭鳳〉詞。不久，竟抑鬱而死。此後陸游在世的五十多年間，寫下了多篇與沈園有關的詩歌，表達了此志不渝的悲痛心情。

不過清代有人對此事提出質疑。例如吳騫《拜經樓詩話》卷三說：「陸放翁前室改適趙某事，載《後村詩話》及《齊東野語》，殆好事者因其詩詞而傅會之。《野語》所敘歲月，先後尤多參錯，且玩詩詞中語意，陸或別有所屬，未必為伉儷者也。」近代學者以為〈釵頭鳳〉詞豔，不合唐氏身分，詞中提到的「宮牆柳」一語，不合山陰環境。「東風惡」三字，如指其母，亦復可疑。又說，這一詞在放翁詞中，前後各首均為陸游在蜀贈妓之作，疑這一首非題沈園之詞。另有說法認為，這一首詞只是陶淵明〈閒情賦〉一類的筆墨，所寫的對象是曾經親密過從的歌妓。

中國詩詞詮釋好作比附，喜歡尋找作家經歷的事況來坐實詞意詞情，本不足為奇。陸游這一首詞也因為被說成與他的婚姻悲劇有關，遂引起廣大的同情與共鳴。我認為要解讀這首詞，得將「事」和「詞」分開來看，不要字字句句都黏著來解釋。陸游與唐琬的婚姻悲劇是事實，但〈釵頭鳳〉一詞是否係陸游在紹興為唐琬而作，則不無疑問。這一首詞無題、無序文，究竟作於何時，為誰而作，都無法確知。

在陸游的詩中，寫追懷和悼念他仳離前妻唐琬的詩歌，多有題「沈園」之作。可是他的詞中卻未見其他敘寫這一段情緣的，而被視作與唐琬有關的這首〈釵頭鳳〉，又無法證明所寫的景色就是「沈園」。因此，如無真憑實據，就不應牽強附會來解說。

我想，回歸文本才是欣賞文學最好的方法。先拋開本事，沿著文本的敘述結構來詮釋這首詞，我們才能正視並感知它所表述的情是怎樣的內涵、怎樣的特質。換言之，文辭本身就能證明作品的情感意義，它的真實與否、感人與否，只能憑藉文辭語態來呈現，無關乎外在的背景知識。這是我們重新閱讀這首詞時須留意的第一點。

其次，我們不依本事說詞，不是否定陸游對這份情的癡執。相反的，他認真的用情態度，相信是會影響到他的創作的。他在一般情詞中所表現的意態，必然有其內在關聯性。就是說，所謂將心比心，他詞中所塑造的情境、所詮釋的情感面貌，多少會反映他自家的投影。在虛實之間，我們不從實處去引證，因為那不是文學的本分，而是要從虛處去體會，那才能真正理解作家作品的情意。

現在就來好好欣賞陸游的這首〈釵頭鳳〉詞：

> 紅酥手，黃縢酒，滿城春色宮牆柳。東風惡，歡情薄。一懷愁緒，幾年離索。錯、錯、錯。春如舊，人空瘦，淚痕紅浥鮫綃透。桃花落，閒池閣。山盟雖在，錦書難託。莫、莫、莫。

如按照本事所述，解釋這一首詞的時候就會有預設的詮釋觀點，設定為陸游向著唐琬表達心聲。整首詞就是寫作者陸游懷想過去的美好，想到一別數年的愁緒，滿是悔恨，如今春依舊，卻發現對方也為情所苦，無限感傷。雖說自己情如山石，癡心不改，但是這樣一片赤誠的心意，卻無法用書信來傳達。所以整首詞的敘述觀點是，先追憶過去，然後從己方著筆寫心情，上片分為三個段落來鋪排，就是姻緣的美好、仳離的痛苦、人生的憾恨。下片重在傷嘆今日的情境，先從對方著筆，是陸游眼中所見的前妻形象，她消瘦多了，相逢卻讓她難過落淚，最後再從自己著筆，表達此志不渝、卻難以表白的無奈。

一般在解釋這首詞時，處處扣合當時的人事，好些地方似通實不通，而敘述觀點說是過去又回到現在，由自己又寫到對方，又再回到自己，講得有點複雜，亦嫌牽強。

如果拋開先入為主的觀念，順著文本，其實是可以找到另外一種較貼切的解讀方式。從單一的觀點來看，它應該就是敘述一位閨中怨婦的愁情。她如何觸景傷情，心情如何轉折變化，脈絡相當清楚。

「紅酥手，黃縢酒，滿城春色宮牆柳」，這三句沒有指明是回憶之事，我們就以當下的情景來了解，應該是比較好的。「黃縢酒」，宋時官酒上有黃紙封口，稱黃封酒。「黃縢」，也可解作縢黃，指酒的顏色。詞句所展現的情景是，一雙紅潤細軟的手，捧著一杯黃封酒，或是一杯黃縢色的酒，城裡充滿著春天的氣色，而宮牆邊種著柳樹。這三句寫出了春日美好的景象，和人在歡飲的場面。而韻腳出現的「柳」字，看來是有意的安排，風吹楊柳，不免令人觸景生情，果然就帶出下文的離愁來。

所以接著說，「東風惡，歡情薄」，想到春風險惡無情，歡樂的情事如此輕薄，轉眼就被吹散了。春天不可能常駐，這種歡情也不可能長久，實在令人無奈。這裡當然是對外物的干擾和破壞有所怨嘆。

「一懷愁緒，幾年離索」，就這樣兩人經歷幾年的離散，心中滿懷愁緒。這裡依舊是就女子著筆，寫出她與情人別後相思之苦。

「錯、錯、錯」，連疊三個字是詞律所規定的，三個字重複疊用，加重了字詞的強度，表達出急切、沉重的感覺。東坡詞說：「多病多愁，須信從來錯。」自己弄到如此落魄，才知道一開始便是錯誤，真是悔不當初啊。陸游在這裡連用三個錯字，就更加沉痛了。那是從幾年的離散生活中反思當日，感到不甘心，也有著深深的悔恨。早知歡會難長，終會分離，當年就不該多此一事，投入太多的情感，如今鑄成這一大錯，空留遺恨，叫人如何去承受？

「春如舊，人空瘦，淚痕紅浥鮫綃透」，下片回到眼前來，說如今春光依舊，但失去愛情的自己，卻因為思憶過度，白白地消瘦了。淚水浸染臉上的胭脂，把薄綢的手帕都弄得溼透了。淚流之多，可見傷心之甚。這裡很有層次地由容顏體態的變化，寫到形之於外、淚流不止的痛苦情狀。

「桃花落，閒池閣」，由前一句的「紅」字，帶出「桃花」的意象，是十分自然的銜接。而這樣的由人聯想到花，當然也隱含著以桃花的凋謝、池塘樓閣的寂靜空曠，借喻女子的處境與命運。原來一切的美好都會消逝。

可是在變化中仍有不變的東西支撐著人的生命，那就是一份執著的情。所以接下來寫道「山盟雖在，錦書難託」，是說女子堅信永遠相愛的誓言還在，但最感無奈的是音信難通啊。他是否安好，是否依然也愛著我？一直都不知道對方的情況，真叫人焦慮不安。

「莫、莫、莫」，如說「罷、罷、罷」。過去都解釋為罷了、罷了、罷了的意思。有學者這樣說：「明明言猶未盡，意猶未了，情猶未終，卻偏偏這麼不了了之，而全詞也就在這極其沉痛的喟嘆聲中結束了。」簡單地說，就是表示絕望，只好作罷，一切都莫再提起的意思。

但我認為，這結語未嘗沒有表達出一絲絲希望的意思。我們不妨換個方式解讀。面對「錦書難託」的事實，她仍不死心，故一直呼喊著，不可、不可，千萬不可以這樣啊！按照這樣的解釋，可以看見女子心中滿是愁緒，但因為堅守著這份情，且深信不疑，雖然對方已久無消息，卻仍懷抱著與情人能再相見的期待。文氣跌而稍宕，可見她的深情。這女子的呼喊，正是李之儀〈卜算子〉詞中所期待的心願：「只願君心似我心，定不負相思意。」只願你的心，如我的心相守不移，就不會辜負我的一番癡情厚意了。

像陸游這首詞，模擬女子的心境，表達了她對那份情的眷戀之深、相思之切，那樣的迴腸蕩氣，哀感動人，不難體會作者的真性情。而這真性情，奠基在他個人豐富的生活體驗，他與唐琬之情已經內化為一種情感本質，表現於詞中，在神不在貌，實在難以分辨，亦無須去挖掘材料，去論證事實的真假是非。

8

不過對讀者來說，通常都會期待看見雙方的互動，這是人之常情。世傳唐琬有和詞一首，在宋人的記載中只有「世情薄，人情惡」這兩句，並說當時已「不得其全闋」（詳陳鵠《耆舊續聞》卷十）。唐琬這一首〈釵頭鳳〉詞最早見於明代的《古今詞統》及清代的《歷代詩餘》。由於時代略晚，因此俞平伯《唐宋詞選釋》懷疑這是後人依據殘存的兩句補寫而成的。詞的內容如下：

> 世情薄，人情惡，雨送黃昏花易落。曉風乾，淚痕殘，欲箋心事，獨語斜闌。難，難，難。人成各，今非昨，病魂常似秋千索。角聲寒，夜闌珊，怕人尋問，咽淚裝歡。瞞，瞞，瞞。

這一首詞確實是依據本事，摹寫唐琬與陸游被迫分開後的種種心事，直抒胸臆，寫來也頗真切感人。據說唐琬在答和這首詞不久，就在悲傷中去世了。

它的內容大致是說：世情冷薄，人情險惡。細雨正送走黃昏，花輕易就被打落了。經過一夜，早上的風已乾爽多了，但我眼中的淚，哭了一整夜，到現在還未擦乾，還有殘痕留在臉上。我想把心事用信箋寫下來，卻辦不到，一個人倚著欄杆，喃喃自語，也說不清楚。唉，真是難、難、難啊！現在人各一方，今非昔比，生病後精神恍惚，好像搖搖蕩蕩的鞦韆繩索一般。遠方傳來淒清的角聲，夜將盡了，怕人詢問，我忍住淚水，強顏歡笑。瞞、瞞、瞞，就隱瞞著這情懷，將它藏在心底吧。

這一首詞採用了獨言獨語的傾訴方式，語意比陸游那一首平白直切，情韻稍有不足。一般評論都認為陸游和唐琬這兩首〈釵頭鳳〉「合而讀之，頗有珠聯璧合、相映生輝之妙」。這樣的話，各自道出仳離後的愁苦心情，更能呼應他們兩人的悲劇情節。將平面的故事變成立體的結構，好像戲劇一般，如見其人，如聞其聲，人物的精神面貌就更顯著了。這個故事就這樣地賺人熱淚，引起同情與共鳴，廣泛地被傳誦下來。

讀者附會故事來體會，得到閱讀的樂趣，是自由的選擇，沒有什麼對錯。我在這裡只是想指出，回到文本去理解，能幫助我們深入其情，看到作家更真實的情感世界，更知道他的用心所在。不管怎樣，〈釵頭鳳〉可以說是陸游深於體情的代表作。詞人融入女子的內心世界，體貼其情，寫出她們深深的怨嘆，正具體展現出他能同情共感的特質。

離別相思是男女雙方的事，作者用女性的角度書寫，呼應著自己心中的離愁，在這身分互換的過程中，既表現出沒有辜負對方的心，更加深了對對方的了解，也是彌補某方不在這一缺陷的一種方式，以尋得心中的慰藉。在這一類詞的創作中，男女變成了一體，他心與我心都訴說著同一件事——離愁別恨無窮，只有相思最相親。

03 思君君思我

蘇軾〈蝶戀花〉、賀鑄〈清平樂〉

所謂「思君君思我」，那是詞中所表現的一種對人間情誼極為信任的精神，透過由己及人的方式，傳達了形體雖不在一起，彼此的情意卻相通的信念。詞中常運用對面寫情的手法，以對方之思念我，來顯示自己的情懷；而這類以「思君君思我」方式來表現的詞，則是以自己為出發點，推度對方必然也同樣想念自己，構成「兩情相悅，一體呈現」的方式。

詞中透過人我互通來傳情，將心比心，固然是作者對人間情誼的肯定，相信彼此是真誠對待的，同時這樣的表現也讓人在寂寞的旅途中，不斷呼喚著彼此心中的這份情，不至於全然感到孤單、失落與無助。也許有人會認為這些不過是作家一廂情願的想法。不過，我們不妨這樣來看，讓心中時刻存著一份愛，起碼讓自己相信心裡仍有支撐的力量，仍願意好好地活下去，也祈願對方亦如是；在艱難的人世中，給自己多一點正向的力量，不是值得肯定的嗎？這是宋詞傳達的一個頗有啟發性的信息。

接著帶大家看一首詞，是蘇軾的〈蝶戀花〉：

簌簌無風花自墮。寂寞園林，柳老櫻桃過。落日有情還照坐，山青一點橫雲破。　路盡河回人轉舵。繫纜漁村，月暗孤燈火。憑仗飛魂招楚些，我思君處君思我。

傅藻《東坡紀年錄》云：「熙寧十年（一〇七七）丁巳，過齊時公擇守齊，席上作〈南鄉子〉，又作〈蝶戀花〉別公擇。」這是說，東坡剛結束密州知州的任期，出發往京師。他的好友李公擇於去年調任齊州太守，東坡順道去濟南拜訪他，逗留了一個多月才離去，這首詞是東坡於離筵上題贈給公擇的。據考，東坡過齊州在正月初至二月初，與詞中所述暮春景象不合，《紀年錄》疑有誤。又東坡此詞，元本無題，明代毛本題作「暮春別李公擇」、吳訥鈔本則題「別李公擇」，恐是誤據《紀年錄》所言。

李公擇，名常，南康建昌（今屬江西）人，皇祐年間進士，熙寧初知諫院，因反對王安石變法，出知鄂州、湖州。熙寧九年移知齊州，元豐初任淮南西路提點刑獄，官至御史中丞。

這首詞其實是東坡送公擇之作，而非「別公擇」。傳統所謂送別詩或送別詞，可細分為兩類：一類是以詩詞題贈給要離去的人，謂之「送」；一類是詩人或詞人自己要離去，作詩詞以贈相送的親友，則叫「別」或「留別」。兩者情況不同，要分清楚。元豐元年（一〇七八），東坡任徐州知州，其時李常罷齊州任，赴淮南西路提點刑獄任，過徐州訪東坡，於三月末離開徐州時，東坡送行，乃作此詞。所以這是一首送別詞。

這首詞的上片寫離別的情景，時間是暮春三月。「簌簌無風花自墮」。寂寞園林，柳老櫻桃過」。他說，花朵簌簌地飄落，不是風吹的緣故，而是自個兒掉下來。這裡無非顯示春已深，春花的期限到了，便自然地墜落。李清照詞說「風住塵香花已盡」（〈武陵春〉），時間就更晚一點了。此時園林顯得一片寂寞，因為少了點春日美好的景色。

「柳老」，是指柳樹飄綿，柳絮快要落盡了。白居易詩所謂「柳老春深日又斜」，指不特柳老，春亦老矣。加上「櫻桃過」，是櫻桃花期已過的意思。園中柳已老了，櫻桃花謝了，再無春天熱鬧的氣氛，「寂寞」二字顯現出在這春殘花落的情形下給予人的感受。而這「寂寞」，何嘗沒有隱含著離別的哀愁之意？美麗的春光，如同這一趟喜悅的重逢，都是那麼美好，卻又如此短暫。當一切都將消逝，不免令人感到淒清冷落。

「落日有情還照坐，山青一點橫雲破」，這兩句化用李白〈送友人〉詩「青山橫北郭，白水遶東城。……浮雲遊子意，落日故人情」之意。「落日有情」一句，是說夕陽緩緩下山，似乎有所留戀，仍照耀在筵席之間，不忍離去，這暗暗透露了東坡惜別的溫情。「山青一點」這一句，是說遠處高高的雲層上露出一點青山，而友人即將離去，更在青山之外，這裡既點出了此去路途遙遠，也暗含著「明日隔山嶽，世事兩茫茫」的意思。

下片順著時空推展，設想公擇告別出發，逐漸遠離，路途上的空虛寂寞。「路盡河回人轉舵。繫纜漁村，月暗孤燈火」。他先走陸路，到了路的盡頭，然後就搭船，而河道迂迴曲折，船就跟著轉舵，不斷改變船隻行進的方向。可見一路走來，不但路途遙遠，而且備極艱辛。最後船就停泊在冷落的漁村，月光黯淡，獨對孤燈，那該是多麼寂寥啊！「繫纜漁村，月暗孤燈火」這兩句，寫一片孤寂蕭索的景況，透露出淡淡的離愁。這也是以景寓情的寫法。由落日之有情，寫到月之黯淡、孤燈殘照，對比前後則倍感淒涼。

最後東坡寫一己別後相思之情，「憑仗飛魂招楚些，我思君處君思我」。「憑仗飛魂招楚些」，是一個倒裝句，即「憑仗楚些招飛魂」之意。《楚辭．招魂》句尾皆用「些」字為語助，故稱「楚些」。屈原昔日以「楚些」之體招魂，東坡仿其意，謂將依靠寫作詩文以喚回彼此的離魂，表示對李公擇的思念。

古人認為「心魂相守」是最好的精神狀態。然而守在體魄內的精魂，卻會在幾種情況下消散於外，造成神不守舍、失魂落魄的現象，比如酒醉、病重、悲傷或思憶過度，都會讓人的精神與體力失去平衡，容易喪失理性，難以管束那體內的魂。另外就是作夢了。

江淹〈別賦〉說：「黯然銷魂者，唯別而已矣。」離別令人黯然神傷，魂銷魄散，很不好受。屈原透過寫辭賦來招喚離魂，東坡用其意，表達想不時借詩詞問候致意，以慰彼此相思之苦。而且他深信，這是彼此雙向的思念——「我思君處君思我」——我思念你的時候，你也在思念著我吧。想到以詩詞慰問對方，同時想到對方也應該想念著自己，喚起這份情，彼此交感互應，便能在孤寂中尋得一點點安慰、一絲絲暖意。

東坡「多情」，有時會感到容易受傷害，弄到身心俱疲，以致「早生華髮」。但也因為有情，生命才不致枯澀，黯淡無光，反而在溫暖的情意中淬鍊出更堅韌的意志，在情中找到生命的安頓。「我思君處君思我」，東坡這句話真能融合「人我互通」、「人同此心」之意，說得那麼明白，又那麼有信心，可見他用情之真，也足見他與公擇兩人情誼的深厚。東坡所說的是深摯的友情，彼此不相忘。

∞

下面再介紹一首男女的情詞，寫「一種相思，兩處閒愁」的情況，是以男方推及女方的寫法，也是我思君時、君亦思我的一份信念表示。我們來看賀鑄的〈清平樂〉：

> 厭厭別酒，更執纖纖手。指似歸期庭下柳，一葉西風前後。　無端不繫孤舟，載將多少離愁。又是十分明月，照人兩處登樓。

這首詞也是先寫離別之時，再寫別後相思。上片是回憶餞別時的情境。「厭厭別酒」，是說因為是送別的酒，只得沒精打采地把它喝下。「厭厭」，可解釋為安靜的樣子。《詩經・小雅・湛露》說：「厭厭夜飲，不醉無歸。」不過這裡的「厭厭」，如同懨懨，是指困倦或憂鬱的樣子。第二句「更執纖纖手」，是說再一次握著她纖細的手，不忍把它放開。

接著說，「指似歸期庭下柳，一葉西風前後」。「指似」，是指向的意思。他說，指著柳樹發誓，約定歸期，至遲在西風起、黃葉落的秋天前後，我就會回來。柳，本與離愁相關，漢唐以來，有折柳送別的習俗，所以臨別時約歸期，自然就指柳為證了。所謂「梧桐一葉落，天下盡知秋」，吳文英詞也說「何處合成愁，離人心上秋」。對遊子來說，觸景傷情，見秋風葉落而思鄉是常有的事。這兩句其實也寓含此意。閨中人見柳而憶故人，遊子因葉落而思歸，也是照顧到兩方來寫的。

下片轉寫眼前的現實，即今日飄泊難歸之愁。「無端不繫孤舟，載將多少離愁」，這兩句是說，無緣無故的，令人始料未及的是，自己一路飄泊，歸期已誤，而離愁越來越濃、越積越重，大有舟不勝載之感。所謂「不繫孤舟」，語出《莊子・列御寇》：「泛若不繫之舟。」比喻飄泊無定，身不由己，恰如那繫不住的孤舟。

結句遙應上片西風，帶出秋夜月明的情境，「又是十分明月，照人兩處登樓」。他說現在又是月亮十分明亮的時候，可是月圓人不圓，頂著一輪明月，卻只能各在一方，登樓遠望，聊寄哀愁罷了。兩人此時望月興懷，相思之情實在難以收拾。這兩句含意深遠，耐人尋味。「又是」，說明離別後年復一年，秋月出現不只一次了，詞人也不只一次登樓思鄉。吳文英〈唐多令〉詞說「有明月、怕登樓」，詞人怕登樓是為了怕見明月，觸景傷情。但他卻明知故犯，依舊登樓望月，因為只有月光才能安慰寂寞的心靈，並能遙寄相思，互相得以慰藉。

這裡所謂「兩處登樓」，乃詞人從自己實際的舉動來推想對方的表現，不禁令人想起杜甫〈月夜〉詩擬想愛妻的情景：「今夜鄜州月，閨中只獨看。」賀鑄也同樣認為男女的情感是一致的，今夜遊子思鄉，獨自登樓望月，而另一頭的婦人亦孤獨地守著空閨，望月生愁。這是由己及人的聯想。男子相信女子和自己一樣不曾忘情，總是想著對方。他在身不由己的無奈之中，仍執著於這份信念，我愁卿亦愁，卿愁我亦愁，那是有情人分隔兩地所共有的體驗。

兩人因情而生的離恨，要等到遠去的人歸來後才能結束。這就是白居易〈長相思〉所說的「思悠悠，恨悠悠，恨到歸時方始休。月明人倚樓」的情況。如果遊子一直不能踐約，那麼「照人兩處登樓」的相思無奈之情就會一直存在。

雖然如此，若從另一個角度來審視，就會發覺詞人不是在渲染悲情，而是讓我們在這些「男女兩相思」、「君心似我心」、「思君君思我」的課題中，看見人與人之間如能同情共感，就會為生命帶來正向的力量。我們只要相信人間情愛，此志不渝，就能夠為人生賦予積極的意義。

之十五

興會與閒情

留住人間的美好

前面所介紹的詞，內容多是些負面的情緒，不是時空流轉之嘆、物是人非之感，就是生離死別之哀。的確，詞基本上是一種傷感的文學，通常是以「好景不常、人生易逝、此情不渝」為主旋律。不過，人間情誼也有美好的一面，值得我們珍惜。詞中自然亦非全都是哀傷的格調，也是有賞玩事物、品味生活的輕鬆調子，詞人亦樂於填寫出來與人分享，雖然比例上不如寫悲情的多。這一講的主題是「興會與閒情——留住人間的美好」，就是要帶大家欣賞詞中的歡樂、雅興與趣味。

所謂「興會」，是偶有所感而產生的興致與意趣，而興到的時候會產生高昂愉悅的情致，所謂「興會淋漓」、「興致勃勃」也。那是內心豁然開朗，有種莫名的情緒得到釋放而產生的暢快感，一種情趣酣暢的精神意境。

所謂「閒情」，形容在安閒的生活中寄情於喜愛事物的心情，就是一種閒散的心情；或是形容一種悠閒的情趣，不受事務所累，而擁有淡然愜意、輕鬆超逸的自在感覺。閒適是一種心境，更是一種人生態度，讓人能擺脫紛擾的雜念，內在精神得以充實，感覺更加靈明通透。我們在心閒中享受生活，更能體會人間情誼的美好；而在閒靜的心境下觀照世間事物，則更能發現真正的樂趣，所謂「萬物靜觀皆自得」（程顥〈秋日偶成〉）也。

文人詞中之有「興會與閒情」，正是詞人積極熱誠的生命力、優遊自在的精神意境的展現。詞人藉著一字一句，留住生活中或生命裡那美好的一面，這寫作本身便有著正面的意義。

而能與人分享這份喜樂，也是作家創作的樂趣所在。

這類的詞有幾個特色：第一，詞人的個性相當顯著。我們可以看見作家天真活潑的一面，也可以看見他自然率性的本質，或是經過淬鍊而形成的生命智慧。第二，詞中充滿著興味與意趣，形成獨特的快感與美感。因為那是發自作家內心的喜悅與滿足，這類詞的風格較為清疏閒雅，語調輕快，筆意流暢，有趨於口語化的特色。第三，詞人的感官意識更加鮮活。作家心情愉悅，觸感銳敏，更能發現各種聲色之美，更能體會嗅覺與味覺的甜美與溫馨，領悟情意更深刻、更細緻。

01

沉醉與消閒

李清照〈如夢令〉、〈攤破浣溪沙〉

我們先來欣賞李清照詞中的「沉醉與消閒」。看她如何陶醉在美好生活的回憶中，又怎樣在病中消磨空閒的時間，保持清靜閒適的心情。我們不能說女性詞人必定比男性詞人更會享受生活，不過李清照的詞中世界確實具體而生動，精細而優美，而且充滿著明亮的色澤、動人的情趣，可見她熱愛生活、積極面對人生的態度。請看她早年的作品〈如夢令〉：

常記溪亭日暮，沉醉不知歸路。興盡晚回舟，誤入藕花深處。爭渡，爭渡，驚起一灘鷗鷺。

以前一趟出外遊玩的經歷，讓她一直都難以忘懷。如何從自己的回憶中搬出來，和讀者一同身歷其境，感受那種驚喜的樂趣？李清照用了非常生動的手法，剪接出幾個畫面，如在目前地重演了當日的情境。她不是像翻弄相片簿的方式，讓我們觀看靜態的景色，而是倒帶播送如電影一般的情節，有聲有色地展現出那種臨場感。那樣的生動、那樣的逼真，不得不令人相信這些片段確實是她最美好、最深刻的記憶。

「常記溪亭日暮，沉醉不知歸路」。一開篇，她就明白點出那趟難忘的遊樂是在什麼地方、在什麼時候和在哪裡發生的狀況。這一天她們在溪亭一直玩到日色已晚了，全都喝得醉醺醺的，迷迷糊糊地幾乎忘記怎麼回家。這裡先呈現了一個相當緊張的情況。試想她們溜出去遊玩，日暮黃昏還不回家，而且偷偷喝了那麼多酒，萬一迷路了，入夜之後還在外頭，怎不叫家人擔心？當時的窘境可想而知。

「興盡晚回舟，誤入藕花深處」。原來她們是划船過來，等到玩夠了，天快黑了才駕船回去，卻糊里糊塗地划到荷花叢裡去，找不著路了。因為貪玩，為自己帶來麻煩，真令人懊惱不已。這種糟糕的事，我們也常常會碰到的。李清照如實地把它寫出來，當然容易引起共鳴。

那麼，面對這情況該怎麼辦？她說，「爭渡，爭渡」。此處的「爭」可有三種解釋：一是解釋為動詞，指與人競爭；二是動詞作形容詞用，即儘快之意；三是同「怎」字，「爭渡」就是「怎渡」。試問，在荷花叢中不能很快脫困，而且到處都是障礙，怎麼競爭呢？而此時還有與人競爭之心，那就更不可思議了。因此解作「怎渡」，應該比較貼合情境，就是「怎樣划出來」的意思，這也把她們慌張、不知所措的情態生動地模擬了出來。

就在她們慌慌張張、吵吵嚷嚷中，「驚起一灘鷗鷺」，結果把棲息在湖灘上的沙鷗和鷺鷥都嚇得驚飛起來了。

這首詞就在這一片吵鬧的聲籟中結束。急槳划動的聲音、鳥兒拍翅飛動的聲音，還有人的驚叫聲，一併躍然紙上，給人真的像置身其中的感覺，十分立體而生動。李清照寫到最後的時候，融情入景，彷彿真的回到那個時刻，想到那驚慌的情境，我想她不免會莞爾一笑。

這次的出遊，溪亭的美麗風光固然令人陶醉，但在李清照的記憶裡，最令她難忘的是在黃昏日暮時迷路這件事上。青春時期的冒險精神，小小錯失帶來的刺激興奮，那種天真爛漫的少女情懷，與大夥兒一起的歡樂與狂野，是年輕生命的美好印記，特別令人眷戀、懷想。

我們不得不佩服詞人的敘述能力。這首詞的重心既在回程迷路的描寫上，從「誤入」一句之後，她就引導讀者和她一起經歷她們的際遇，用動態描述的方式，呈現出大夥兒在慌亂中尋路的緊張刺激的感覺。她把瞬間的神情、動作與景色，融成一體，極富立體感，而且動作與情緒起伏變化，也有流暢的節奏感。這是李清照興會淋漓的表現。詞中有畫，畫中有人，人事神情畢現，可見可聞的，充滿野逸之趣。詞人有著熱愛生活的態度，因此回憶中仍充滿著驚喜與歡笑，為我們留下了這樣一幅永恆的青春圖像。

晚年的李清照雖然遭逢國破家亡、丈夫去世、顛沛流離的生活，詞中多有傷時感事、哀痛悲嘆的愁緒，但仍未完全失去賞玩世間事物的心情，心中仍有著努力調適自己的動力。我們來看她的〈攤破浣溪沙〉：

病起蕭蕭兩鬢華，臥看殘月上窗紗。豆蔻連梢煎熟水，莫分茶。　枕上詩書閒處好，門前風景雨來佳。終日向人多蘊藉，木犀花。

這首詞以平白淡雅的語調，娓娓道出大病初癒後的一些生活瑣事，清新委婉而動人，流露出一種自我調適的心情，表現了一種閒逸的意趣。

「病起蕭蕭兩鬢華」，首句就把她病後衰弱憔悴的樣子呈現了出來。雖然她沒有說是生了什麼病，或是病了多久，卻讓人意會到她剛從一場頗嚴重的病情中掙扎過來，現在終於有些起色了，只是頭髮白了許多，而且掉了不少。這樣衰頹的形貌，怎不令人傷心難過？但作者行文只寫到這裡，沒有進一步因外而內，抒發心中的哀怨。她只交代自己真實客觀的狀況，沒有什麼特別的情緒，只是有些慵懶無聊。

所以下面接著寫慵懶無聊中所做的事，「臥看殘月上窗紗」。因為還沒有全好，身子乏力，心情也閒散，又在夜裡，做不了什麼事，只好早點休息，臥在床榻上，看著殘月在窗紗上緩緩升起。她就這樣漫不經心地看著看著，打發時間。

「豆蔻連梢煎熟水，莫分茶」，這個韻句交代出病後另外一件事情來，寫她起床服藥以調養虛弱的身體。「荳蔻」，是多年生的草本植物，又名草果，有肉豆蔻、白荳蔻、紅荳蔻等品種。初夏開黃白色花，秋季結實，它的花和種子都可入藥，性辛溫，可治胃中脹悶、消化不良的症狀。「熟水」，是宋人製作飲料的一種方法。據《事林廣記別集》卷七載「造熟水法」說：「夏月凡造熟水，先傾百煎滾湯在瓶器內，然後將所用之物投入，密封瓶口，則香倍矣。」就是先煮好大滾的開水，注入瓶子裡，然後放入材料，密封瓶口，用「悶泡」的方法使物料的香氣出來。

李清照起來煮了滾水，把連梢的荳蔻放入瓶內悶泡，製作養生的飲料，所以說「豆蔻連梢煎熟水」。「分茶」，是宋代烹茶的一種方法。這裡是說不可飲茶。荳蔻辛溫能去溼寒，而茶能助溼，兩者相衝突，服用荳蔻，切忌飲茶，所以說「莫分茶」。這裡可以看見李清照認真照顧身子的態度，她真的希望早點好起來。

那麼，吃過藥了，白天閒著無聊，做些什麼好呢？她說：「枕上詩書閒處好，門前風景雨來佳。」靠在枕上讀讀詩書，可以解悶，也可打發時間。因為用輕鬆悠閒的心情來讀，沒有什麼負擔，反而能領略書中的妙處。躺累了，就下床走動走動，偶而看見門外雨中的景物，倒也覺得分外美好，在清冷中另有一番情趣。這組對句寫來輕快自然，語調閒雅自在，充分反映了詞人自尋生活的樂趣，心情怡悅起來的情貌。

除了讀書賞景外，更讓她高興的是整天看著喜愛的桂花，聞到淡淡的芬芳，「終日向人多蘊藉，木犀花」。桂花因木材紋理像犀角，所以別稱「木犀」。「蘊藉」，是含蓄而不顯露的意思，這裡用來形容桂花溫雅清淡的風度，也可指它散發清淡含蓄的香氣。木犀花，花小，色淡黃，香味清芬淡雅，最為人所愛賞，是李清照最愛的花之一。她有兩首詠桂花的詞，其中一首〈鷓鴣天〉詞，說桂花「自是花中第一流」，她欣賞的是花的體性輕柔、香氣迷人。在這一首〈攤破浣溪沙〉詞裡，李清照明明是自己終日觀賞著花，卻說成是花整天向著她顯露美麗的姿貌。可見她對花真的很喜愛，心裡應該會認為在寂寥中仍有花相伴，是多麼美好的事。

她把花想像為多情的人，說它非常善解人意，知道詞人獨居寂寞，便整天含情脈脈地陪著她。這樣的移情作用，化無情為有情，也許是人在孤苦無助的處境裡，尋求自我安慰、自我排遣，讓自己能振作起來，能好好面對現實生活的一種方法。

這首詞寫病後的心情，沒有愁苦語，而是以輕快的語調寫出一片閒情。的確，閒適不只是一種心境，更是一種人生態度。李清照晚年能有此閒適的心情，是因為她有著堅韌的生命力，時刻抱持著正向面對人生的態度。她曾愛過，所以沒有悔恨。她愛惜自己，縱然面對逆境，也能儘量放開懷抱，樂於接受現實，從中發現樂趣、享受生活，從而尋得內心的喜悅。

02

佳興與賞景

辛棄疾〈霜天曉角〉、〈鷓鴣天〉

詞是最富抒情性的文體，詞裡常藉著寫景以言情、敘事以抒情，它主要的作用仍在抒情。通常來說，詩有山水詩，詞則很少純粹寫自然景色、模山範水之作。但詞人如果心情好，有閒情雅致，亦未嘗不可以詞體來賞景，寫出別具野趣、另有風味的自然山水景物之作。

詞人以悠閒的心，觀賞周遭的景物，發現景色之美，再以文辭描述出來，就是「賞景」的詞。所賞之景必有可觀之處，發而為文亦源自能賞之心。而「佳興」，就是其中的關鍵。

所謂「佳興」，一則指饒有興味的情趣。王維〈崔濮陽兄季重前山興〉詩說：「秋色有佳興，況君池上閒。」四時景物中本身有著美好的情致與意趣，悠閒的人自能體味出來。一則指雅興，是人的性靈中一種高雅的興致，會觸景而生發出來。秦觀〈雪齋記〉說：「雪齋者，杭州法會院言師所居室之東軒也。始言師開此軒汲水以為池，累石以為小山，又灑粉於峰巒草木之上，以象飛雪之集。州倅太史蘇公過而愛之，以為事雖類兒嬉，而意趣甚妙。有可以發人佳興者，為名曰『雪齋』而去。」他說雪齋所設計的飛雪景象，有點兒戲，但甚有意趣，可以啟發人高雅的興致。因為事物本身有佳興，便容易「發人佳興」，讓悠閒的人樂於觀賞，並能體會它真正美妙之處。

元代劉文清〈玉漏遲．泛舟東溪〉詞說：「天設四時佳興，要留待、幽人清賞。」老天安排春夏秋冬四時的美好情趣，就是要留給幽隱山林的人或閒雅的文士去品賞。所謂「清賞」，就是清新閒雅地觀賞，而這份觀賞之心乃源於一份佳興。物與情如能相接，自然樂趣無窮。

在「佳興與賞景」這個主題所要介紹的詞人作品，是辛棄疾的詞。

前面有好幾個單元談論過稼軒的詞，著重介紹他詞中所抒發的個人壯慨之懷、鬱勃之氣，以及退居時的閒而不適之情。我們讀他的〈破陣子〉，體會到他功名未就的沉痛；讀他的〈水龍吟〉和〈菩薩蠻〉，感受到他有志難伸的悲鬱；讀他的〈念奴嬌〉，知悉稼軒多情的一面，一種重遊舊地所產生的物是人非的感嘆；而他的〈醜奴兒〉，更讓人了解他對愁滋味的體會，原來是那樣的深。這些詞塑造出來的稼軒形象，是個悲劇人物，好像他一輩子都是愁苦不堪的狀態。

其實稼軒既是豪傑，也是文士，同具兩者的優缺點，在進退之間難免衝突。顏崑陽教授在《蘇辛詞選釋》一書中，分析稼軒這種個性特質，可說相當精闢，他說：「在正常狀況下，這兩種氣質性可以當機而發，面對家國之事，是陽剛的豪傑；面對個人生活，是陰柔的名士。然而有些時候卻會形成矛盾衝突，在豪傑之氣受挫時，名士之情隨之滋生；但當名士之情滋生時，豪傑之氣卻難平息。因此，進取間常隱然萌生退意；而退隱間卻又時起壯志。這種衝突拉扯，是難解的生命痛苦。」

前面談到他的詞作內容，就是這矛盾的生命體所表達出來的負面情緒。可是「豪傑表現為陽剛磅礡的氣魄」、「名士則表現為陰柔灑脫的情味」，亦有它正向的力量、主動的一面。豪傑的個性，使他時刻保持積極的人生態度、百折不撓的精神，勇於突破，不拘束於固定的格套，非常有創造力，在詞的寫作上便有多種變化，亦婉亦豪，亦莊亦諧，不是只有一種風味而已。而名士的個性，則使他有著瀟灑對待人生的看法，經常有想要從虛幻的功名中超脫出來的舉動，因此在閒居帶湖、鉛山那段時期，也能在日常生活中自得其樂，沉醉於山水花草棋酒之間，細緻領略其中幽雅清歡的趣味。

稼軒是忠義奮發之士，也是熱愛生活的人，他既有認真嚴肅面對生命的態度，也很幽默風趣；他喜愛與親友來往，也喜歡獨自品味生活，一個人徜徉在自然之中，欣賞山水田園的樂趣。我們來看他早期的一首小詞〈霜天曉角．旅興〉：

吳頭楚尾，一棹人千里。休說舊愁新恨，長亭樹，今如此。　宦遊吾倦矣，玉人留我醉。明日落花寒食，得且住，為佳耳。

南宋孝宗淳熙五年（一一七八），稼軒三十九歲那年的春天，他由隆興知府兼江西安撫使任上被詔令入京，為大理寺少卿。在離開隆興（今江西南昌）赴臨安的旅途中，作了這首詞。詞題所謂「旅興」，是指旅途中即興而作。

詞人坐船順流而下，看見沿途風光，頗有感觸，而且對於宦遊生活已有些厭倦，希望得到美人留醉，暫時可以稍稍放鬆心情。

詞的開頭兩句，「吳頭楚尾，一棹人千里」，是說急流放舟，瞬息千里。江西一帶位於古時吳地長江的上游、楚地長江的下游，故稱「吳頭楚尾」。「棹」，是長槳的意思。「一棹人千里」，是說長槳一舉，人就被送到千里之外，極言水流之速、舟行之快。起筆兩句點明行旅的地點和別離的情事。

眼看江水急速地流動，不覺感嘆歲月之飄忽。「休說舊愁新恨，長亭樹，今如此」，不用說往日的憂愁和新添的悵恨，看長亭邊的大樹已經長成今天的樣子了。《世說新語．言語門》記載東晉桓溫北征途中，見到自己往年種植的柳樹都長得很粗大，「慨言曰：『木猶如此，人何以堪！』攀枝執條，泫然流淚。」這裡就化用桓溫的話：「木猶如此，人何以堪！」長亭，古時路上每十里設一長亭供行人休憩。這裡點出「長亭樹」，正應合離別之事。兩個意象合併起來是說，我們不要再說什麼新愁舊恨了，因各種離合聚散而感傷時光飛逝、年華虛度，你看像那無情的樹，不也烙下歲月的痕跡，見證了人世的滄桑變幻？

稼軒此時已三十九歲，南歸也有十六、七年了，這些年間職務頻繁調動，抗金恢復的壯志一直未能實現。而這趟旅程，乘船行於江面上更有飄蕩無根之感，所以就有了停下來的想法。

下片說「宦遊吾倦矣，玉人留我醉」，我已經厭倦了宦遊生活，幸好有美人留我舉杯共醉。接著後三句說，「明日落花寒食，得且住，為佳耳」，意謂明天是寒食節，落花飄零，能暫且住下來為好。這裡因為時逢寒食，便信手拈來晉代無名氏的帖中語：「天氣殊未佳，汝定成行否？寒食近，且住為佳爾。」稼軒詞則說「得且住，為佳耳」，能稍稍停歇下來，那就最好不過了。以散文的句法入詞，筆調語氣間別具雅趣。

詞的下片先以「吾倦矣」領起，既對上片時空流轉的感嘆做出反應，也使希望玉人留醉的念頭顯得合理。最後三句語調變得輕緩，顯示出心情暫時好轉了。能驅使筆法行走如此，文情筆意由抑而揚，在這跌宕之間，可見稼軒心中仍有轉化情緒的餘裕，仍有著希望尋得安頓的心。這樣的寫作表現亦自有一番佳興在。

∞

後來稼軒被彈劾落職，從宋孝宗淳熙九年（一一八二）至光宗紹熙二年（一一九一），四十三歲至五十二歲這十年間，他退隱上饒帶湖，過著與松竹為友、同花鳥結伴的村居生活。剛開始時稼軒心裡還是有些不平，表現在詞中便常有憤恨悲慨之語，但日子久了，朝夕與山水自然接近，豪傑之氣漸減，而名士灑脫的情味益增，便能逐漸品賞生活，發現各種佳興妙趣。

我們來看他在這時期的一首純寫景的詞〈鷓鴣天．黃沙道中即事〉：

> 句裡春風正剪裁。溪山一片畫圖開。輕鷗自趁虛船去，荒犬還迎野婦回。　松共竹，翠成堆。要擎殘雪鬥疏梅。亂鴉畢竟無才思，時把瓊瑤蹴下來。

黃沙，即黃沙嶺，在江西上饒的西面。《上饒縣志》說：「黃沙嶺在縣西四十里乾元鄉，高約十五丈。」稼軒住在帶湖的時候，常常經過這裡。這首詞寫初春時走在黃沙道中所見的景象。即事，指眼前的事物。後文人因景有感而作詩詞，常以「即事」作為題目。

詞的首兩句，「句裡春風正剪裁。溪山一片畫圖開」，他說自己正在構思為詩，意欲把春風帶來的美感寫入詩詞中，眼前即出現一片溪山，好像剛打開的圖畫一般。賀知章〈詠柳〉詩說：「不知細葉誰裁出，二月春風似剪刀。」是說春風如剪刀裁出細細的柳葉。這首詞的第一句可能承襲賀詩，那麼這一句亦可解釋為春風就像能工巧匠，「剪裁」出如詩一般的美景來。果然真的詩中有畫，「溪山一片畫圖開」，這「畫圖」便是春風「剪裁」的結果。不管怎樣，起首這兩句就是概說溪山初春的全景，先鋪墊好一片畫幅，再慢慢點染。

「輕鷗自趁虛船去，荒犬還迎野婦回」，這兩句勾畫出兩個片段的畫面：輕靈的鷗鳥伴隨著虛空的船飛去；荒村的家犬迎接著農家婦人歸來。這幅畫面呈現出山水鄉村的自然純樸風情。上下兩句兼顧到溪山兩處，而且一自在、一溫馨，一去一回，對仗工整，卻又充滿著生動的意趣，讓人如見其景、如聞其聲，十分逼真。

上片總寫溪山如詩如畫，又分別勾畫出溪上和山村的情景，筆調雅致又自然，景色布置，濃淡遠近，相當有層次。下片則集中寫松、竹、梅在殘雪中的景象。

「松共竹，翠成堆。要擎殘雪鬥疏梅」，是說松樹和竹子交錯叢生，從遠處看，青翠成堆，它們托舉著殘雪，好像要與旁邊剛開的梅花爭豔鬥美。松、竹、梅是「歲寒三友」，初春時節，春寒料峭，松、竹枝葉上的殘雪尚未完全融化，它們靠著殘留積雪的那一點白，就想與稀疏的幾點白梅爭妍，這景象構思新穎，十分有意趣。

松竹那麼努力地撐著這格局，沒料到卻被烏鴉給破壞掉了，真是大殺風景。「亂鴉畢竟無才思，時把瓊瑤蹴下來」，他說紛亂的烏鴉實在毫無才思，沒有情趣，不時把松竹上晶瑩潔白如瓊瑤似的殘雪踩踏下來。這裡「松竹」的「擎」與亂鴉的「蹴」，一往上舉，一往下踏，相反相成，相映成趣，用擬人化的筆調，寫來別有張力和趣味。

稼軒詞一向善於以動作表情，情境躍然紙上，充滿靈動的氣息，十分有感染力。這首詞全是寫景，但多處用了動詞，如剪裁、開、趁去、迎回、擎鬥、蹴下等，使得畫面以動態方式呈現，如動畫般顯示出空間的推進變化，由遠而近，由大景到小景，物像疏密相襯，鏡頭運作十分自然。加上語調隨景物的情態而轉變，形成緩急不一的節奏，讀來亦頗有趣致和韻味。所謂「一切景語皆情語」，細細品味此詞，除了看見詞中有畫，應也可以體會到畫中的情。稼軒寫出了山水花鳥的佳景帶給人的雅興，聲色可見可聞，他的情致、清賞之趣，自在其中。

稼軒閒居帶湖、鉛山，寫了不少充滿野趣、清新自然的詞篇，都值得細細品味。詞在稼軒手中拓寬了它的寫作內容，注入更多樣的情理意趣。詞乃抒情之體，既可抒悲情、豪情，也可抒閒情與歡情。稼軒詞情的天地如此寬闊，情思深摯，趣味橫生，乃源於他熱愛人生的態度。

03

閒逸與清歡

程垓〈小桃紅〉、蘇軾〈浣溪沙〉

詞裡純粹寫閒適心情的詞並不太多，十之八九都是寫傷感的情緒。就是說，即使有表面寫生活閒趣的，也往往是閒而不適，似曠達而實悲鬱。不過，我們還是可以在詞中看見詞人認真面對生活的態度，看見他們努力擺脫悲哀的積極想法，看見詞裡依然有著正向的力量。

誠如前面所說，閒適是一種心境，更是一種人生態度。那麼，要有怎樣的人生態度，才能有閒適的心情呢？閒適的心很少是天生的，它通常是人們經過一番歷練後所嚮往而達成的一種心境。王國維《人間詞話》說：「入乎其內，出乎其外。」就是先要認真面對人生的種種問題，勇敢地去承擔，經由不斷地反省深思，真誠地面對自我，忠於自己的性情與感受，為其所當為，不強求也不委屈自己，不受時空環境的限制，而展現出比較開朗、闊達的人生觀。

王國維《人間詞話》說：「東坡之詞曠。」什麼是「曠」？鄭騫先生在〈漫談蘇辛異同〉一文中有一段精彩切要的論述，他說：「曠者，能擺脫之謂；……能擺脫故能瀟灑，……這是性情襟抱上的事。……胸襟曠達的人，遇事總是從窄往寬裡想，寫起文學作品來也是如此……。」所以「曠」就是一種由窄往寬處去想、去寫的意境。而能「曠」的人，才容易得到心靈的自由，才能夠領略閒情。

東坡說：「江山風月，本無常主，閒者便是主人。」（〈臨皐閒題〉）意思是自然界的一切事物，本來就沒有屬於誰的，只要你有閒心閒情去欣賞，你就是整個大自然的主人。真正的閒適，就是能身閒，又能心閒，這樣就能遊心於物。

上冊第八講介紹過東坡的〈臨江仙〉，詞中不是說要「忘卻營營」嗎？人要獲得心靈的自由，就得擺脫紛擾的雜念，不汲汲於功名利祿。能「忘」才能「遊」，身心才能得「閒」；能「閒」才能觀照萬物，無入而不自得。享受生活，品味生活，不但讓自己身心舒暢，更能體會人情的美好，感受到人間最恬適的樂趣。

這一節的主題是「閒逸與清歡」。閒逸，是悠閒安逸。清歡，意思是清雅恬適之樂，指心靈上一種清悠閒適的歡樂。我們都知道詞的情節發展，有著隨樂音往前推進的模式。這裡要談的閒逸和清歡，不是要分析它是什麼，而是看詞人如何在詞中展現和領悟這些意境。

首先看程垓的〈小桃紅〉：

不恨殘花嚲。不恨殘春破。只恨流光，一年一度，又催新火。縱青天白日繫長繩，也留春得麼。花院從教鎖。春事從教過。燒筍園林，嘗梅臺榭，有何不可。

已安排、珍簟小胡牀，待日長閒坐。

程垓這位詞人，相信大家不太熟悉。他字正伯，號書舟，四川眉山人，生卒年不詳。有一個說法，他是蘇軾中表程之才之孫。南宋孝宗淳熙十三年（一一八六），他遊臨安，陸游為其所藏山谷帖作跋，未幾歸蜀。光宗紹熙三年（一一九二），他已五十許，楊萬里薦以應賢良方正科。他有《書舟詞》，存詞一百五十七首。

他的詞多寫羈旅行役、離愁別緒，情意淒婉。詞風深受柳永詞的影響，所以馮煦《蒿庵論詞》稱其詞「淒婉綿麗，與草窗（周密）所錄《絕妙好詞》家法相近」。有人將他的詞看作是柳永詞的餘緒（薛礪若《宋詞通論》）。不過柳詞「俚豔近俗」，多為人所鄙，而程垓的佳作卻能擺落浮豔，瀟灑脫俗，筆意閒雅，深為後人所稱賞。

這首詞的上片，主要是寫對春日美好時光流逝的感嘆。「不恨殘花嚲。不恨殘春破」，他說，不恨花殘春盡。「嚲」，是下垂的樣子。花已垂垂欲謝，春景也殘敗不堪，如此殘破的景象，他說不恨。他真的不痛恨嗎？其實不然，這只是比較下面的情況而說的。如果把花殘春盡視作外在客觀的景象，就與人沒什麼關聯。再進一步說，花之落、春之殘，不過是果，追根究柢，它的因是歲月無情啊！是時間推移本身，最令人感到無奈。

所以說，「只恨流光，一年一度，又催新火」，最恨時光如流水一般，長流不斷，一年一度，又催促更換新火的寒食節到來，年年都如是。寒食到，春將盡，人生的大好青春就在不變的節令中對照出它的變化。時間無情地推移，與個人生命、人間情事密切相關，相對於外在的景物，當然更令人生恨。

人生最大的悲痛，就是無法永保青春。誰能留得住時光？「縱青天白日繫長繩，也留春得麼」？作者深知那是不可能的。他說，即使長長的繩子綁得住太陽，也留得住春天嗎？李商隱〈謁山〉詩說：「從來繫日乏長繩，水去雲回恨不勝。」自古以來，就沒有能繫住太陽的長繩，而逝水東流、白雲舒卷，更令人不勝悵恨，寫出了時光難以留駐的無奈。程垓這兩句則更推到極端，認為就算找到那根能綁住時間的繩子，終究還是留不住美好的歲月。

也許是認清了這一「事實」，他便不做無謂的抗爭，不做徒勞無益的事，反而讓自己閒下來，趁著春天還沒結束，好好享受一下生活。

「花院從教鎖。春事從教過」，他說，滿是春花的庭院就讓它鎖上門，春天的事情就不管它了，任由春天美麗的景色就這樣過去。

這個時候做些什麼好呢？「燒筍園林，嘗梅臺榭，有何不可」，在園林中燒筍來吃，在臺榭裡品嘗梅子，沒什麼不可以的。暮春時，梅子正熟，配酒來吃，別有風味。這個時候也是吃毛筍的季節。一年中春筍的味道最佳，貴在鮮嫩、無澀味。曾幾〈食筍〉詩說：「花事闌珊竹事初，一番風味殿春蔬。」是說清明前後、花期將盡之時，正是竹筍生長的時節，它的風味勝過春天一般的蔬菜。詩詞裡寫食筍的詩不少，可見這是文人雅興之一。清代朱彝尊《曝書亭集》〈題王叔楚墨竹〉文中錄有一詩：「吾家長水一茅屋，北垞南垞都是竹。每憶園林燒筍時，不戀樹雞及榆肉。」在園林中燒筍，與程垓詞中用語一樣，都是春末悠閒生活的寫照。

「已安排、珍簟小胡牀，待日長閒坐」，除了燒筍、嘗梅，詞人更安排好珍美的涼蓆、交椅（一種可以折疊的輕便坐具），等待夏日來時，漫漫長日中可閒坐。

由上片的對時間流逝之焦慮，到下片的享受閒逸生活之自在，詞情流轉自然，可見作者的性情與胸襟。所謂「能擺脫，故能瀟灑」，這就是「曠」的表現。

近代學者如鄭騫、顧隨、葉嘉瑩都很喜歡程垓這首〈小桃紅〉。鄭騫先生說：「小桃紅為南宋時後起之調，極輕快流暢，乃由詞入曲之漸。此調不善填者易流於馮煦《蒿庵論詞》所謂『俳薄』，要緊在收勒得住。」程垓這首詞就是能做到輕快流暢而又收勒得住，情意動人，所以是佳作。

8

接著，我們來看一首「清歡」的詞，那是蘇軾的〈浣溪沙〉：

細雨斜風作小寒。淡煙疏柳媚晴灘。入淮清洛漸漫漫。　雪沫乳花浮午盞，蓼茸蒿筍試春盤。人間有味是清歡。

詞的序文說：「元豐七年十二月二十四日，從泗州劉倩叔游南山。」劉倩叔，有人說是劉士彥，時為泗州（今安徽泗縣）知州。或說劉倩叔乃東坡眉山舊友劉仲達。不知哪一個說法是對的。南山，在泗州之南，以出產一種名叫都梁香的香草聞名，故又名都梁山。

元豐七年，在黃州度過四年多貶謫生活的東坡，已經四十九歲。這年春天，他奉調量移汝州（今河南臨汝）團練副使。這樣的調動代表朝廷有意減輕對他的責罰，甚至有可能被重新起用。四月，東坡帶著家人離開黃州。由於不必立刻趕赴任所，他們一家人就順著長江而行，沿路遊覽山水，探訪朋友。十二月來到安徽泗州。十二月二十四日，劉倩叔邀東坡同遊當地名勝都梁山，喝茶食野菜，閒話家常。東坡因此寫下了這首詞，記錄這趟舒暢的遊歷和心境。

上片敘述出遊的時地，描寫眼前所見的郊野景致，「細雨斜風作小寒。淡煙疏柳媚晴灘。入淮清洛漸漫漫」。他們剛出發時，天氣不是很好，陣陣斜風細雨，氣溫依然微寒，但不至於妨礙出遊。不久之後，雨就停了，天色轉晴，淡淡的煙霧，稀疏的柳條，歲暮陽光下的河灘顯得嫵媚動人。再往遠處看，洛水匯入淮河，江面因而更加遼闊，水流也趨於平緩。

這三句寫景，隨著時間變化，而有逐漸推展的勢態。氣候由雨而晴，畫面由暗淡而明亮，空間也由近而遠，視野更遼闊，心境亦隨之而開朗。如果說景色的描寫是心境的投影，那麼這三句既寫從細雨到放晴，也從眼前的小小河灘往前推到遠處更遼闊的水面，顯現的正是一種由窄往寬處去看的心境。看得出東坡走過黃州歲月，已逐步走出生命的陰霾，心靈的天地越來越寬廣。

一般來說，詞體是絕少純粹寫景的，寫景往往是為了鋪墊所欲抒發的情意。東坡這首〈浣溪沙〉一如往例，上片三句都寫景，下片即因景而述情；景色既逐漸開闊，情意也就跟著自然舒暢。

詞的下片寫他和劉倩叔一起喝茶、食野菜的生活趣味。「雪沫乳花浮午盞，蓼茸蒿筍試春盤」。下午飲用的杯盞中，浮現一層雪白的泡沫，是上好的花乳茶。配合食用的菜餚，則是蓼菜的嫩葉和蒿菜的嫩莖。這是劉倩叔悉心為東坡準備的。年關將近，他必然想到東坡一家猶在旅途上，不可能好好過年，也不可能留下來等過完年再離開，因此他特意準備這象徵春天的野菜，何嘗不是有著提前賀節之意？而在黃州度過清苦歲月的東坡，能夠在此刻如尋常人家那樣吃著這象徵春節的盤菜，怎能不特別感受到其中的溫馨情誼？

東坡看著午間茶盞裡浮著雪白的泡沫，品嘗著新鮮清淡的野味，心裡特別感受到一種體貼的情意。所以他說，「人間有味是清歡」。所謂「清歡」，指的是心靈上沒有利害煩擾、十分閒適的歡愉，東坡認為這就是最有情味的人間樂事。那是與朋友閒話家常，精神上得到的愉悅，超越物質帶來的享受。下片這三句兼具了視覺、味覺與心靈感覺，全由生活中體會得來，平實淡雅的文字中有著閒逸溫馨的韻致。這是在貶謫的生涯裡，滋潤他生命、鼓舞他勇敢走下去的最溫柔的力量。

∞

詞的世界充滿著哀傷的情調，而在其中居然還可發現少數寫「閒逸與清歡」的詞，彷彿迷濛陰暗的霧色中出現的一道曙光，讓人看到一種曠達的精神、一種穩定生命的力量。連同前面介紹的「沉醉與消閒」、「佳興與賞景」，這些敘述「興會與閒情」的內容，都顯現出詞人心中的期待，反映了他們嚮往心靈自由的意境，追求閒適生活的心聲。詞人用心留住那美好，將它記錄下來。我們從中也可以得到些啟發：珍惜人間情誼，回歸自然質樸的本性，保持熱愛生命的態度，方能領略真正的閒情。

之十六

飄蕩到回歸

詞境與心境的開拓

詞的情感世界，多是些愛情失意、離合悲歡、生死契闊、時空流轉、壯志難酬的內容，充滿著傷感的情調，確實最易觸動人心，因為這些都是人間常見的情事、普遍存在的事況。這些詞篇多是作者緣情而發，也偶有言志的成分。我們都知道，「詞之為體，要眇宜修」，善於寫幽微的情思，議論說理皆非其所長。大部分詞人寫情皆能「入乎其內」，寫出人間生活中常有的愛恨情仇，以及掙扎在其中的苦惱；但能勇於承擔，真誠面對，並加以反省深思，得到超脫解悟，而「出乎其外」的則不多。

古典詩詞的美，簡單來說有四個要項，就是四種「格」。顏崑陽在《李商隱詩箋釋方法論》一書中分析說：第一是「情」，乃是主體內在的情感。情感的形成，或因人事，或因物色等各種經驗，已在心中蘊蓄，而有悲歡哀樂的實質性情緒，卻偶然情與景會，而觸景生情。第二是「趣」，是指包括一切外在之人、事、物的生活狀況，也就是「物」的形態、性質、精神所供給的趣味，它比較接近由審美對象所伴生的美感與快感。「情」與「趣」的差別是，以情為主，自有悲歡之分，而趣格之作雖也是直覺感性經驗，但它不是心中自生的情緒，而是物所給予的趣味，無所謂悲歡。第三是「意」，就是將感性直覺經驗作為對象而加以反省，並由解悟而形成價值判斷的意念。第四是「理」，「意」與「理」的共同處是它們皆將感性直覺經驗作為對象，其分別處則是「意」仍在個別主體的意念層次，不具客觀普遍性，而「理」則已超越個別主體的意念，客觀化為普遍主體的同感共識。

宋詞多為情的表現，宋詩則多意趣，而宋文亦多發議論、敘事說理。像蘇軾、張孝祥、朱敦儒、辛棄疾等詞人，非一般的純粹詞人，他們以詩為詞，以文為詞，於一般的情緒表達外，亦於詞中注入了趣味、意念或哲思，因此詞體便有了更豐富的情意內容、更多樣的境界。

如何面對人生的愁苦？早期的宋詞中偶而可以看見一些有所體悟的論調，如晏殊說：「滿目山河空念遠，落花風雨更傷春。不如憐取眼前人。」又說：「勸君莫作獨醒人，爛醉花間應有數。」歐陽修說：「直須看盡洛城花，始共春風容易別。」都可以看到詞人表現出曠達的懷抱和豪宕的意興。東坡〈水調歌頭〉說：「人有悲歡離合，月有陰晴圓缺，此事古難全。但願人長久，千里共嬋娟。」則是經過一番思辨，以理導情，展現出一種超曠的精神。這些都是「出乎其外」，詞人努力在情感的愁苦中找到的一些紓解方式，有所體悟後所表達出來的一番理念。

蘇軾以後，詞的情意世界更加開闊，我們可以看見一些較有強韌生命力的詞人，他們認真面對生命、努力思考人生問題的方式與態度，頗有啟發性。這個單元叫「飄蕩到回歸——詞境與心境的開拓」，就是想透過這些有啟發性的詞，讓大家學習如何在時空流轉、到處飄蕩的生涯中，尋得生命的安頓，回歸內心的寧靜，而不至於終日徬徨不安。

作者在詞的世界中歷練，而有所感悟，創造出高遠的意境。讀者也是一樣，可以從閱讀中興發感動，有所體會而得到成長。文學欣賞有三個層次：第一是感性的層次，可以得到閱讀的興味與快感；第二是結構的層次，可以享受文學的美感；第三是境界的層次，可以藉此激發生命的悟感。

這個單元就是和大家分享宋詞開拓的境界，有別於前面許多單元著重分析情感與情趣的內容與特質，這裡則偏重情意與情理，即詞中的情意體悟與哲理思辨等方面。

01

洞識人情世界

辛棄疾〈鷓鴣天〉、朱敦儒〈臨江仙〉

所謂「世事洞明皆學問，人情練達即文章」（《紅樓夢》語），詞人閱歷廣博且能通曉人情世故，或是經歷人世的是非得失，深悉人間的險惡，知所進退，有時會在詞中表達出這份深明通達的智識來。不是無病呻吟，而是有感而發，多少帶點警世的作用。

我們來看辛棄疾的〈鷓鴣天〉：

唱徹陽關淚未乾，功名餘事且加餐。浮天水送無窮樹，帶雨雲埋一半山。　今古恨，幾千般，只應離合是悲歡。江頭未是風波惡，別有人間行路難。

這一首詞題目是〈送人〉。它沒有明確的人事時空背景，所以無法斷定寫作時間。稼軒詞集中有不少送別詞，每每都激發他多愁多感的情緒，因為他所交往的多是志同道合的人，因此在離別時，一則因為珍重友誼而有惜別之情，再者他常常會借題發揮，抒發他的壯慨之懷、鬱勃之氣。這首〈鷓鴣天〉上片敘述離別的情意，前二句敘事抒情，後二句寫景；下片則是臨別贈言，由離情別恨引出世路艱難之嘆。

開篇「唱徹陽關淚未乾，功名餘事且加餐」，這兩句是說，送別的曲子已經唱完了，可是淚水卻未乾，可見依依惜別之情。王維「送元二使安西」所作的〈陽關曲〉，唐宋以來一直被傳唱，它已成為所有離別歌曲的代稱詞。「唱徹陽關」，寫出了送別的場面。「淚未乾」，表達了哀傷的情緒。「功名餘事且加餐」，是對友人的勸勉之詞。他說求取功名不是最要緊的事，不管怎樣都要照顧好身體，每餐要多吃一些。

這裡說功名是「餘事」，而非正事。稼軒之所以如此說，可能是因為有感於功名阻滯，頓然感到此乃身外之事，不是自己能操控的，其得失成敗往往是「俯仰由人，蓋不由己」。那麼與其苦苦追求，卻總是不能如願，倒不如先管好自家的身子吧。一個「且」字，透露了無奈的心聲，有著前事達不成也就姑且如此的意思。作者稼軒是過來人，這勉人的話，多少有著自勉之意。

「浮天水送無窮樹，帶雨雲埋一半山」，寫送別時遙望的景象。天邊的流水遠送無窮的樹色，那是設想行人別後的行程。由這空間的延伸，想像友人漸行漸遠，表達了詞人極目遠送的情意。而極目所見，帶雨的烏雲正把遠處的山嶺遮掉了一半。寫山景，乃寓含「明日隔山嶽，世事兩茫茫」的意思，而添加雨雲，則借以渲染離情悲傷之感。兩句融情入景，似有若無間，別有動人之處。前兩句與後兩句，由敘事言情到寫景，看似沒有關聯，其實明斷暗接，關懷之意、惜別之情始終是貫通的。

下片筆鋒一轉，由離愁別恨引申出更讓人擔憂的事。「今古恨，幾千般，只應離合是悲歡」，這三句是說從古到今那麼多恨事，豈止離別一事才讓人悲傷？這裡的「離合」和「悲歡」是偏義複詞。離與合、悲與歡雖並舉，但實質偏重離與悲，合與歡只是陪襯而已。「只應」一句，用反問的語氣來表達激切的情意。明是送人，卻居然說離別不是最讓人痛苦的事，那麼何事最感傷痛？勢必有所說明。

作者認為，「江頭未是風波惡，別有人間行路難」。他說行人從江面上坐船離去，會碰到風高浪急，但這大自然的風浪還不是最險惡的，最險惡的是用眼睛看不到的人間世途的風浪，讓人行走進退之間備感艱難。白居易〈太行路〉詩說：「行路難，不在水，不在山，只在人情反覆間。」正說明了行路難的實質原因。稼軒這首詞最後是在提醒他的朋友，不必為離別遠行而難過，必須特別留意世途的險惡。因為人情反覆，世路崎嶇，實在不好走，也不易應付，所以千萬要小心。

送別的詞大多表達傷離意緒，而這首〈鷓鴣天〉比較特別的地方是，由離別的情事寫到臨別贈言，也就是由離情而能翻出一層，表達出在人世間更堪憂的事。「江頭未是風波惡，別有人間行路難」，抒發了對社會人生的深沉感慨，也顯現出通透人性的體會。對很多失意的讀書人來說，確實是最切身的感受。

∞

既然人情反覆，世路崎嶇，我們應如何自處？朱敦儒有一首〈臨江仙〉提出這樣的看法：

堪笑一場顛倒夢，元來恰似浮雲。塵勞何事最相親。今朝忙到夜，過臘又逢春。流水滔滔無住處，飛光忽忽西沉。世間誰是百年人。箇中須著眼，認取自家身。

朱敦儒生在離亂的時代，他有經世之才，天性卻愛自由，經勸而出仕，後因發表主戰言論，受到彈劾而被免職。不久，上疏請求退居嘉禾，晚年在秦檜的籠絡下出任鴻臚少卿，旋即致仕。他的詞可分三個時期，各期的主要風格特色是：少年時期的浪漫輕狂、中年渡江以後的傷時感舊，以及晚年的蕭然自在、清逸超脫。這首〈臨江仙〉應該是他晚年的作品，表達了歷盡人世滄桑、勘破紅塵後的一番體驗，在樸素無華的措辭中，顯露出一種得到解悟後曠遠清淡的心境。上冊第六講論「身不由己的哀嘆」時已引述此詞，以下改從洞識人情的觀點來賞析，讓大家溫故以知新。

「堪笑一場顛倒夢，元來恰似浮雲」，他說人生這場顛倒是非的夢看來真可笑，原來就像浮雲一般，漂浮不定，變幻不真。朱敦儒曲折的人生，在出世入世之間，看透了人間的憂患。他本無意於官場，卻又身陷是非之地，這就是「一場顛倒夢」了。經過一番醒悟後，他才了解原來一切都「恰似浮雲」。

「塵勞何事最相親。今朝忙到夜，過臘又逢春」，在勞苦的紅塵中，什麼最令人感到可親呢？從早晨忙到夜晚，過了臘月又是新春。由冬及春，年復一年，日日如是，只有一個「忙」字，生活的價值何在？在這忙忙碌碌之中，渾渾噩噩地過活，無法讓自己安定下來，試問如何能找到可依靠、可寄託的事，讓心靈有踏實的感覺？當然是不可能的。我們一直都在忙，不知所為何來的活著，那不是很可悲嗎？

「流水滔滔無住處，飛光忽忽西沉」，他說時光像流水滔滔不住地逝去，紅日忽忽轉眼就往西方沉落了。「流水」、「飛光」這兩個意象，喻寫時間流逝、人事變遷的迅速。而「滔滔」與「忽忽」，則加強水流之勢及太陽西墜的快速感。至於「無住處」與「西沉」，寫流水奔淌永不停息，紅日快速西落，會帶給人空虛、失落之感，好像一切都飛快逝去，什麼都留不住似的。這當然包括了青春歲月，於是他發出了「世間誰是百年人」的喟嘆，人世間有誰能活到一百歲呢？

歲月既匆匆，人生又苦短，那怎麼辦呢？詞的結拍說，「個中須著眼，認取自家身」，在這當中最要注意的是，認清自己的本真。這裡引用了佛家語，勸人明心見性，看清本來面目。如此才能做自己的主人，不以物喜，不以己悲，不受外在事物的影響，回歸內在的自我，得到真正的自在。這首詞的意旨相當明顯，有著警世的意義。

∞

以上介紹的兩首詞，皆洞識人情世界的艱難，給我們的啟發是：無論怎樣艱困，人情的溫馨和自我的肯定，都是支撐並安定我們內在生命最重要的力量。

02

走過人生風雨

蘇軾〈定風波〉、〈鷓鴣天〉

詞的意境是幽渺、沉鬱，還是超曠、高妙，與作者的性情、懷抱、學養都有關。這一講談「詞境與心境的開拓」，所介紹的作家基本上都是在生命情調上比較熱誠、強韌的一群。要感悟人生，不能是太靜態、內斂的生命，所謂能入而能出，就是在用情之餘，更要有理性的操持、勇於突破的精神，還需要一份豪情。

詞之有開拓的境界，有兩點值得注意。第一是行動力。詞的世界相對於詩，是侷促幽閉的，其所呈現的空間狹小，所敘述的時間長度也有限，往往安排一個時間片段，由下午及傍晚，或由晚上到早上，或去年與今年的對照。在近乎靜止的世界中，人被動的接受命運，感傷時序的變化，讓人特別感到時間的壓力。詞善於表達一種陰柔之美，雖然陰柔中也有著韌性，但畢竟過於含蓄收斂，氣象難免侷促。一旦詞人突破藩籬，走出閨幃世界，迎向自然遼闊的天地，領受更複雜的人生際遇，就會展現不同的境界。

從詞的閨幃世界中走出，便意味著改變了幽閉的時空感，縱身在一個更開放、未知的世界，而在這嶄新的世界能勇敢邁進的人，眼界始大而感慨遂深。詞之所以能因情而悟道，與詞人的實際行動有關。所謂在行動中洞識生命的意義，我們從東坡、稼軒等清曠豪放的詞中可以得到引證。

第二是洞察力。我們能開創生命的境界，對人生事理能有所契悟，就要對世間事物有著無比關心的熱忱、專心致志的處事態度，和輕鬆活潑的心靈，當然更需要具備敏銳的洞察力，才能看見常人所不易見到之處，在紛繁的現象中掌握到人情事物的本質。詩學上有所謂的「靈視」，是指那些具有特別洞察力的作家，能在一般日常生活的事況中發現真理，將尋常的生活經驗淬鍊出可啟迪心靈、提振精神的理念。

在宋代詞人中，最具行動力和洞察力的作家應該就是蘇軾了。換言之，東坡詞最能展現出一種睿智，情中有思，意境高遠，極富啟發性。不過，這不是單憑才智學識所能達致，是經過一番磨練才能得到的人生智慧。縱然是天才，面對人生的考驗也是十分嚴峻的。東坡的一生，正好讓我們看到了天才如何迎向現實的挑戰，不斷探索追尋，成就一個更圓融成熟的人生意境。下面我們就隨著東坡走一段風雨路途，看他如何發現生命的意義。

宋神宗元豐五年（一〇八二），四十七歲的東坡因「烏臺詩案」貶謫黃州已過兩年，生活依然貧困。他這一年的心境最為複雜。既要歸耕田野，想過閒散的生活，卻又重新肯定儒家

「尊主澤民」的理想，有著強烈的用世之心。如何在出世與入世之間取得平衡，忘懷得失而重獲心靈的自由，在時空變幻中找到自己的定位，尋得生命的安頓，是他重要的人生課題。他創作的名篇如〈寒食雨二首〉、〈定風波〉、〈洞仙歌〉、〈念奴嬌〉和前後〈赤壁賦〉，記錄了他認真面對、思考、探索而有所體悟的歷程。這些不朽的作品同時出現在元豐五年，就可知這一年的重要性了。

元豐五年，東坡整理好耕種的地方，並開始自號東坡居士，正想效法陶淵明的生活方式，豈料天不從人願，連下兩個月的雨，農事廢棄，而困居臨臯住處，東坡的心情跌落了谷底。他寫〈寒食雨二首〉，極為沉痛悲愴，詩的最後兩句說：「也擬哭途窮，死灰吹不起。」東坡作品中從未出現過如此悲痛竟至絕望之語。不過這樣的宣洩，就好像把最底層、最晦暗的氣體吐盡，〈寒食雨〉之後，東坡的心境漸趨平和，面對生命無常、人生如夢的課題，他有了更積極正向的反思，為後人留下了不朽的篇章。〈定風波〉就是其中的一首代表作。

〈定風波〉的序文說：「三月七日，沙湖道中遇雨。雨具先去，同行皆狼狽，余獨不覺。已而遂晴。故作此詞。」陰雨晴陽，氣候的變化自非人力所能操控，也往往出乎我們的預料之外。興高采烈的陽光之旅，可能瞬間風雲變色，而憂心忡忡地帶了雨衣雨傘，卻偏偏風和日麗。尋常歲月裡，我們都有類似的經驗，都曾為此怨嘆歡喜。

元豐五年，謫居黃州的東坡於寒食節後不久，與朋友一起去黃州東南三十里處的沙湖看田地。前陣子一直都在下雨，現在難得放晴，所以才有這趟出遊。走了一段路，以為天氣真的穩定了，他們便先叫僕人帶走雨具，不料途中竟又下起雨來，同行的朋友莫不感到狼狽，而東坡卻渾然不覺。沒多久雨又停了，天空放晴。東坡回家後寫下了這一段歷程，也寫出了他的體悟。途中遇雨，是很尋常的事，東坡卻能從中領悟一番道理，展現了一種超然的生活態度。詞的內容如下：

莫聽穿林打葉聲，何妨吟嘯且徐行。竹杖芒鞋輕勝馬，誰怕，一蓑煙雨任平生。料峭春風吹酒醒，微冷，山頭斜照卻相迎。回首向來蕭瑟處，歸去，也無風雨也無晴。

面對突然而來的風雨，東坡的態度是「莫聽穿林打葉聲，何妨吟嘯且徐行」，首先不要受到外在環境的影響。雨點穿過樹林打在葉子上的聲音，唏哩哇啦的，確實有點嚇人，令人緊張。但想想看，雨打在身上，不就是那麼一回事，又何必在意這擾人的聲籟？現在既無處躲雨，也不能立刻衝回家去，人在雨中就是當下要面對的處境。既然如此，那倒不如打從心裡接受它，放鬆心情，以雨聲為節拍，邊行邊吟嘯，不就好過些嗎？何況又不是獨自一人，有朋友相伴，多個照應，那是難得可以共患難的時刻，就不必過分擔憂了。不過，不要忘記雨中路滑，得慢慢行走，穩住每一步。不然一不小心讓自己受傷了，不就糟糕了嗎？而且會連累同伴，那就更不好了。

「竹杖芒鞋輕勝馬」，東坡認為走在雨中，路滑難行，也不能大意，應要踏穩每一步，因此腳要穿緊草鞋，手要拿著竹杖，穩穩當當地走在雨中的泥地上。雖然只是簡單樸素的裝備，但是能夠擺脫外在繁縟的束縛，保持悠閒自在的心境，自有一種比騎馬還來得舒適輕快的感覺。東坡於此領悟到面對逆境的態度：如果「雨」是人生旅途中難免會遭逢的橫逆，那麼何不勇敢地迎向它？當雨聲不再是煩人的噪音，泥濘不再妨礙前行的腳步，不測的風雲也不再能干擾內心的寧靜時，縱使我們一生都在困境中又何妨，又有什麼好害怕的呢？

「誰怕，一蓑煙雨任平生」，東坡表明儘管一生都在風雨中，遇著了各種厄運，他再也不會畏懼。東坡認為，個人與社會之間未必都能取得和諧，往往存在著各式各樣的矛盾，我們不能視而不見，也無須刻意去迴避。如果真的遇上了困境或災難，何不以坦然的態度去接受它，以寬廣的心胸去包容它？這裡充分展現出一份自信，一種坦然接受現實的心境，那是經過種種苦難後體認得來的。

下片寫雨過天晴及其後的體悟。「料峭春風吹酒醒，微冷」，雨停了，天空放晴，略帶微寒的春風吹到身上來，一點冷冷的感覺，觸動了更敏銳的神經，彷彿把人喚醒過來。這裡的「酒醒」，不是指醉後醒來，畢竟之前走在風雨途中哪能停下喝酒？東坡詞序裡也不曾提及此事。因此，它應該寓有從醉夢人生中轉醒的意思。東坡要表達的是，經過現實打擊，有所覺悟後的一種清冷、寂寞的感受。

而在此時，「山頭斜照卻相迎」，雨後突然放晴，讓人感到分外溫馨。經歷淒風慘雨的情境，迎接我們的是如許溫暖和煦的氛圍，好像窮途潦倒後得到的快樂與幸福，會令人陶醉，不願放棄，希望永遠都能享有。東坡認為，「已而遂晴」跟「道中遇雨」都一樣，既不能過度擔憂，也不能過度沉醉，應該時刻保持清醒冷靜的頭腦，「不以物喜，不以己悲」（范仲淹〈岳陽樓記〉），不因外物的好壞和自己的得失而影響心情。

所以最後三句說，「回首向來蕭瑟處，歸去，也無風雨也無晴」。經過轉晴之後，回望剛才遇雨的寂靜冷清之處，意思是說，走出人生的新階段也不要忘記過去的來時路，讓自己心生警惕，莫忘初衷，但千萬不要過分耽溺於往日情懷，隨時得轉身，繼續人生未竟之志，勇敢地往前走去。所謂「也無風雨也無晴」，既寫雨晴之後夜幕降臨的景象，也喻託不受悲喜情緒影響的超然心境。這三句是東坡於人生風雨的困境中走出來，自我惕勵的心聲——超越人世的風雨晴陽，達到得失不縈於懷的自在境地。

東坡有一種異於常人的靈視觸覺和感悟能力，因此常能在紛雜的事物、片刻的遭遇中發現妙理與逸趣，透悟整個人生的意義。在人生路上，尋常遇雨正如突然而來的逆境，這首〈定風波〉，顧名思義，何嘗不是藉此表達平定人生風波橫逆的態度，有「風定波止」的寓意在？

8

元豐五年由春天到初冬，東坡寫完〈定風波〉、〈念奴嬌〉、前後〈赤壁賦〉之後，心境豁然開朗許多，逐漸能夠在貶謫的生活裡體會箇中樂趣，真正做到身心皆閒逸。元豐六年（一〇八三）以後，東坡寫行旅中的體悟，就呈現了與過去不一樣的風貌。我們來看他的〈鷓鴣天〉：

林斷山明竹隱牆，亂蟬衰草小池塘。翻空白鳥時時見，照水紅蕖細細香。　村舍外，古城旁，杖藜徐步轉斜陽。殷勤昨夜三更雨，又得浮生一日涼。

這首〈鷓鴣天〉的上片四句，寫他行走在鄉野間沿路所見的景物，一句一景，頗能寫出一種隨緣發現的生活意境。「林斷山明竹隱牆，亂蟬衰草小池塘」，他說走到樹林的盡頭，對面山色明朗，而眼前一片竹叢遮蔽著屋舍瓦牆，他便往內走去，卻見小池塘周遭蟬聲嘈雜，野草枯萎。東坡沒有特別強調主觀的情緒，他用「亂」、「衰」二字，只是平實道出所見所聞的自然景象。

「翻空白鳥時時見，照水紅蕖細細香」，東坡此時在池塘邊，看著白鳥不時在空中翻飛，聞到映照在水面上的紅荷傳來淡淡香氣。這畫面相當立體生動，兼顧上下高低的景象，而且感官意識特強，既捕捉到大自然動態的一面，也體會到它的細微之處，正流露了作者閒適的心境。因為只有閒適的心，才能欣然與物相接，俯仰之間，無意中發現了自然和諧、美好、簡樸的一面，也因此才能於平凡的人生、尋常的事物裡見識到、體悟到那本來就存在的喜悅。

白鳥翻飛的景象令人欣喜，帶出了盎然躍動的精神，而紅蕖飄香，則喚起了內心幽微細緻的感受。通常來說，我們的感官意識在心情煩悶、精神沮喪或極度焦慮的時候，往往會顯得不清晰，甚至有點麻木，不時會出現視而不見、聽而不聞、食不知味的現象，一切都感到冷淡、乏味、無趣。當我們的心情好轉了，感官方面就會有所反應，各種視覺聽覺嗅覺會逐漸恢復，聲色氣味的感受便會煥發有生氣。文學作品出現的感官意象，可反映作家的心情狀態。東坡〈鷓鴣天〉詞這四句的感官意象，相當鮮明、活潑且有生機，是他走過情緒波動變化最大的元豐五年後，心境漸趨平和安逸的一種表現。

下片三句繼續寫他的行程，以及事後的感想。「村舍外，古城旁，杖藜徐步轉斜陽」，他拄著手杖，漫步於村舍外、古城旁，不知不覺就到了夕陽西下的時分。空間的變動，帶出時間的推移，貼合詞體隨樂律往前推進的敘述模式，寫來平實自然。

結語兩句是此番遊賞的總結，「殷勤昨夜三更雨，又得浮生一日涼」。如果不是老天爺殷勤降雨，體貼人意，下得及時，又怎得此生難得的一天涼意，讓人有一趟美好的旅程？換言之，這「一日涼」原來是來自「昨夜三更雨」。想想昨夜三更之時，不管是終夜難眠卻又聽著雨聲，還是被雨聲吵醒而睡不著，心情必定煩悶不已，也擔心天亮後到處泥濘。沒想到一覺醒來，雨已停了，換來一整天的涼快，得到一趟快樂的出遊，此時他對昨夜所惱恨的那場雨反而充滿著感激之情。

引申言之，東坡此時的閒情，又何嘗不是因為現實上的失意而得來的呢？如果不是發生了「烏臺詩案」，沒有貶謫到黃州來，自己又怎能過得如此閒散，得以享受家居生活，優遊在自然山水之中？人生許多事情總是福禍相倚。我們對生活難免會有所不滿，當下充滿著怨嘆、悲憤、驚恐、煩憂的情緒，然而一旦事過境遷，回過頭來看從前種種，反而會發現自己在其中別有所得、另有收穫。到了這個時候，我們不禁也要感激那些挫敗與失意、那些災難與困境。

東坡說「殷勤昨夜三更雨，又得浮生一日涼」，他顯然已從怨恨的牢籠中解脫，放下是非得失之心，做到了「忘」而能「遊」、身心俱閒的境地。這就是一種曠達的胸懷。

元豐六年開始，四十八歲的東坡在作品中經常出現「閒情」生活的書寫。所謂閒情，對東坡來說，是生活實踐的一種方式，在行動中自然顯現，而非概念的認知，也不是靜態的心靈體悟而已。因為是日常生活的體證，切合人情，就容易引起大家的共鳴。

03

境界的感悟

辛棄疾〈醜奴兒〉、〈定風波〉、蔣捷〈虞美人〉

境界之能有所感悟，是要經歷事情後，回顧反省才能體察出箇中的意義。換言之，它需要前後不同時期的對照，兩相比較，才能意識到其間的差異，覺察到它特殊的意義，從中增進對生命的認知。年少時的價值觀或對生活的體驗，與年長後的看法自然會不同。

人們經歷過許多人生的波折，洞識人情世故，覺今是而昨非，是常有的事。在詞的世界裡，敘述這種體會的詞不是很多。詞主要是抒情，抒發當下的寂寞哀傷之情，如果是以過去的歡樂對比今日的哀愁，往往著重在凸顯現在的悲痛；而能拉大時空的距離，了悟到其中的變化，加深對生命的體驗，並將之化為一種意念來陳述，那畢竟是少數詞人才有的體悟。

這一節的主題是「境界的感悟」。這裡所謂的「境界」，是指詞人思想覺悟和精神修養所呈現的一種特質，而達到一個更深刻或更高遠的層次。至於「感悟」，這裡指的是詞人對特定情事所產生的感想與體會，而領悟到某種道理的意思。

在第十三講談「欲說還休」的主題時，和大家介紹過辛棄疾的〈醜奴兒〉一詞，那時的重點是談詞的「無言之美」。現在我們重新檢視這首詞，看它如何運用詞的上下片，以秋日登樓的愁情做對比，分別敘寫人生的兩個階段。

少年不識愁滋味，愛上層樓。愛上層樓。為賦新詞強說愁。　而今識盡愁滋味，欲說還休。欲說還休。卻道天涼好箇秋。

這首詞以「而今識盡愁滋味」，反過來認定「少年不識愁滋味」，這是經過人生一番歷練後的體認。當時登樓賦詞所說的愁，現在看來，感覺好像沒有什麼實質的內涵，體驗不夠真確深刻。可是那時候身在其中，心中的愁怨當然會自以為是最真實無誤的。

少年時代的我們一往情深，通常都會堅持自己的看法，執迷不悟，不時會強化自己對愁滋味的感受，以為這是絕對的、不容懷疑的一種體驗。可是隔了一段時間，離開當日的時空環境，經歷了更多的事情後，回頭去看昔日的表現，不免會認為過去的所謂愛恨情仇，比起今日「識盡愁滋味」的情況，就顯得膚淺得多了。以前視為那麼嚴重、那麼不得了的愁恨，現在都覺得沒什麼大不了。而且，飽經憂患、歷盡滄桑，真正嘗到「愁滋味」的人，更深刻地了解到此中的滋味純粹是屬於個人的，也非筆墨所能形容。所以說「欲說還休，欲說還休」。人生的體驗、心靈的感受，都不是語言所能完全傳達的。

相對來說，體會淺的人自以為是，往往喋喋不休，說個不停；而體會深的人則通常顯得沉默，不願多說。所謂「如人飲水，冷暖自知」，不是和自己一樣經歷過這種種悲苦的人，如何能感同身受？而語言也是有限制的，無法道盡這一切，只能心領神會。如果對方沒有相應的體驗，也不易有真正的同情與了解，自己多說也無益。而且那些不順心的事兒，說它有什麼意思？與其舊事重提，徒然傷感，那倒不如不說，讓自己好過一點。還有一種情況是，自己已走出過去的陰霾，對於愁已有深切的了解，也有相對化解之道，反而可以淡然處之，這時候也就沒必要去說愁道恨了。

現在登上高樓，已非「為賦新詞強說愁」的心境，整個心思不再只有當日那種愁怨的事情，那時寫出來的作品都是借景而言愁。而今已深諳愁的滋味，想說又不知從何說起，那就不說這些了，要說的話，就是「天氣涼快，好個秋天啊」。

稼軒之所以要說不說，「卻道天涼好箇秋」，是因為體會既深而不願多說，或是情意複雜難以表達，對此刻的時局有著難言之隱，所以顧左右而言他，以秋涼天氣這樣的輕鬆話一語帶開？還是他嘗盡了愁而能超脫於愁，對於愁可以淡然處之？那麼，能欣賞秋天的美好，領受秋涼的快意，就是他能擺脫人間愁恨而有的灑脫精神的一種表現嗎？作者既然不願意說出箇中原委，它的言外之意，就留給讀者自行體會了。

這首小詞寫出了兩段人生情境，閒話家常，卻寓有一番深意。稼軒的愁不是一般的男女情愁，而是與時代身世密切相關，那是極悲鬱、壯慨的愁情。國事蜩螗，年華漸老，稼軒又兩度被罷官，過著閒居無聊的生活，體驗更豐富，感慨就越深，精神境界也跟著變化，而有不同層次的體會。他亦常常回憶舊事，時相比較，清楚意識到其間的異同，有所領悟，不時就反映在詞篇上。這首〈醜奴兒〉就是很好的代表。

∞

稼軒以生涯兩階段呈現今昔對照之感，還有一首〈定風波・暮春漫興〉：

少日春懷似酒濃，插花走馬醉千鍾。老去逢春如病酒，唯有，茶甌香篆小簾櫳。卷盡殘花風未定，休恨，花開元自要春風。試問春歸誰得見，飛燕，來時相遇夕陽中。

這也是稼軒閒居帶湖之作。暮春三月，群花已逐漸凋謝，大好春光不久便消逝，是令人傷感的季節，尤其對老年人來說，容易引發青春不再的感嘆。詞題「漫興」，有興之所到、隨手寫出之意。稼軒這首詞是要寫他因某些暮春景象而引起的情緒，率意為之，並不刻意求工。

上片以「少日」對比「老去」的生活情境，就是以少年春意之狂態，襯托老來春意之索然，顯示了生涯兩個階段的心境變化。

「少日春懷似酒濃，插花走馬醉千鍾」，他說在少年時代，春天的情懷像酒一般的濃烈，整天折花插鬢，騎馬踏青，一個勁兒喝下千鍾酒。顯見當時縱情狂歡的情態。然而一旦老去，整個心境就大不相同了。「老去逢春如病酒，唯有，茶甌香篆小簾櫳」，現在人老了，再次遇見春天，一點興致都沒有，好像因過去喝酒過量而感到難受，如今看到酒就厭煩害怕。「插花走馬醉千鍾」的事，再也做不來了，該怎麼辦呢？只好過著「茶甌香篆小簾櫳」的生活，就是獨自在垂著簾子的房間裡，燒一盤香，喝幾杯茶，來消磨時光。以前，整個人生彷彿融入春光之中，充滿著熱情與朝氣；如今，也許是怕觸景傷情，就有意地與春天疏遠。可見稼軒這時候的心境顯然有些蕭索。

下片描寫暮春景象，景中有情，情中有理，寓意頗深，相當耐人尋味。「卷盡殘花風未定」，這正是暮春淒美的景象。春風把剩下的花瓣也給捲走了，但它還是沒有停息。風吹花落，花落春殘，是不可抗拒的必然現象。然而春風不斷地吹，把花吹落捲走，而今已「卷盡殘花」，風還不肯罷休。眼看這樣殘敗的景象，怎不令人更生怨恨？

詞人面對這景象，在極端傷感之餘，居然在理智的觀照下，意識到世間事物的盛衰榮枯而引起的悲喜情懷，其實是相互依存的。花開花落，春去春來，是自然的現象。所以他說「休恨」，就是不應去恨春風，怨春風無情。為什麼？因為「花開元自要春風」，花開本來就要有春風才行啊。當初如果沒有春風的吹拂，花兒又怎麼能夠開放？人們因花開而喜，花落而悲，其實與花何干？與春風何干？那是人自身的問題。而少年賞春，老年傷春，時常陷入相對的情境中而生出今不如昔的感慨，那與春天也沒有關係，是人太過執著於某種情懷所致。歐陽修〈玉樓春〉說：「人生自是有情癡，此恨不關風與月。」稼軒此處的體會與歐公略有相似。

詞的最後，以景寓情，寫出一番體驗後的意境。「試問春歸誰得見，飛燕，來時相遇夕陽中」，他說春天歸去了，試問誰曾看見？也許從遠方飛來的燕子在夕陽中遇見過它吧。春之歸去，夕陽之西沉，都代表美麗的景色隨時間而飄逝。然而燕子與它們相遇，再次飛來舊處，依稀帶著春天的消息，還保留著一點春天的情懷在它的身上。然則，燕子既是春歸的見證，那麼春歸燕來，一往一返間，不是寓含著變化中依然存在某種不變的事理？這首詞的結尾兩句，語調相當平和，作者顯然在此找到一絲絲溫暖的慰藉。這不由得讓人想起晏殊〈浣溪沙〉「無可奈何花落去，似曾相識燕歸來」的那種意境。

稼軒的〈醜奴兒〉運用詞的上下片，清楚對照前後階段的心境，結構相對比較單純。而〈定風波〉這首詞，在上片即以「少日」與「老去」的情境對比，更在下片藉面對暮春的景象加以思辨，情境多了一層轉折，境界就更開拓了。

∞

詞體的結構多為上下兩片，適合今昔對比，以凸顯人生兩個階段的不同。但也有作家打破這個慣例，在詞中安排超過兩段人生的設計，呈現出更多變的意境。我們看宋末元初詞人蔣捷的〈虞美人〉，就不得不嘆服他的表現。他在詞裡論述了一生中三個階段的心境變化：

少年聽雨歌樓上，紅燭昏羅帳。壯年聽雨客舟中，江闊雲低斷雁叫西風。　而今聽雨僧廬下，鬢已星星也。悲歡離合總無情，一任階前點滴到天明。

蔣捷生當宋元易代之際，他是宋度宗時進士，可是不久宋朝就亡國了。他的一生大部分時間是在戰亂中，顛沛流離，飽經憂患。這首詞正是他憂患餘生的自述。

這闋小詞，作者以「聽雨」的主題，涵蓋人生的三段歷程，分別是少年的浪漫生活，聽雨歌樓上，只知追歡逐笑，享受陶醉；中年的飄泊生活，浪跡天涯，身處淒風苦雨中，倍感孤寂悲涼；以及亡國以後，晚年寂寞孤獨的生活。一生悲歡離合，盡在雨聲中來體現。

這首詞將數十年的時間，配合相應的空間，全壓縮在五十六個字中，敘寫有層次，行文流暢自然。在情意世界中既入而又能出，情韻深長，頗有境界，是蔣捷的名篇。

人生有不同階段，各階段聽雨的心情因時間、地域、環境的不同，而有著不一樣的感受。

第一是少年時期。「少年聽雨歌樓上，紅燭昏羅帳」，他說少年輕狂，風流自賞，只知一味縱情詩酒，留連歌臺舞榭，過著紙醉金迷的生活，在紅燭搖曳、羅帳輕暖的溫柔鄉裡，夜夜沉酣纏綿。

這裡「歌樓」、「紅燭」、「羅帳」等意象交織成綺豔的世界，傳達出春風駘蕩的歡樂情懷。人們在如此溫馨的世界中，正揮霍著他們的青春歲月。而在歌樓上聽雨，點點滴滴，彷彿為歌舞生活助興，平添了些浪漫的聲籟，增加了些情趣。不過另一方面，風雨樓外，則暗指置身於動蕩的時世之外，有著逃避人生苦難的傾向。那麼聽雨歌樓，著重的是渲染不識愁滋味的狀況，以此反襯日後處境的淒涼。

第二是壯年時期。「壯年聽雨客舟中，江闊雲低斷雁叫西風」，是說人到中年，過去那種無拘無束的日子竟成了過眼雲煙，如今到處流浪，這時候聽風聽雨又是怎樣的情味？居無定處，人就好像被拋擲在時空中，成了這個現實世界裡的過客，猶如一葉孤舟浮沉在遼闊的江海中，既不安穩，又茫茫不知所歸。這種浪跡天涯、四處飄泊的心境是怎樣的情狀？

客舟聽雨，聲聲入耳，催化出無盡的愁思，如在心裡淌淚，使人分外淒傷。而映入眼簾的是寬闊無垠的江面，低壓的雲層又給人沉沉的壓迫感，傳入耳畔的是失群的孤雁在西風中的悲鳴，叫人聽著、看著、感受著這些景物，情何以堪？想想詞人的身世，何嘗不像那離群的孤雁？這兩句將中年飄搖於風雨、流離於江海，不勝行役之苦，寫得情景交融，十分真切感人。雨聲、風聲和雁叫聲，共同營造了客子舟中極度孤寂悲涼的心聲。

第三是老年時期。「而今聽雨僧廬下，鬢已星星也。悲歡離合總無情，一任階前點滴到天明」，作者用整個下片寫老年的生活和心境。不只敘事寫景以寓情，最後寫總結，對於人生有了一番新的體認——這是歷盡滄桑苦難後的澄澈寧靜，生命由絢麗而復歸於平淡。

「而今聽雨僧廬下，鬢已星星也」，是說現在年事已高，鬢髮既白又稀疏，暫時寄住寺院，入夜時，在僧廬下聽雨，不再是少壯時的浪漫和飄泊心境。而今看破虛空，外面的風風雨雨已挑不起什麼情緒，那就任由雨點一直滴落在臺階到天亮。「悲歡離合總無情，一任階前點滴到天明」，就是說人世間各種悲歡離合都是相對的，總歸於無情。生命中曾有的風平浪靜，或掀起過的驚濤駭浪，而今也都漸去漸遠，如雲淡風輕，盡皆散滅。人如能解開執念，勘破了生命的虛幻無常，不再動心起念，就不會惹來煩惱了。那麼階前的雨聲似有若無，隨它自來自去，消融在自然宇宙裡。

蔣捷最後的體認是無情，還是有情？是一種真正徹悟的境界，還是看似「超脫」實為「沉痛」的一種表現？過去的評論各有主張，那你以為如何？

04 境界的探尋

晏殊〈蝶戀花〉、柳永〈蝶戀花〉、辛棄疾〈青玉案〉

「境界的探尋」這一主題，是偏重讀者的感受，看詞如何激發我們內心的情緒，開拓生命的境界。詞注入了作家的情意與精神，結合了優美而細緻的韻律，形成一種容易觸動人心的抒情文體。讀者沿著跌宕的文辭與聲韻，興發感動，不但喚起自己相類似的情緒，引起共鳴，有時更會因情起興，觸類旁通，聯想到許多生活體驗，啟發了某些帶有哲思的看法。

晚清學者譚獻的〈復堂詞錄序〉說：「又其為體，固不必與莊語也，而後側出其言，旁通其情，觸類以感，充類以盡。甚且作者之用心未必然，而讀者之用心何必不然。」他認為詞這種文體，不必都是莊重的話，我們可以從不同角度去體會它的言外之意，交相感應，啟發出更多、更深的情意。「作者之用心未必然，而讀者之用心何必不然」，是說作者在創作時未必有那樣的意思，但讀者在閱讀時未必不會有那樣的意思。這說明了讀者在閱讀文本、詮釋作品時，可自由發揮聯想。

沈德潛《唐詩別裁集・凡例》說：「古人之言，包含無盡，後人讀之，隨其性情淺深高下，各有會心。」文學創作乃包含一種精神的創造性的特質，而作品中精神性的自我與現實生活中的自我，在本質上自有區分。就作者而言，當作品寫出來後，創作的意義就已經完成。作品要成為美學的客體、要顯現意義，得須讀者來參與。讀者依憑他的個人知識、品味，在特定的時空場合中閱覽、賞析，與作品交流共感，本身也是一種創造性的活動；因為詩的語言是多義性的，讀者可以依循作品的文理，將許多潛伏而不甚明確之處加以填補、發揮，賦予較具體的內容。既然創作與閱讀都包含著活動性與創造性的因素，那麼不同讀者的「會心」之處，與某一作者的「用心」之處，就不能隨便劃上等號。

上文所述，特別強調了讀者在詮釋活動中的主導性地位，容易給人一個錯覺，以為文學的詮釋漫無標準，是可隨意發揮的。但事實上，詮釋的過程既然是作者與讀者之間的交感活動，在自由聯想中勢必有其限制的一面，不然就無所謂溝通，因為獨斷的主張破壞了溝通的基本原則——尊重。過分強調作品的客觀性，以為作品的解釋如同解謎一樣，而且只有一個答案，這種態度禁錮了文學的活潑生命力，固然值得批判；而任意行事，無視於作品的客觀存在，以一己之意強加於作品之中，這種濫用自由聯想的詮釋行為，同樣不值得嘉許。

文學詮釋活動基本上就是一個主客觀互動、辯證的過程。《孟子・萬章篇》說：「故說詩者，不以文害辭，不以辭害志。以意逆志，是為得之。」什麼是「以意逆志」？朱子的解釋是，「以己意迎取作者之志」。就是讀者因文起興，以己意追索並體悟作者的意旨，在這順逆往返的詮釋過程中，務必在「不以文害辭，不以辭害志」的條件下進行。換言之，詮釋必以文本為依據，乃不容置疑的事實。

文學作品的詮釋，乃由字以識句，由句以識篇；反過來看，不知篇意難以掌握句意，不懂句意則對字義的體會可能就不夠深刻。因此，需要隨時調整角度，交互引證，方可有得。至於審查字句的解釋是否有所偏失，除了可將其放在篇章結構的大脈絡下來加以檢視外，還須斟酌其釋意有否超出字義的引伸範圍，以及一般的語言結構成規。依此，文學詮釋到底還是有它的「客觀標準」的。讀者的語文感受能力有異，可能有深淺不一的看法，但必須受制於文本在文辭字句上的客觀要求，而罔顧這一尺度，斷章取義，就不足取了。

譚獻所說「作者之用心未必然，而讀者之用心何必不然」，的確還給讀者在詮釋過程中所應得的主導性地位，不必完全受制於作者的「用心」，讓讀者有更大的自由聯想空間。不過若任由讀者主宰詮釋活動，卻又容易陷入絕對的主觀，產生種種弊端。這是需要小心操作的。

在詞論裡，抱持讀者「何必不然」的「用心」，去詮釋詞的意境，最有名的是王國維《人間詞話》的三種境界說：

古今之成大事業大學問者，必經過三種之境界。「昨夜西風凋碧樹，獨上高樓，望盡天涯路」，此第一境也。「衣帶漸寬終不悔，為伊消得人憔悴」，此第二境也。「眾裡尋他千百度，回頭驀見（應作「驀然回首」），那人正（一作卻）在燈火闌珊處」，此第三境也。此等語皆非大詞人不能道。然遽以此意解釋諸詞，恐為晏、歐諸公所不許也。

王國維明明知道三首詞的原意，是與「成大事業大學問」不相關的，所以他認為三位詞人應該也不贊同他這樣去解釋這些詞。那麼他是故意斷章取義，還是有如此解讀的根據？我想，我們須先了解這三首詞，再看看他擇句放在成就大事業大學問的理路上另作解讀，是否合理。

8

第一種境界所引的是晏殊〈蝶戀花〉的詞句，原詞是：

檻菊愁煙蘭泣露。羅幕輕寒，燕子雙飛去。明月不諳離恨苦，斜光到曉穿朱戶。昨夜西風凋碧樹。獨上高樓，望盡天涯路。欲寄彩箋兼尺素，山長水闊知何處。

這首詞寫懷人念遠之情。內容大概是這樣的：欄杆外，菊花被煙霧籠罩，像是含愁；蘭草沾有露水，似在哭泣。羅幕內外有些輕微的寒意，燕子雙雙飛走了。明月不了解人們離別的苦楚，月光在天亮後還斜斜地穿過朱紅色的窗戶透進來。上片寫秋天日夜所見的景象，充滿著主觀的情意，顯露出觸景傷情、望月懷人的淒苦。

下片說，昨夜裡秋風吹落樹上綠葉。我獨自登上高樓，就目力所及，遙望著前往天涯的路途。想寄封書信給你，可是山重水複，天地遙闊，不知你身在何處，又如何能寄到你那裡？下片寫意識到時序入秋，感嘆時光易逝，倍感寂寥，因此登樓望遠，看著天涯遠處漫漫長路，盼望對方歸來。但道路阻且長，書信無由寄達，既表現思念之殷切，也流露無奈、鬱悶的心情。

「昨夜西風凋碧樹，獨上高樓，望盡天涯路」，這三句不過是寫秋日之悵望，王國維何以說是追求人生高遠意境的第一個境界呢？

這應是出於一種意興的聯想。就是這三句裡有一種往上提振的精神，不管是在愛情中或其他事業的追求上，有著相對的共通性。秋風吹落葉，自然令人聯想到年長後一事無成的困境，古詩詞常有的悲秋情懷，大致就是這樣。這種對生命凋傷的感受，容易讓人增加時間的壓迫感，使人於不滿過去與現在的狀況下，逼著自己認真面對未來，找到更好的出路。如果我們不想一直處於失意與不滿的情狀，長期陷溺在憂愁苦悶中，就得勇敢去掙脫，找到生命的指引，而人生有了定位與方向，才會有前進的動力，才能為生命賦予意義，不至於終日焦慮不安。

因此，在「昨夜西風凋碧樹」之後，接著就是「獨上高樓，望盡天涯路」。「獨」，可視為想要追求自己的人生理想時的一種狀態，那是個人經過反省後的抉擇。獨立自主的行為，是忠於自己的態度。「上高樓」，可視為從之前的處境中提振起來的動作，是生命意志的煥發，表現為對高遠理想的嚮往。「望盡天涯路」，就是登高之後，發現更遼闊的天地開展在眼前，引發出對廣遠境界的期待。在時間的推移變化中，人依然相信心中的一份情，用行為證實它的存在價值，於是努力讓自己振作起來，殷切盼望著、思念著對方。

這種用情態度，它的精神本質，與追求人生理想是有相通之處的。因此，王國維就以晏殊這三句詞為第一種境界，比喻人在成長過程中擺脫了昔日幼稚的耽溺與自我的蒙蔽，油然而生的一種對高遠理想的追求、對美好未來的嚮往之情。

8

第二種境界所引的，是柳永〈蝶戀花〉的詞句，〈蝶戀花〉又稱〈鳳棲梧〉。在上冊第八講談「宋人化解時間憂慮的方式」中「執著的熱誠」那一節，已經跟大家介紹過了。為了分析方便，再簡單說說它的內容：

獨倚危樓風細細。望極春愁，黯黯生天際。草色煙光殘照裡，無言誰會凭闌意。擬
把疏狂圖一醉。對酒當歌，強樂還無味。衣帶漸寬終不悔，為伊消得人憔悴。

這首〈蝶戀花〉寫春日懷人，上片寫倚樓凝望，春愁無邊，無人理解的心情；下片寫唱歌飲酒都無法紓解的愁怨，透露了為愛而甘心受苦的執著情懷。「衣帶漸寬終不悔，為伊消得人憔悴」兩句，充分展現出無怨無悔、不顧一切的熱誠，這是十分強烈的誓詞。

柳永在詞中只是寫戀愛中的相思之苦，但這種擇一固執而殉身無悔的精神，卻不僅見於戀愛中，王國維認為追求人生理想也需要這種精神，所以列為第二個境界。意思是，追求理想是一段艱苦的歷程，須以專一執著的精神才能達成。要成就偉大的志業，如同成就幸福的愛情，是不能三心兩意的，要情有獨鍾，選擇唯一的理想對象去追求，擇定之後就要全力以赴，「生死以之」，「造次必於是，顛沛必於是」（《孟子．里仁篇》）。理想的達成需要時間，時常會遇到難以逆料的困境，知難而退的人比比皆是，見異思遷的人亦復不少，我們如果缺乏殉身的熱情，不能抱定無悔的決心，終身都難以成就大事業、大學問。

這樣看來，王國維以柳永的「衣帶漸寬終不悔，為伊消得人憔悴」這兩句詞，比喻為追求高遠理想必須具備的專一執著精神，作為第二種境界，也是合理的聯想。

8

第三種境界所引的是辛棄疾〈青玉案〉的詞句，原詞是：

東風夜放花千樹，更吹落、星如雨。寶馬雕車香滿路。鳳簫聲動。玉壺光轉，一夜魚龍舞。　蛾兒雪柳黃金縷，笑語盈盈暗香去。眾裡尋他千百度。驀然回首，那人卻在，燈火闌珊處。

這闋詞題為「元夕」，上片描繪了元宵節張燈結綵，遊人如織，樂聲雜作，光影迷離，十分歡樂的畫面；下片則寫賞燈的男女，以及一段邂逅相逢的情事。整首詞充滿著動態之美，風在吹，燈在轉，車馬在走動，簫聲在飄蕩，女子遠去，男子追尋，直到最後一個轉身回望，目光才停在「燈火闌珊處」。

稼軒詞一向善於用動態的意象、多重的感官書寫，營造詞境的精神與活力。這首詞結合了各種元宵節的元素，寫出了充滿動感的節日氣氛，而尤為難得的是，在人來人往、衣香鬢影之間，穿插了一段浪漫的追求情節，更彰顯了這一佳節的人間情味。比起歐陽修〈生查子〉「去年元夜時，花市燈如畫」那首元宵詞，用今昔對比的方式，表現好景依舊而人事不同的悲哀，辛棄疾這首〈青玉案〉則潛藏著一份幽隱深摯的情思，更富感發的意興。那是因為它展現的是一段艱辛的追尋、探索歷程。

詞的上片主要是交代場景。「東風夜放花千樹。更吹落、星如雨」，形容彩燈綴滿街頭，有些像是千萬棵樹上被春風吹綻開的花朵；有些則像流星雨一般地飄揚在夜空之中。「寶馬雕車香滿路。鳳簫聲動，玉壺光轉，一夜魚龍舞」四句，接寫元宵節遊人歡樂的場景——藉由車水馬龍、樂聲飄蕩和彩燈旋轉等畫面，烘托出氣氛的熱烈和場面的壯觀。

下片則從熱鬧的場景聚焦在人物身上，帶出後面的情節。「蛾兒雪柳黃金縷，笑語盈盈暗香去」兩句，落筆在一群婦女結伴賞燈遊街的情景。她們的頭上戴著鬧蛾兒、雪柳、鵝黃色的縷絲等飾物，她和同伴們笑著說著，輕盈盈地掠過男子的身旁，空氣中隱約飄來一陣香味，可是轉眼之間，那女子便消失在人叢之中。這處的重點是「笑語盈盈暗香去」，在人擠人的情況下，走在女子身後，男子只看到她頭上美麗的飾物，讓他砰然心動的是無意間聽到那盈盈的笑語、聞到那淡淡的香氣，因此產生了傾慕之情，於是展開了一段追逐的歷程。

「眾裡尋他千百度」，美麗者雖眾，他卻情有獨鍾，而千百度的追尋，可見他是多麼用心。但人實在是太多了，他怎麼找都找不到，真是令人惆悵、令人失望啊。正當他想放棄的時候，把追尋的眼光收回來，轉身之時，「驀然回首」，竟無意之間看見了她。「那人卻在，燈火闌珊處」，原來她不在熱鬧的地方，而是在燈火冷落之處，多麼令人感到意外啊。所謂「踏破鐵鞋無覓處，得來全不費功夫」，這時候他該驚喜，還是落寞？詞的情境在翻轉之間做這樣的收束，留給讀者無窮的回味，和廣闊的聯想空間。

王國維認為，「眾裡尋他千百度。驀然回首，那人卻在，燈火闌珊處」，如此追求的精神與態度，得到乍見的驚喜，正與人所期待的最高生命意境的體會是相類似的。這就是他所謂的第三種境界。那境界的情境是，我們整個生命投入理想的追求，踽踽獨行，然而最高的意境總是縹緲恍惚，可望不可及，一路走來雖則寂寞，但只要我們不斷努力，偶然間也許會發現所追尋的理想其實就近在眼前。

稼軒這首詞未必是他個人切身的經歷，他寫的應是一種普遍的人間情事，也是一種愛情模式。人生所有追尋理想事物的心靈體驗，都可歸納出似乎一樣的模式來，就是：發現目標，鎖定對象，然後鍥而不捨地追尋，歷盡艱辛，不斷地遇到挫折，正想放棄時卻突然發現，其實理想就在眼前。那時會是喜出望外，還是「也無風雨也無晴」？箇中滋味只有自己才能體會了。

8

作品如能寫出一種經驗模式，便有著具體而普遍的意義，可以讓人發揮想像空間，引發不同面向的詮釋。這些詮釋彼此有著本質性的關聯，那當然未必是作者本身的原意了。由此可見，詞雖小道，多寫情愛，但詞人專注熱誠的態度，與日常人生處理或追求各種情事，在精神上是有相通之處的。因此我們讀詞，自然可以觸類旁通、舉一反三，得到許多啟發，體悟到一些可以提振人生的意境。

王國維引用三家詞，說三種境界，然後說「此等語皆非大詞人不能道」。因為大詞人用情真、體驗深、韌性強、悟性高，往往都能入其內，有些更能出其外，所以容易寫出既個別又普遍的人間經驗，詞情不僅動人，更不時指出向上一路，讓人增進對境界的領悟。

大家回想一下讀過的詞句，像馮延巳的「日日花前常病酒，不辭鏡裡朱顏瘦」、晏殊的「滿目山河空念遠，落花風雨更傷春。不如憐取眼前人」、歐陽修的「直須看盡洛城花，始共春風容易別」、蘇軾的「回首向來蕭瑟處，歸去。也無風雨也無晴」等等，不是都展現出認真的生命態度，創造了不同的境界，值得我們去探尋、去品味、去契悟？

05

此心到處悠然

蘇軾〈定風波〉、張孝祥〈西江月〉

「此心到處悠然」一語，出自南宋張孝祥〈西江月〉的詞句。詞往往是寫傷感的情緒，大多是男女相思怨別之情，其所以動人的地方，就是當事人深陷其中，有著一份執著的熱誠，可以見到詞在陰柔中依然有著一份韌性在。「人生有別」、「歲月飄忽」是詞的重要課題，對此，詞人不只是詠嘆失意的情緒而已，有時也會有豪宕的意興、曠達的懷抱，表現出化解悲哀的能力，以及積極正向面對人生問題的精神。如能「入乎其內，出乎其外」，身心都無罣礙，閒適自在，那是多麼令人嚮往的境界——這也是詞中不常出現的意境。詞人要做到「此心到處悠然」，需要具備勇於承擔生活的態度，同時也要有高度的智慧、解悟的能力和開闊的胸襟。那是一種「曠」的精神展現。

對入世情深的詞人來說，如何在時空流轉中找到生命的定位、尋得心靈的安頓，是一生努力的方向。所謂「人生如寄」（曹丕〈善哉行〉），李白〈春夜宴從弟桃花園序〉也說：「夫天地者，萬物之逆旅也。光陰者，百代之過客也。」人生在世，就像是旅行者短暫停留在旅舍一般，每個人都是時空中的過客，行色匆匆。

尤其是傳統的讀書人，出外追求功名，無不有寄跡在外、離家遠遊的羈旅情懷。而宦遊者在政治上欲往前進，往往遇到諸多阻滯，想退回家鄉卻又不能，因為辜負了家人的期許，難免心生愧疚，而經世之心徒然落空，自己也心有不甘。更須面對現實，不得不考慮生計問題，最後只能選擇浮沉宦海，弄到進退失據，心中充滿著身不由己的哀嘆。羈旅在外，時刻面臨政治上的打壓，官場的失意，加上有家歸不得的無奈，遂對時間推移、空間契闊的感受特別敏感而深刻，形成了極沉痛的時空流轉之悲。進也不能，退也不是，而生出的所謂「鄉愁」，就是家國雙雙失落、不知該往哪兒去的一種愁緒。

如果一生都在飄蕩，怎不戚戚惶惶、焦慮不安？而長年如此，不知何時能歇止，豈不也意味著家鄉將更加遙不可及？家，是讓人心安的原鄉，但長期飄泊在外的人，不斷地客中送客、別中有別，更增無家之感，心神當然也不得安寧，身體則彷若遊魂一般，終日如夢如醉。如何讓飄失的靈魂復位，尋得身心的安定，讓自己的生命回歸它悠然自在的本質，不受外在事物的羈縛，一直是熱愛生命的詞人努力追求的理想境界。

如何讓飄蕩的生命得以回歸？前面介紹過，東坡一生充滿了時空流轉失志之悲，他的詞記錄了他出入人世間、情意跌宕變化而後漸入佳境的歷程——就是一種由窄往寬處去看待人生，能擺脫愁苦的糾纏，而達到「曠」的意境。東坡在〈水調歌頭〉說「起舞弄清影，何似在人間」，這句話頗有妙理存乎其中。當他意識到不能乘風到月宮去，便轉而接受現狀，在人間自尋歡樂，這點體認相當重要。身軀隨月轉動，自有限制，但飛揚的心意卻能逸出體外。東坡以為，我們無法逃離現實人生，倒不如積極地、歡喜地接納它，因為真正的自由不在外，而在心裡，如能保持精神的自由，人間也可化作天堂。

東坡重情，有極深的入世情懷，遇到人生的挫折，他可以藉釋道思想，憑藉個人天縱的才華、豐富的學識、寬大的襟抱來化解苦惱，表現為曠達的人生觀。但他從不曾真正想脫離現實作飛昇之想，人間始終是他的福地，是他永遠的家，他安身立命的歸宿。而在這尋覓心靈安頓的過程中，人間的情誼則是他生命力量的重要來源與支撐。

人生路上不是一直都平坦的，總有許多顛簸，而突如其來的風雨，更令人措手不及。辛棄疾〈鷓鴣天〉詞說：「江頭未是風波惡，別有人間行路難。」人間最險惡的不是自然的風波，而是人心叵測、世路艱險。東坡經歷過「烏臺詩案」，面臨過死亡的威脅，劫後餘生，度過悲慘的貶謫生活。他如何走過人生的風雨？如何讓心平靜下來，做到風定波止，走出人生的坦途？東坡在黃州的第三年作〈定風波〉，寫出了一段「也無風雨也無晴」的體驗。但人生許多難題卻不是輕易就可化解的，一直要到三年後重返京師，看到昔日好友的歌妓那種甘於接受苦難的從容態度，才領悟到原來所謂「定風波」是另有一番意義的。

8

東坡在元豐八年（一〇八五）作〈定風波〉，序文說：「王定國歌兒曰柔奴，姓宇文氏，眉目娟麗，善應對，家世住京師。定國南遷歸，余問柔，廣南風土應是不好？柔對曰：此心安處便是吾鄉。因為綴詞云。」

王鞏，字定國，從東坡學為文，兩人私交甚篤。他的家世很好，是官宦子弟。「烏臺詩案」發生後，東坡貶謫黃州，王鞏也受到牽連，被貶放賓州監鹽酒稅。賓州屬廣南西路，為嶺南地區，比黃州更偏僻荒涼，生活條件更差，對富貴出身的王鞏來說，應是極艱難的挑戰。當時家中的歌女柔奴自願隨王鞏赴嶺南貶所。東坡對柔奴最深刻的印象是她長得清秀，而且聰明伶俐、善於應對。

五年後，東坡與王鞏都回到京城。在一次聚會中，東坡遇見了柔奴，他記得這位靈巧慧黠、能言善道的宇文姑娘，就試著問她：「廣南風土應該不好吧？」意指賓州貶所那邊的風俗人情殊異、地理環境惡劣，生活應該不好過。東坡這個問題有幾分想考考柔奴的意思，看她會如何回應。沒想到，柔奴回答說：「此心安處便是吾鄉。」簡單的一句話卻充滿了令人動容的智慧。東坡感動之餘，特意寫了這闋詞稱頌她：

常羨人間琢玉郎，天應乞與點酥娘。自作清歌傳皓齒，風起，雪飛炎海變清涼。萬里歸來年愈少，微笑。笑時猶帶嶺梅香。試問嶺南應不好，卻道，此心安處是吾鄉。

「常羨人間琢玉郎，天應乞與點酥娘」，「琢玉郎」是指王定國，讚美他是個美男子，如同上天以美玉雕琢而成；「點酥娘」則指柔奴，說她的肌膚柔滑嫩白有如凝酥一般。王鞏貌美如玉，令人羨慕不已，連老天爺也憐愛他，特別賜給他這樣一位佳人作伴，真是天作之合。

下文即點出柔奴歌女的身世，並想像他們以輕鬆的態度面對貶謫生涯，「自作清歌傳皓齒，風起，雪飛炎海變清涼」。柔奴的歌喉有多美？當她清麗的歌聲響起，彷彿清風吹來、雪花飄飛，炎熱的地方轉眼也變得無比清涼。這些語句頗帶幾分調侃王鞏的興味，自然也突出了柔奴毅然同行、甘於接受苦難並怡然自樂的精神。

下片敘寫柔奴的生命特質及其智慧。首先寫走過困苦歲月歸來的柔奴令人讚嘆之處，「萬里歸來年愈少，微笑」。東坡這幾年過著同樣的貶謫生活，自嘆衰老不少，如今看見柔奴從更惡劣的環境歸來，不但不顯老態，反而越發年輕，真讓人感到不可思議。眼前的柔奴依舊笑容滿面，而從她的笑意中，可感覺有著充實的內涵，那是源於一種熱愛生命的堅定信念。

於是，東坡讚美她「笑時猶帶嶺梅香」，說她的笑容裡彷彿飄散著嶺南梅花的香氣。梅花在酷寒中綻放，百花凋零而它獨傲於枝柯，因此向來被視作士人高潔、堅貞品行的象徵。東坡以梅花來比擬柔奴，讚美她有不遜於士人的高雅品格，就是肯定她自願陪伴王鞏去南方，不辭辛勞也無怨懟，那樣堅毅的精神。

柔奴如何看待那段貶謫歲月？「試問嶺南應不好，卻道，此心安處是吾鄉」，東坡的提問，柔奴簡單一句回答，卻出乎大家的意料。柔奴表示不管身在何處，只要心安，一片坦然，便能歡歡喜喜地過日子，任何地方都能成為可安居的家。

東坡之前在黃州作〈定風波〉，經過多少艱難，不斷反省思索，才能對「也無風雨也無晴」的境界有所領悟。而眼前這位小女子毋需那麼多的學問才思，但憑一份信念，愛其所愛，就毫不猶疑地向前走去，便能安然度過艱困的歲月。就是那麼的簡單、那樣的單純，令東坡產生極深的感慨，也使他不由得不大加讚嘆。所謂「定風波」，原來可以學柔奴一樣，只要忠於自己，憑著一份熱情，然後付諸行動、勇往直前，始終無怨無悔。永遠保持著樂觀的心情迎接各種挑戰，就可輕易走出一條坦然無礙的人生大道。

東坡這首〈定風波〉，係以一種欽羨讚嘆的心情、輕鬆幽默的筆調，描述他所認識的柔奴，讀者也確實能從字面上讀到這樣一位女子慧黠與出色的表現。柔奴所謂「心安」，她好像很輕易就做到了。但事實上，王鞏貶謫南荒，生活之困苦不是一般筆墨所能形容，而且要時刻保持心境的平靜更非易事。東坡〈王定國詩集敘〉說：「定國以余故得罪，貶海上五年，一子死貶所，一子死於家，定國亦病幾死。」雖然遭遇如此，但王鞏和柔奴卻沒有被打倒，反而能微笑以對、從容化解，而後得到心安的快樂，那確實不容易。

東坡對好友因己而受牽連獲罪，應該有著深深的愧疚。如今看見他們平安歸來，既感欣喜，也慨嘆不已。這首詞在流暢的筆調下，略帶調侃的趣味，其實隱藏著許多不足為外人道的苦澀與辛酸。柔奴一句「心安」，正是劃破天際烏雲的一道曙光，讓人感到人間情愛的溫暖。東坡自認「多情」，也因情多而苦惱，感到百般無奈，他在柔奴身上終於見識到情感的正向力量。東坡為柔奴而作〈定風波〉，他對柔奴那一句「此心安處是吾鄉」特別有體會，因為這正是他一生追求的生命歸宿。

8

「此心到處悠然」，確是令人嚮往的意境。這是張孝祥〈西江月〉的詞句，原詞是：

> 問訊湖邊春色，重來又是三年。東風吹我過湖船，楊柳絲絲拂面。　世路如今已慣，此心到處悠然。寒光亭下水如天，飛起沙鷗一片。

南宋高宗紹興三十二年（一一六二）春，張孝祥自建康還宣城，途經溧陽（今江蘇溧陽）時，作了這首詞。三年前，張孝祥在臨安兼權中書舍人，後為汪徹彈劾被罷。不久到撫州（今江西臨川）擔任知州，一年後又罷歸。這樣前後三年之內，兩次遭罷官，宦海風波磨去了他的少年銳氣，使他的心中蒙上了一層暗淡消沉的陰影。

張孝祥是一位堅決主張抗金而兩度遭讒落職的愛國志士，「忠憤氣填膺」是他愛國詞作的主調，而在屢經波折、閱盡世態之後，也寫了一些寄情山水、超逸脫塵的作品。這首小詞是張孝祥重遊寒光亭時，寫在寺柱上的即興之作。寒光亭，在江蘇溧陽的三塔湖中。

「問訊湖邊春色，重來又是三年」，時隔三年，重遊舊地，他問候三塔湖畔的春天景色是否依然美好，三年後再次重來，其間不知經歷了多少變化。「問訊」兩個字，表達了詞人主動前來探望的心情。一個「又」字，暗含著今昔對照之感。也許春如故，但人事已有所不同。

「東風吹我過湖船，楊柳絲絲拂面」，他說輕舟隨風蕩過湖面，楊柳依依輕拂臉頰。人事雖變，但東風仍然多情，楊柳依然如舊。這樣的景象帶給人恬淡而親切的感受。

上片的語調，由淡淡感慨的抒情語，變為舒緩的寫景語，可見作者心境的轉變。下片則以世路與湖亭的對比，抒發了置身寒光亭時的悠然心情。

「世路如今已慣，此心到處悠然」，這兩句是說，人生道路上的曲折、沉浮我已習慣，無論到哪裡，我的心一片悠然。「世路」，指塵世的道路，向來崎嶇顛簸、阻礙重重，走來不會平順，所謂「行路難」也。「已慣」二字說來輕鬆，但其實內心深沉的創痛，要經過多久的反省、調適，才能得以撫平，參透世情的炎涼冷暖。當詞人有所體悟，超然物外，對世間的升沉得失已無罣礙，就能隨處自在，無往而不自得了。人說張孝祥的詞上承東坡，有清曠之境，由此可見一斑。

結尾說「寒光亭下水連天，飛起沙鷗一片」，描寫寒光亭下，水光接天，於藍天碧水的晴空下，但見群鷗飛翔。這一開闊的景象，沙鷗飛在天地間，正是心靈自由、無拘無束的象徵。

∞

像蘇軾、張孝祥這些詞人因熱愛人生，面對人間的情愁，既能入乎其內，又能出乎其外，創造出高遠的意境，著實令人悠然而神往。我們在時空流轉中飄蕩，沒有確定的人生目標，不知何所往，便會帶來不安與焦慮的情緒。詞人與我們一樣，都經歷過這些情況，但他們沒有放棄對理想生活的追尋，依然表現為執著的熱誠，勇敢面對人世的苦難，並憑藉智慧及開闊的心胸，為自己尋覓心靈的歸宿，得到自在的悠然。那當然不是容易達到的境界，但只要有人做到，它就是一種指標，導引著人們可以努力的方向。

從飄蕩中回歸，安於所安，那便是我們的心靈家鄉。詞人用他們真實的體驗，證實了情感的正面意義。他們之所以能在詞中成長，能有所體悟，因為他們始終都相信情感。情感也許會帶來煩惱，但它也是成就人生美好意境的重要力量。

【結語】

入乎其內，出乎其外

——詞在讀寫之間、情理之際

這是最後一個章節了。很高興和你走了那麼長的一段路，由唐五代到兩宋，經歷了五百多年的詞的發展時光，認識了不同時期、不同風格的眾多詞人，體認到唐宋詞的情感世界裡有著多樣性的情意內容和風貌。相信大家看見詞人在出入之間、情理掙扎之際，所展現的各種生命情調，欣賞到詞的跌宕之姿所興發的悲喜情緒，必然會有所感動，也有所體悟。

不過說長，其實也沒有多長。雖然說橫跨了唐宋兩個時代，讀了一段長長的詞史，可是我們只花了短短幾天、幾週的時間就讀完了。詞的時代已過去，但詞的精神卻歷久彌新，依然與我們親近，因為它述說的是人之常情。闔上此書之時，曾經有過的感動應該不會消失，那些美妙的體驗時刻都會迴蕩在我們心中，只要我們仍生活著，對人事物仍充滿著感情，它便不時會被呼喚出來，激發出新的意義。

在這部書裡，可以說是「語已多」，話已經說了很多，但是「情未了」，縱使說了千言萬語，也無法說盡人間情意。因為「身在情長在」，人際間締結的情緣是不會輕易完結的，而真情實感、箇中滋味，只有當事人能心領神會，所有的語言也難以充分表達清楚。書閱畢，詞情還在，人間處處、時時都可觸發相應的情緒。大家閒暇時，不妨再翻看某些詞篇，重溫默誦某些詞句，細細回味，應該會有另一番感受在心頭，會有不一樣的體悟與收穫。這樣看來，「情感」這門課，是一輩子的課業，時刻都要面對，又哪有結束之時？

我們喜歡讀詞、聽詞，因為它的文辭聲色之美，更因為它的真情意打動了我們。書裡一開始便說，詞所訴說的是「常人的境界」。平常人生，不論古今中外，都有著類似的經歷，面對各種離合聚散、成敗得失、生老病死的情況及情緒反應，大家都是差不多的。因此，詞中普遍書寫的題材，如對愛情的憧憬、失志的悲哀、時間流逝的感傷、理想落空的無奈，這種種情懷意緒，我們都不會陌生。人生苦短，卻又充滿各種悲歡離合，詞人的際遇不也是你我常有的經驗？既然同是世間有情人，那麼讀者與詞人透過作品能夠交流共感，也就不難理解了。

詞的世界，是一個有情的世界。詞的情韻，是一種冉冉韶光意識與悠悠音韻節奏結合而成的情感韻律，低迴婉轉，徘徊往復，充滿著時空流轉的哀感，和與之拉扯抗衡的執著之情，遂形成跌宕起伏、抑揚頓挫的情韻。因此而知，詞情之所以產生，往往是從意識到時間變化、美好事物消逝而開始的。詞的作者與讀者，在寫讀之間，有著這共通之處——作者有感於時空流似曾相識之感，所以在閱讀時便容易引起相應的情緒。

轉、物是人非，而借助詞的音韻節奏來抒發、渲染愁情；相對地，讀者也通常是因為有著某種

∞

你有沒有問過自己，為什麼會喜歡詞？在什麼時候開始喜歡讀詞、聽詞？當我們年輕時，充滿著生命的熱和光，專心致志於追求理想，揮灑著服務人世的熱誠，忙得不亦樂乎，那個時候哪有時間來閱讀詞篇、體會詞情？而當我們事事都頗順心，沉浸在幸福與甜美的生活中，更不會讀那些傷感文學，徒然惹出無謂的閒愁。如果生來有慧根，生命已入化境，得道而忘情，那就更不會與詞體、詞情沾上邊了。

但詞的世界畢竟是個真實的存在。我們大部分都是平凡人，自然而然有著喜怒哀樂之情。當我們開始意識到時間不可挽留，美好事物轉眼即逝，面對成長無法適應，或是愛情失意、離別相思、理想落空、好夢難成，在惆悵恍惚之間尋覓不知所歸，這個時候總是徬徨無助、心神不寧，詞情就在不知不覺間湧現心頭。傷時感逝，終日沉溺在回憶與悵恨之中，這在我們年輕脆弱的生命裡，確實在所難免。

的確，我們在生活中感到無著處，對未來畏懼，便容易焦慮不安。此時最好的逃避方式就是活在過去，沉湎在記憶裡。詞以時空對比激發愁情，今昔盛衰之感特強，回憶不僅是詞的模

式，也是詞的重要題材。可知詞情之萌發，最常是在生活停頓、不斷回顧時出現的。詞中充滿著閒情，既有「閒情」，就有「閒愁」。馮延巳不是說過「誰道閒情拋棄久」？李清照說「一種相思，兩處閒愁」，辛棄疾也說「閒愁最苦」（〈摸魚兒〉），可想而知，是因為閒著無聊、無所事事，才生出愁怨來的。詞中也常見「不堪回首」，明知回憶往事會令人難以承受那苦痛，但詞人卻偏偏耽溺其中、作繭自縛，難怪憂愁不斷，詞篇總是充滿了哀傷的情緒。

詞人填寫這樣的詞篇，抒發感傷之情，多少帶有顧影自憐的意味。我們讀詞，是否也如此？沉醉在詞的世界裡，在美麗與哀愁的辭情中尋找慰藉，也有著自我哀憐或自戀的成分呢？所謂「入乎其內」，身陷情網，雖令人困苦不已，但總比無情好。「哀莫大於心死」，人生最悲哀的事，莫過於死心了。人會悲傷痛苦，代表還有感情在，一旦心死就是完全喪失了感情，如果是這樣，如同行屍走肉一般，活著又有何意義？因此，我們讀詞時仍有所感，會陷入悲感之中，甚至自傷自憐，得先肯定它有著這一層的正面意義。

現代心理學告訴我們，愛的缺失是心理疾病的重要成因。一個人是否有心理疾病，可以從他有沒有「愛的能力」去衡量。自戀當然不是愛的表現，可是對美的事物仍有所耽溺，對情仍有所執著，這證明了心中仍有著一份熱能和動力。我們只要有一點點愛與美的心，生命就不至於完全枯萎、毫無生機。如果我們願意接受它、正視它，也許可以將它轉變為成長的力量。

王國維深刻了解到，詞充滿著負面的情緒，他之所以提出「境界說」，主張「詞以境界為上」，無非是想從詞的悲哀傷感的情境中，找出往上提升的力量，這也是自我解救的一種方式。他剛從講究理性的哲學轉到文學來，特別選上最為抒情的詞來對話，可見他回歸情感、在其中尋找精神力量的一番努力。他肯定的都是有著真感覺、真性情的詞人，表現為真切、熱誠、豪宕、曠逸的作品，這就是這部書裡介紹過的，宋詞之所以能動人、啟發人心的精神特質所在。

宋人多情，而且他們願意正視情感的問題，那是值得肯定的態度。歐陽修說：「人生自是有情癡。」東坡說：「多情應笑我，早生華髮。」人之多情，難免為情所困，弄到進退維艱，相當煩惱。但另一方面，情也能展現生命的光彩，為人生創造更豐富的意義。詞人「入乎其內」，雖深陷其中，糾結難解，也不失為一種認真執著的態度。若不甘受限，有所擔當，意欲反撲哀愁，喚起強烈的生命意志，亦自是一種令人激賞的豪情。最後，如能做到「出乎其外」，在人世間尋得安頓，成就曠達的人生意境，那是多麼美好的一件事。詞人多情，發而為詞，其實就是一段嚴峻地體驗、梳理或參悟人間情愛的歷程。

詞人用心面對生命，寫一闋好詞，一首有境界的好詞，不但需要修辭鍊意的工夫，更要有真實的人生體驗；而有境界的人生，又必須超乎詞的界域，展現出一種能積極介入人世又能出乎其外的真情與曠達。

作家填詞，主要是藉著創作詞篇，以梳理一己的所感所思。我們讀詞，面對自己的情緒，除了認同詞人的體驗，也可從中得到啟發，以紓解心中的愁怨。而讀寫之間，成就的是彼此最美的心靈交流與不忍任其荒蕪的情意世界。有情天地內，能與詞人交流共感，那是多美妙又美好的遇合。

∞

閱讀與聆賞是面對自我最好的方式。我們不斷地讀詞，讀進不同作家的世界，分享他們的經驗，也讀到了自己，同時學會如何融入寫作的情境，體會文學創作的意義。

詞的創作本身有著怎樣的意義？

第一，詞多是些傷春悲秋、相思怨別的內容，文辭亦多愁苦語。讀這些幽怨纏綿的作品，讀多了不是令人更不快樂？我們要知道，現在看到的詞篇中所書寫的詞情，已非當初的情緒、原來的經驗內容，它是經過裁剪處理過的情意。當完全陷在情緒中、悲慟逾恆的時候，是無法寫作的。詞是一種相當嚴整的文體，有字數的限制，有固定的格律形式，因此要按譜填詞，就需要重新調整情緒，抒發的過程中要充分符合客觀的要求。換言之，作家願意表達這份情意，也依規矩書寫下來，表示他已能稍稍從情緒當中走出來，與內在的自我保持一段距離，而且有著一份理性的操持，能將原始的情緒導入文情理路中來表達，不至於混亂。顯見詞人其實是有擺脫情緒的能力的，雖然他也許並沒有意識到。

這只是一個開端，卻也是一種希望，因為只要意識到這一點，擴而充之，付諸行動，是可以達到自我療癒的效果，甚至可讓自己超脫出情緒之外。所謂入而能出，如果不嘗試走進去，不斷努力地將它寫出來，是不容易出乎其外，達到更高遠的人生境界的。東坡詞由寫愁苦之情到曠達之情，就是最佳的典範。我們如果願意效法古人，能將讀過、聽過這些詞所引發的思緒加以整理，不管是說出來或寫下來，也許不知不覺中也可以學習到一些些以理導情、化解或安頓情緒的方法。

第二，詞之為體，有一種向人傾訴的話語形式，重視交際與溝通。就是說，詞人寫作時多少會有對象的設定，如在面前地向著對方說話，當然也包括自我的對話。這表示作家不是完全孤獨、與世隔絕的人，他仍然相信語言的溝通功能。詞的文辭要明白易懂，流暢自然，就要考慮到這一點。作為讀者，如能將心比心，好好傾聽作品的話語，會有如晤故人、讀到心坎裡的感覺，特別感到親切。這也是學習聆聽他人與自我心聲很好的一種方式。

第三，有意識創作的詞人，不會重複相同的話語，每次創作都是與文體、形式的挑戰。任何一種體製，不至於僵化，就必須在破立之間、依違之際翻轉出活力，才能顯現意義。尤其是詞人在極端艱難的環境中，仍能翻新文體，勇於突破限制，更展現出不願屈服於命運的反抗精神。像東坡、稼軒，以詩為詞，以文為詞，一方面仍能保持詞體的基本特性，一方面使其臻於高遠的意境；他們沒有完全破體，反而為詞帶來活絡的生機。他們的表現為自由精神做了很好的詮釋。所謂自由，唯有在限制中體驗，才有真實的意義。我們讀蘇辛詞，會讀到一種勇於面對生命的態度，一種自由意志和創新精神的展現。這對我們來說，是極有啟發性的。

以上三點揭示了文學創作的積極意義，就是作家相信文字的力量，也有與人溝通的意願，更有創造的勇氣，在限制中體悟到自由的真諦。這些對讀者而言，是有啟迪作用的。我們如能深切體會詞人創作的用心，相信感情存在著正向的力量，也許我們寫不出像他們那般美麗的詞篇，但只要擁有閱讀欣賞的興致，仍然關心人間的情感課題，而且常存一份詞心，即一份愛與美的心，將這些體驗都能帶到生活中，學會珍惜當下，安心於所愛，為自己創造一個美麗的人生，不是更有意義嗎？

即使歲月多變，人事難料，但此情不渝，唐宋詞裡所表現的那種執著的信念，呼應了唐宋人「知其不可而為之」的積極入世情懷，形成一種獨特的文化精神——陰柔中有著韌性。唐宋士人的表現，讓我們知道，要成就更成熟圓融的人格，就不能輕忽情感的作用、溫柔的力量。

∞

在我們這個過度理性化、工具化的年代裡，人與人之間的互動往往流於表面，尤其在大都市中，人們匆匆來去，彼此都很冷漠。其實我們更需要情感的滋潤，在人情中取得溫暖，如同獲得水分與陽光，生命的土壤因此才能綻放生機，才有光彩美麗的色澤，生活裡才能真的感到安心自在，有著如果子般豐實飽滿的感受。

我一直以為詩詞的欣賞，不只是瞭解詩詞的意義，更是感動的歷程。我之所以為大家講說情詞，是因為男女情感最能貼近生活，最能讓人產生共鳴。這部書並不只是純粹帶領大家去欣賞詞體的美，我更希望它有一點情感教育的意味，讓大家知道如何表達情感，並學會將這些感動真正融入生活中，才是它的重點。

「問世間，情為何物，直教生死相許」？讀了那麼多的詞，我們應該知道，「情」不是一件事物、一樣東西，也無法簡單定義，如同「愛」，不是一個名詞或形容詞而已，它更是一個動詞，只有專心、熱誠地去愛，在行動中才能感受，並體悟出它真正的意義。唐宋詞人沒有直接告訴我們情愛是什麼東西，他們用一篇一篇的詞作，表現出種種執著無悔的精神，努力追求和諧美好的人生態度，而這行為動作本身，就足以證實人間情愛真實又可貴的價值。

謝謝你與我一起欣賞並分享唐宋詞之美，共同完成這個充滿情愛的歷程。最後，借東坡的詞句「但願人長久，千里共嬋娟」與大家共勉。有情天地內，只要惺惺相惜，我們就不會感到時空遙隔。

詞篇索引

YLNA98

一闋詞・一份情

唐宋詞的情感世界（下）

作者／劉少雄

副總編輯——鄭祥琳
副主編——陳懿文
行銷企劃——舒意雯
美術設計——陳春惠
出版一部總編輯暨總監——王明雪

發行人——王榮文
出版發行——遠流出版事業股份有限公司
地址——104005 台北市中山北路一段11號13樓
電話——（02）2571-0297　　傳真——（02）2571-0197
郵撥——0189456-1
著作權顧問——蕭雄淋律師

2020年11月1日　初版一刷
2023年3月10日　初版二刷
定價——新台幣380元（缺頁或破損的書・請寄回更換）

ISBN 978-957-32-8896-1

遠流博識網 http://www.ylib.com
E-mail: ylib@ylib.com
遠流粉絲團 http://facebook.com/ylibfans

國家圖書館出版品預行編目(CIP)資料

一闋詞.一份情：唐宋詞的情感世界 / 劉少雄著. -- 初版. -- 臺北市：
遠流, 2020.11
冊；　公分

ISBN 978-957-32-8895-4(上冊：平裝). --
ISBN 978-957-32-8896-1(下冊：平裝)

1.詞論 2.唐代 3.宋代

823.84　　　　109015705